当代世界华文作家小说库❺

DANGDAISHIJIE HUAWENZUOJIAXIAOSHUOKU

刀锋下的盲点

的盲点

DAOFENGXIADE MANGDIAN

（美国）施雨◎著

中国华侨出版社

序　言

公　仲

　　先读了加拿大余曦的《安大略湖畔》，现又读到美国施雨的《刀锋下的盲点》。两部长篇，可称之为"姐妹篇"，有异曲同工之妙。他们终于走出了"输出的伤痕文学"的窠臼，把视线转向了北美的主流社会，写北美的华人在异国他乡的逆境中拼搏奋斗的故事。两部小说一个是写在豪华公寓之中与白人物业管理人员的斗争，一个则是写在医院里与死亡病人的家属——市长大人抗争的故事，而且，两部小说都关系到法律诉讼案件，要依照他国的法律来进行抗争，谈何容易呀。前者，我已曾写过文章，不必赘述，而后者，我要在这里专门说上几句话。

　　这是一个人命关天的大事：一位市长夫人，在做整容的手术台上，无缘无故地突然死亡，闹得全城沸沸扬扬："好端端的市长夫人被一个华人庸医整死了！"记者采访曝光，市长要起诉控告，华人女医生叶桑面临着开除、罚款，一生前途彻底完蛋的艰难困境。可她不服气，坚信自己诊断、医疗过程没有任何问题，她要申冤。她得到华人律师王大卫的指点、帮助，深入调查研究，直找各种证据。但又受到种种意想不到的阻力，特别是在获取人证物证中困难重重，几近无望绝境。但他们不气馁，坚持不懈，又在好心的白人及各色人等的帮助下，终于真相大白。叶桑医生讨回了公道、清白与无辜。这是一场捍卫华人的尊严、正义、公理的斗争，是十分具有现实意义的。异国他乡的华人们，要维护自己的合法权益、天赋人权，不仅要有良知、爱心和不屈不挠的精神，还必须要学会运用法律，学会团结一切正直的人，无论白人、黑人各色人种，相信正义、公正必定会战胜邪恶、虚假。

也许出于性别的偏见，我总以为这种法律斗争，刀光血影的故事，总该是男性作家的专利，女性作家更擅长于书写缠绵的爱情故事，她们往往缺乏宏大的气势、坚硬的手腕和铁石的心肠。然而，施雨却是一个例外，别看她纤细柔弱的高挑身材，轻声细语的温软莺啼，做起文章来却有一种大手笔、大身段。看看那法庭审讯场面和记者采访的描写，大视野、大调度、大转换、大特写，她就像个大导演，站在高台之上，舞动双拳，指挥若定。尤其是在题材的选择、主题的确定、人物的刻画、情节的安排上，她都是从大处着眼，浓墨重彩，挥毫自如。她是极少有粉脂味的女性作家，我读过她的诗歌、报告文学和小说，哪怕是写《纽约情人》，好像也是热血多于柔情。

施雨还有一个难能可贵之处，就在于她对文学事业的执著、热爱和专注。她是医科大学医学科班出身，在美国还获得了极为难得的西医执照，在纽约和达拉斯从事医学研究和医院临床达11年之久，如今，竟毅然决然地辞去了丰厚待遇的医职，坐到家中来做专职作家。她不只是个人埋头创作，还组建了一个"文心社"，现有会员数百人，遍布美、欧、澳三大洲。请看看"文心社"的网站："文心社"的定期工作报告，文心社会员的专页，诗歌、小说、散文、图片等多种文体的作品、评论，应有尽有，琳琅满目，美不胜收。这样，你就知道，作为总社社长，她为会员做了多少嫁衣裳的工作，培养了多少有创作热情的专业或业余的文学青年。已经有人称她为"海外文学青年之母"了，如此年轻的令人尊敬的"母亲"。

施雨这部《刀锋下的盲点》长篇小说，是她在文学创作道路上攀上的又一座高峰，也是又一座耀眼的里程碑。相信，铺满鲜花的文学圣殿上的胜利女神正向她招手。我们在翘首企盼着。

（本文作者为南昌大学教授、中国小说学会副会长、世界华文文学学会副会长）

1

位于达拉斯市中心的德克萨斯州法院，平时是个冷清的地方。说它冷清，并不是指那里没有案件可审，而是人们对那些案件都不感兴趣。就像一些名牌店，平时客户少而固定，那是因为大家对那里的价格都不感兴趣，但遇到圣诞节、新年、情人节、劳动节大减价时，店里就会忽然热闹起来。法院有时候也像电影院，遇到好莱坞大片，特别是加了男女主角花边新闻的宣传之后，票房一定飙升。这种玩噱头的事可以出现在任何地方、任何事件上。

法院 3 楼的第 6 联邦法庭，最近几天热闹非凡，一场喧嚣已久、令人瞩目的审判正在进行。可容纳 500 人的听众席，多数时候不过是个摆设，今天却人满为患。记者、实习律师、法律系学生、当地华人社团代表、各界名流、共和党人、当事人的亲朋好友以及一些来历不明、身份神秘者。这么多眼花缭乱的来客本身就很有看头，况且人的本性就喜欢热闹，只要有某种契机或刺激，就会趋之若鹜。

今天的检察官西装笔挺、表情严肃，他的相貌虽不出众，但可以看出外表修饰得十分精心。与检察官挺括的外套一样显眼的是，他专注的神情里有隐藏不住的负面情绪：挫败和恼怒。前天，与他配合默契的法官刚刚被崭露头角的华裔辩护律师王大卫弹劾，现在，他要面对的是一个没有交情的新任法官，挫败和恼怒之外，他还多了一层心虚。他甚至没有时间去做这个新法官的调查和表示友好的联络工作，这是一件十分令人懊恼的事，搅和得他心神不宁，作为检察官，他像往常一样站在那里，却没有平时的自信和镇定了。

今天，案子如何收场他实在没有把握，一阵烦躁，额头冒出了细密的汗珠，检察官不得不掏出手巾擦去泛着油光的这层心虚。

擦完汗，似乎眼睛也被擦亮了，检察官开始充分发挥那双眼睛的作用。他不动声色地用目光和在座的各路人马进行无声的交流，换取信任和支持。在座的每一个人都很重要，关键的时候可以左右法庭上的气氛；左右陪审团的判断，甚至影响到法官的判决结果。他还不时用眼角的余光打量着被告的辩护律师王大卫。风头正健、因弹劾法官再次引来媒体和大众关注的辩护律师王大卫，此刻面无表情，目不斜视，紧闭的双唇上读不出任何信息。这位长相酷似老虎伍兹的华裔律师王大卫，这会儿真的让老奸巨猾的检察官刮目相看了，今天，检察官感觉自己像差点劲儿的高尔夫球球友，接着老虎伍兹上开球台，一上来就矮了气焰，有点手脚发软了。

一早，开足冷气的第 6 法庭现在已经座无虚席，此刻，法庭上最无助的人，恐怕就是在法庭中间瘦弱、苍白、浮肿着一张脸的被告——华裔女医生苏珊。面对数百名旁听者和铁面无私的法警，在目光炯炯、暗中较劲的律师、检察官、陪审员们之间，她那种听天由命的单纯和茫然显得尤其突出，这种反差更挑起每一个人的好奇心，她最后的命运究竟会怎样？这个刚刚拿到执照开业的小医生，忽然就不明不白地被恶人所告，惹上官司，眼下自己又身染重病，换了一个又一个律师，所有的积蓄都花光了。如果今天她的辩护律师王大卫无法解救她，给她一个公道，那么她也只好怪苍天无眼、认命地蹲大狱去了。

人在绝境难免回想前尘往事，苏珊觉得委屈，刚从医科大学苦读出来，通过极其严格、艰难的笔试和口试，又花了4年当住院医生，终于找到工作可以挣钱了，却官司缠身，再加上长期苦读和劳累严重损害了的健康，如果这场官司败诉身陷囹圄，她的小命休矣。为她奔走数月，到处求情，疼爱她的父母现在就坐在庭下，她却不敢用目光去和他们对话，自己毫无信心的眼神，必定会伤害心力交瘁的这对老父母。

案情似乎已经明朗化了，可是苏珊并不存侥幸心理。她想，前几位名气那么响的律师除了狮子大开口要钱以外，什么事也没做成。这个王大卫只收律师费两万元，还可以分期付款，即使输了官司，也不好怨他什么了。他们已经山穷水尽、借贷无门了，还有人愿意试着搭救，夫复何求？不过，前两天，这位王律师在法庭上唇枪舌剑，步步为营，逼得明显偏心刁难、老狐狸般狡猾的前法官退位，确实令所有的同情者拍手称快，让他的同行和媒体都感到吃惊。苏珊似乎又看到了一线希望。

今天，王律师似乎并不需要她做什么，只要顺服认罪。可是，自己的罪在哪里呢？苏珊和她的母亲都认为没有错为什么要认罪？中国人最讲骨气，即使在洋人的地盘上也不可以随便弯腰。可王律师说：弹劾了法官，把检察官搞得下不了台了，我们得给检方留点面子，希望官司能尽快圆满了结。亲朋好友也都规劝：你们怎么敢去和检察官较劲？检察官是什么人啊？那是代表美国政府啊！胳膊拧得过大腿吗？再说了，官司无休无止地打下去，不要说昂贵的律师费没有着落，自己的命都难保，病成这样了还讲什么志气、公道？别的医生出事，有钱把自己保释在外，一边看病挣钱，一边打官司。可你们呢？既无财力也无健康来持久抗战。的确，苏珊想，经过这几次出庭的羞辱和惊吓，在拘留所里寝食难安，自己得了重感冒，发烧、咳嗽，几乎下不了床了。作为医生，她明白，这样的官司，对自己这样有严重肾病的人来说，如果没有足够好的休息和医疗条件，生命将危在旦夕。留得青山才是明智的做法。

"退一步海阔天空。"老母最后这样开导女儿、安慰自己。

"肃静。"一声令下，顷刻间，法庭上交头接耳的分开了，嘁嘁嚷嚷的声音顿时消失得无影无踪。

新来的法官居然是个美丽端庄的年轻女郎，虽然没有笑，但是她那明朗的五官却给人笑意和赏心悦目的快乐，尤其是削得短短的浅棕色头发，十分俏丽。年轻的女法官一袭黑色长袍罩着所有的女性特征，从脖子到脚，远远望去很难分清性别。检察官松了一口气，看着和自己一样金发碧眼的白人女法官，他立刻来了精神，眼睛亮了，嘴角弯出笑意，甚至有吹口哨的冲动。

女法官听完王律师的申诉后，胸有成竹，她问了几个无关紧要的小问题，诸如：你有没有拖欠员工的工资？有没有按时报税？苏珊连忙先回答一个"No"，然后再来一个"Yes"。

"是不是每个病人你都亲自体检、诊断后才开药方？"女法官又问。

"诊所太忙的时候，我让护士小姐检查了病人的血压、脉搏、体温，都正常的话，我就没有一一去看了。"

"你只需要回答'Yes'或者'No'。"女法官的威严里有一种说不出的温情。

"No。"苏珊顺服地回答。

"这么说你承认了并没有亲自检查每一个病人。那么，发现有人患爱滋病，你有没有通知到每个病人？"

"我尝试着每一个人都通知，但我的病人大多数都是低收入的穷人和无家可归的流浪汉，联系不到……可是，每一个爱滋病例我都有上报……"

"我只要你说'Yes'或者'No'。"女法官没听完就打断苏珊。

"No。"苏珊咬咬牙只好这么回答。

美国法律有规定，如果无条件承认自己有罪，多半可以获得"减刑"判决，但若是当事人或辩护律师诉讼到底，一旦胜诉，最好的情形是无罪释放。然而，万一失败，被告就得遭受法院最重的量刑。因此，当事人和辩护律师得依照各项证据判断，到底是一开始就自认有罪以换取较轻的刑责，还是赌一赌诉讼。

女法官和苏珊这样的问答，明眼人心里都清楚，女法官只是有意让苏珊承认几个无关痛痒的轻罪罢了。在法庭上，如果被告承认了自己有罪，那么，控辩双方的律师便会转移作战方向，就刑罚问题达成一致的意见，然后鸣金收兵。然而，对许多被告、尤其是血气方刚又认为自己冤枉的被告，多不愿在法庭上认罪求情。在人们心里，这样的做法，既是对犯罪受害者权益的侵害，也是对国民利益、以及被告人权利维护的失职。但从实际角度来考虑，认罪求情协议是不可避免的。刑事司法制度不可能对每一起案件都逐一详细审判，其结果便是被告人有较大的筹码，来换取较小的罪名、或者减轻刑罚。所以，这样的戏码虽不讨喜，却不时上演，可以非常有效地、真正地降低社会成本。

果然，宣布审判结果是："苏珊身为医生有失职守，罚款美金两百元；需要在管教中心住一年半，白天允许在自己诊所里看病，晚上12点之前一定要回去报到。"

听到这样的结果，法庭上下的母女俩同时喜极而泣。苏珊母女没有想到美丽的白人女法官竟有这样一副菩萨心肠，她们更佩服王大卫律师的智勇双全。如果不是大家都被记者们团团围住，她们真想当场给恩人磕头。当初检察官要求的可是60万美元罚款与15年徒刑啊。

一贯风光得意的老检察官，今天虽然没有颜面扫地，但心里委实不痛快。他想，这个王大卫果然名不虚传啊，都说自出道以来还没有败诉过，本应该多留心他的，只怪自己当初没把这个华裔小律师放在眼里。难怪这个号称达拉斯新锐刑事律师的名气扶摇直上，炙手可热。近年来，好几个复杂难解的刑事案子都在他手上莫名其妙地有了好收场。地方、乃至全美国的报刊杂志上都有关于他的报道和专访。他还上了美国国家《法律评论》（Law Review）的律师排行榜。这次的对手戏虽然自己稍处劣势，但也甘拜下风。好好搞好关系，笼络笼络，说不定日后这个王大卫还可以成为自己手上的一枚好使的棋子。久经沙场的检察官在肚子里打着如意算盘，根本不理睬蜂拥而来的记者们，甩甩手扬长而去。

2

近年来，达拉斯司法界倒是接二连三地出名人，几乎一夜之间成了全美关注的焦点。华裔律师王大卫是其中之一，还有一个是生长在本地，从达拉斯走进白宫的律师迈尔斯，她被同样来自德州的布什总统正式提名，接任联邦最高法院大法官。

最高法院多厉害啊，掌握了解释宪法的最后权力，等于人民权力最后的保障。最高法院的所有决定，都将会影响到每一个美国公民，它的威望和威力甚至超过了国家的元首——美国总统。可是，对一般的市民来说，最高法院太遥远，远在天边，不像地方法院那样对百姓有影响力，掌握生杀大权之手近在咫尺，还不得提点神儿。普通市民对最高法院大法官不感冒，但不等于司法界对此也没有兴趣。

联邦最高法院依据美国宪法设置了9位大法官。大法官为终身制，除非犯下大错被弹劾，一般而言，大法官一旦进入最高法院，除非因为健康原因或看腻了宗卷，听烦了辩论，自己要求解甲归田，都不轻易挪动，所以也难有位置空缺。美国历任总统，一任4年，乃至两任8年的，都难得有机会等到一次任命大法官的机会。没想到，布什总统在两个月内就有两次肥缺。先是奥康纳大法官倦勤辞职；接着是首席大法官伦奎斯特病逝。牛仔总统的任内忽然有了两个大法官位置出缺，此乃喜从天降。共和党自布什总统而下的有关人员，无不磨拳擦掌，一心想送上两名超级保守派，全面掌控行政、立法、司法三大政府部门要塞。

布什总统原本提名联邦上诉法院的法官罗伯兹接替奥康纳的位置，不料，参议院的任命听证会还没开始，首席大法官谢世又出缺了。布什紧急重新提名罗伯兹为首席大法官，而把奥康纳的位置给了自己的同乡加亲信——刚刚从达拉斯接任白宫律师不久的女牛仔律师迈尔斯。两个大法官的空缺很快被填满了。令人意外的倒不是布什总统的举贤不避亲，反正这个牛仔脾气的总统，已经让自己的政府到处充斥着家族的亲信、账房、长工……让人跌破眼镜的是，达拉斯的名律师迈尔斯，从来就没有担任过任何层次的法院法官。

当然，没有担任过法官并不表示迈尔斯没有显赫的法律经历。出生在达拉斯的迈尔斯毕业于 SMU 的法学院，之后，她在地方法院担任过两年法官助理。接着受聘进入达拉斯一家颇具规模的律师事务所，开始她的律师生涯。后来，她当选为达拉斯律师协会会长，接着是德州律师协会会长，成为德州第一位女性会长。在重男轻女，被取笑为"大男孩俱乐部"的德州司法界，这无疑是天方夜谭。难能可贵的是，迈尔斯的确有过人的才气和能力，周旋于这些勇气、智慧和力量都超凡的大男人们之中，却游刃有余。她曾被合伙人推举为事务所的负责人，对 200 多名大小律师指挥若定。这个律师事务所最后在她手中发展成近 500 人的超大型律师事务所。

迈尔斯的专长是商务契约，代表的客户包括微软、迪士尼等百大企业，征战无数场诉讼，战绩显赫。美国国家《法律评论》把迈尔斯列为全国最有能力的一百位律师之一。

王大卫律师是继迈尔斯之后公认的新秀，被各界人士看好。只要他好好经营，这条路可以通天，他也就青云直上了。

3

美国德克萨斯州，一个多世纪以来因各种原因而闻名全美国，在这块广袤的西部大平原至今依然充满了神秘的色彩，令人遐思。美国的历史是个不断从东往西扩展的历史。"年轻人，到西部去！"两百多年来，这句话激励了多少代美国人，对他们来说，西部边疆是一个神话，一个塑造了美国性格和精神的神话。

早在殖民地时期，人们在海岸附近的殖民地范围找不到更多的自由，于是便向内地迁移。同时，那些在沿海没有发现肥沃的土地可以耕种的农人，发现西部山区是个理想的立足之地。一位有眼光的土地测量师彼得·杰弗逊——托马斯·杰弗逊的父亲，就曾成功地用一碗混合饮料买到160公顷的土地，在此安家落户了。

当时的西部，主要是印第安人的天下，还有一些新居民，他们把小屋当作堡垒，靠锐利的目光和自己所信赖的滑膛枪自卫。严酷的边疆环境，练就了西部人的顽强和果敢。他们在荒野上开辟道路，焚林开荒，种植玉米和小麦。鹿肉、野火鸡和鱼等都是他们自己猎取的主要食物。他们还享有自己的娱乐生活：盛大的烧烤派对、射击比赛等。

随着越来越多的人移居西部边陲，生活圈子越来越大，各行业的人都来此谋生。原来以农、牧场主和猎手为主的居民，逐渐出现了医生、律师、店主、牧师、政客，形成了一个生机勃勃的社会群体。他们铺路架桥，修建学校和教堂，这片原来荒芜的土地，发生了翻天覆地的变化。从 16 世纪至今，西行的脚步从来没有停止，也没有放慢过。从大西洋海岸到阿勒格尼山脉、密西西比河、密苏里河、大平原，直到落基山脉。一批批勇敢的青年人，到西部去开拓边疆、去征服土地、去实现各自的梦想。

西部，成了美国人心中一个无法忘却的神话；成了一个在美国文学中不断出现新希望的精神象征。每每提到西部二字，人们便会想起库帕小说里"高尚的野蛮人"的说法，就会想到哈克贝利·费恩、了不起的盖茨比、以及那个为保护人类的天真而要做《麦田里的守望者》的少年。"西部"一词让人想起绿色；想到古老、不变的价值观；想到人类紧密的亲情；想到昔日拓荒者勤劳、不屈的坚强意志。

而位于德州的达拉斯，则是个干燥的西部新兴城市，它的地下水位比较低，很难见到参天大树，郊外一望无际的平原上，最常见的是耐旱的灌木丛和仙人掌，还有土生土长的胡桃树、木棉、橡树，以及各种抗旱的果树。这个城市最长的季节是夏天，其次是冬季，春秋两个季节短得如白驹过隙，一晃而过。

在荣获第 37 届金棕榈奖和第 38 届英国电影奖的《德克萨斯州的巴黎》里，有这样的镜头：辽阔荒芜的美国西部，伴随着苍凉的吉他声，一个孤独的男人倔强地行走在人烟稀少的沙漠上，这是西部片里最经典的镜头。也是德克萨斯州与众不同的地理，或者说独特的风景。《德克萨斯州的巴黎》主要在美国西南部的沙漠里拍摄，被称为"新德国电影学派四杰"之一的德国导演维姆文德斯，为了表现人的孤独以及人与人之间的隔膜，他把旷野与黄沙的影像处理得辽远而孤绝，风格非常鲜明，创造出极为宽广的银幕空间，成功地展现出充斥在故事主角生命里的虚空感。这的确是个容易发生故事的地方，过去的、现在的和将来的，从来都不会停止。这个沙漠中的城市叫达拉斯。

牛仔城达拉斯现为美国南部工业城市，位于德克萨斯州北部，跨特里尼蒂河两岸，由于经常在美国西部电影中出现，达拉斯因此而闻名，1963 年 11 月 22 日，美国第 35 任总统约翰·肯尼迪到达拉斯市，为争取连任做准备活动时遇刺身亡，达拉斯这个城市从此闻名全球。

使达拉斯闻名全球还有一个原因，那便是轰动一时的电视连续剧《达拉斯》（Dallas），被翻译成《豪门恩怨》。这部美国著名的反映石油富豪家族内部矛盾的王朝肥皂剧《豪门恩怨》在各州市上映时就达到了万人空巷的轰动效果。高潮戏暗杀小杰（JR Ewing）的凶手揭晓一集播出前，全美社会都为"谁杀了小杰？"而议论纷纷；节目播出之后，达拉斯警方居然还在通讯联系中，还煞有介事地呼叫各分局围捕真凶，这在美国一时被传为趣谈。

《豪门恩怨》于 1978 年开始首播，直至 1991 年才播完，剧集自播出以来一直收视率很高，成为美国最有收视保证的剧集之一，尤其是 1980 年 11 月 21 日播映的一集，更缔造了美国电视史的纪录，该集揭开 JR 被杀之谜，近万名观众留在电视机旁收看，成为一时佳话。托马斯·浮瑞德门在他的书《从贝鲁特到耶路撒冷》中也写过一段关于这个电视连续剧的一桩奇遇。在贝鲁特，美国记者被伊朗士兵拿枪顶住，随即一声断喝："谁杀死了 JR？"美国记者还未反应过来，士兵已经哈哈大笑。JR 便是《达拉斯》连续剧中的男主角，豪门中的长子。他的死是个谜，也牵动着伊朗士兵的心。这个玩笑虽然开得有些过火，但足见《达拉斯》流传之广。

4

当叶桑选择在这个城市落脚时，许多人怀疑地问，真的去那个有很多牛仔的地方？那个德克萨斯州、可以自由使用枪械的地方安全吗？

全美国枪杀案最多的城市之一达拉斯，不如想象中的喧嚣、荒唐、混乱，看起来倒十分漂亮、整洁，并且安全。后来，叶桑也的确喜欢上了这个土地广阔无垠，先驱文化强悍的城市。这里的人为能生长在此而自豪，他们在歌中唱道："德克萨斯州的天空繁星点点，我们都是德克萨斯人，住在德克萨斯的土地上至死方休。"

一来到达拉斯，叶桑就买了一张德克萨斯州的详细地图。地图上，整个州被划分成 50 多个区域，每个牧场都有名有姓，甚至牧场之间的石子路都可以清晰可辨。

叶桑最先去参观当年肯尼迪总统的遇刺地点，那里现已改成纪念广场，广场上竖立着约翰·肯尼迪总统纪念碑。立在碑前，叶桑耳边仿佛有子弹呼啸的声音，接着是敞篷汽车上总统夫人的一声尖叫："哦，我的上帝！"一名警卫立刻从开动的车上跳下，向总统跑去，其余站在脚踏板上随车前行的特勤人员都惊得目瞪口呆。依然年轻的肯尼迪总统已经中弹，颓然倒在大轿车里。从此达拉斯和 1963 年共同成为历史。很多人，包括不同国家、不同职业、不同身份的人都为此事疑惑，议论纷纷，他们不明白，歹徒只有一支枪，而特勤人员有那么多支，却保护不了总统。

《德克萨斯州的巴黎》收视率很高，或许是这个名字很容易让人想到法国的巴黎，巴黎的温情和浪漫，就像巴黎的气候，有的作家这样描述：不冷不热，懒洋洋的，没有骄阳似火，也没有大雨倾盆。即使有雨，也是不紧不慢，小小地下一点，仿佛那朵云只有巴掌大，常常街这边下了雨，街对面依旧阳光一片。那雨，瞧着就像一种玩笑，一种俏皮，一种女人的心血来潮……然而，这些与巴黎相关的情调都与达拉斯风马牛不相及。真正的达拉斯是冷峻、狂野、倔强、不畏艰险的。当然，这时的叶桑还没有意识到这一点，她多少还带着游客的心态，远距离观赏。殊不知，达拉斯却不由分说，一把将她拉进怀里。

达拉斯天然的雨水不多，尤其是炎热的夏季骄阳似火，但冷不丁一场豪雨可以把天下塌。昨夜就是这样一场大雨，整个城市焕然一新，早晨阳光明媚，天蓝如洗，几丝白云来去自由，空气湿润而清爽。位于市中心的市立医院外面红花绿树也是洗过一般新鲜。花圃左侧紧挨着的两根金属杆上，美国国旗和德克萨斯州州旗一起在风中招展，飒飒有声。

正午时分，市立医院大楼 8 层，清晨进行的手术都陆续接近尾声，更衣室、洗手间里逐渐热闹起来，特殊病例、院内新闻、股票走势，医生们彼此匆匆交换一下感兴趣的讯息后又离开手术室各自忙去了。叶桑刚刚结束一例乳癌切除后的乳房重建手术，脱去沾血的手术衣，洗完手，她习惯地去看看手机，发现一条怀特院长要召见她的留言。她迅速换好衣服，没有片刻逗留，就直奔达拉斯市立医院怀特院长的办公室。她的心跳明显加快，就像惧怕考试的人，在考试临场最初那几分钟的紧张和无措。

办公大楼正厅的大花篮鲜美如常，四周一尘不染的落地窗，把室外的阳光一丝不落地引进来，挑得高高的天花板和线条分明的爱尔兰大理石柱，散发着独特的典雅和温馨的气息。平时叶桑最喜欢这里的明亮和雅致，但今天，她有些慌乱的脚步匆匆而过，似乎这些光明、晴朗、轻松和温暖都与现在的她无关。

怀特院长办公室在3楼左手边的最后一间。平时紧闭着的院长办公室，今天门洞开着。她一出现在门口，院长秘书就示意她赶快进去，仿佛今天她是院长的特别客人，不必预约，不需要秘书禀报，长驱直入。

叶桑不由地感到胸口发紧，这样的情形更证实了她一路行来的猜测，她的恐惧和痛苦在不断地加重，脚下的步子不由得缓慢、沉重起来。

第一眼望去，怀特院长不在办公桌后面的椅子上。叶桑茫然四顾，屋里没人。她呆立在那里，双唇微启，急促地喘着气，脑子里翻动过无数的画面，最后乱成一锅粥。她甩甩头，希望甩掉所有不祥的预感。

"叶医生。"她终于听到院长熟悉和蔼的声音。

叶桑回头，见门边站着院长和另一个男人。显然他们刚从外边回来。

怀特院长60岁左右的光景，红发，有爱尔兰人的热忱、风趣、自豪、自信、独立、刚强和生机勃勃的活力。读过《杰克·韦尔奇自传》的人，应该都会对爱尔兰人有很深的印象。杰克·韦尔奇是爱尔兰人的后裔，耐心、进取、热情而又慷慨，也就是这些品质，使杰克·韦尔奇成为全世界薪水最高的首席执行官，被誉为全球第一的 CEO。

站在怀特院长身边的男子是个陌生人，50 来岁，健壮、精明，目光犀利逼人。

"叶医生请坐。"怀特院长今天威严里加了许多温柔："来，坐这里。"他微笑着和叶桑一起坐在沙发上，那个男士坐另一张。

"这是叶医生。这是我们医院购买保险的那家保险公司的法律顾问罗伯特先生。"院长给两人做了介绍。

叶桑犹豫地伸手，罗伯特先生礼貌而热情地握了一下。叶桑感觉自己的手心汗津津的，指尖又冷又麻，跟着面部肌肉也僵了，礼貌性的微笑都做不出来。

"是因为纳尔逊夫人的事？"叶桑问。嗓音干涩，她从开始的忐忑，变成了极度不安，坐姿僵硬。一路的猜测果然不错。

"是。"怀特院长声音不大，但非常清晰。叶桑感到胸口发闷，呼吸都显得吃力了。

"病历和手术记录都写明白了，还有整个抢救过程。对纳尔逊夫人的死亡我感到非常遗憾……可是我尽了力啊。"

法律顾问在场，使叶桑预感到事态比自己想象的还要严重。她有些难以自持，而且忽然想哭。

她的不安让在座的两个男士也不安起来。他们对视一眼，怀特院长开口了。他清一下嗓子说："叶医生，这不是一个普通的死亡病例……我是说，我们可能需要通过一些法律程序才能解决。"

"解决什么？什么法律程序？我要去坐牢吗？"叶桑忍不住站起来。这样的事实让她完全手足失措。平时她只习惯医疗讲座或者病例讨论，而非什么法律程序。法律程序对她来说极其陌生，陌生得像陷阱一样，一脚踩下去生死由命。不知道病人上医生的手术台是否也是这样的感觉。

"叶医生，"罗伯特先生也起身，他试图做更明了的解释，这也是他今天来的主要目的："这个案子，也就是纳尔逊夫人死亡的医疗案子很可能会在法院立案，作为保险公司方面的法律顾问，我将为你辩护。当然，你也可以自己找其他的律师，处于这种情形下的医生，也有人愿意选择后者。"

"辩护？辩护什么？我真的要上法庭吗？可是我没有做错什么啊。"叶桑不由得提高了嗓门，说话速度也快了一倍，五官细致的脸涨得通红，两眼盛满了恐惧。

怀特院长招手示意两个人都坐下，自己起身为他们倒两杯冰水。

一口气喝完一杯冰水，叶桑冷静下来。她揉揉眼角，把溢出的泪水抹去："我们不是在等验尸报告么？如果是病人本身的原因，那我还需要上法庭吗？还需要辩护吗？"

"是，我们都在等验尸结果。但问题可能没有那么简单，或许验尸报告根本不能给我们任何帮助。即使有帮助，我们也阻止不了死者家属的起诉。我们要对这些法律程序有所准备。"罗伯特先生谨慎措辞，避免刺激眼前这位看上去是如此年轻无助的当事人。

"对。我们需要尽早做准备。"怀特院长附和，"死者家属起诉是很常见的事，而他又是本市市长，人脉、权力……你明白我想说什么吗？"院长和蔼地望着叶桑。

"可我已经尽力抢救了。我没有做错什么呀。"叶桑虽然不再抗拒，但还是十分委屈。

"这我相信。罗伯特先生也相信。"怀特院长和蔼地拍拍叶桑的肩膀。"我们也要让陪审团和法官相信，对不对？我是说，如果我们被传上庭的话。"

"请相信我，叶医生，"罗伯特先生说，"如果需要，我会尽力为你辩护，但你也可以自己雇律师。"罗伯特先生的话诚恳到残酷，逼着叶桑去面对那个她一直不愿也不敢面对的现实——对簿公堂。而对律师来说，这不过是个程序，公事公办。

"我没有钱……雇律师很贵，你们也知道，这几年当住院医生收入不多。我在美国没有背景，也没有亲戚……甚至没有有财力的朋友……"叶桑盯着自己的脚尖，不敢正视面前的两个男士，说话的声音也越来越小。

"那好吧，请放心，我们的律师事务所将全力为你们服务。"说完罗伯特先生简短地回答了几个叶桑的疑问就和他们俩握手告辞了。

叶桑随后也告辞。怀特院长无言地拍拍她的肩膀，默默地把她送到大楼门口。

5

叶桑心里极不踏实,她顾不上吃午饭,焦急地向安德森医生的诊所走去。

诊所与医院距离不远,步行 5 分钟左右,中间要穿过一个街心花园。

此时的室外温度明显比室内高出好几度,一股温热的气息扑面而来。早晨刚浇过水的草坪在阳光下散发着淡淡的清香,这初夏的清香慢慢随风渗入大街小巷,叶桑熟悉这种香气,就像熟悉手术室里消毒剂的气味。熟悉的东西总是给人一种安全感,甚至产生依赖性。诊所与医院,叶桑不知道每天要在它们之间往返多少回。她喜欢这样的生活节奏、这样的城市、这样的职业,如果不是有什么意外发生,她会很满足于这样的生活和环境。

在美国,有能力、有经验的医生大多有自己的诊所,大的手术在医院手术室里做,中小型手术一般都在自己的诊所里进行。多数私人医院甚至没有医生,只有护士,医院提供病床、辅助科室等。医生大部分时间都在自己的诊所里,有需要了才去医院做手术,或者查房——也只查自己病人的房。除去该付的各种费用：手术室、麻醉师、医药、化验、检查等，手术收入医生、医院、护士三方分成。

叶桑刚刚结束整形外科的训练，成为可以独立开业的主治医生，但她还没有能力自己开诊所。目前她受雇于市立医院，并在本市著名的整形外科权威安德森医生诊所里兼职。这是很多刚出道的医生都羡慕的机会。

任何一个美国医生，尤其是从中国医学院毕业出来的医生，来到美国以后，开设私人诊所是他们的梦想。为了这个梦想，很多人花了5年、8年，甚至超过10年的努力。随手翻开当地的华文报纸，看看美国华人医生的广告，少则十多家，多则近几十家诊所做广告的。大多数华人医生，都有在中国医院工作的临床经验，他们的广告词中常常这样写道："20年心血管临床经验"、"10多年国内儿童医院工作经验"、"25年经验治疗各种内科疾病"和"多年医科大学附属医院牙科主治医师"等等。他们都经过5年国内医学院校的学习，毕业以后或多或少地都进入各临床科室，有的已经提升为主治医师，成为临床科室的主要骨干，也已经有了相对高的经济收入和社会地位。但很多原因，使他们背井离乡，来到这里。很多人，包括叶桑在内，在他们辞去国内工作的时候，就已经有了自己的梦想，希望有朝一日，可以在美国当医师，可以自己开私人诊所……然而，为了实现这个梦想，都必须经历一段艰苦的过程。

午饭时间，诊所的等候室里空无一人。鱼缸里色彩斑斓的热带鱼在美丽的珊瑚之间优雅地浮游着，它们总是让人们回想起在加勒比海或墨西哥湾潜水的经历。花花绿绿的各种杂志有的插在架子上，有的被随意丢在茶几和沙发上。看来这是个忙碌的上午，来过不少病人，他们走后留下的痕迹还未被清理过。

叶桑推门进去，迎面扑来的歌声和冷气使叶桑愣了一下，随后她做了个深呼吸。

一路急行使她燥热，这冷气沁人心脾。

歌，是熟悉的老歌，也沁人心脾。《风叫玛利亚》在寂静的空间里孤独地吟唱。这是一首带着忧伤、带着西部风沙的牛仔歌曲。歌词讲述一个离乡背井的牛仔，在孤独里思念留在家乡的爱人：

> 在这儿风、雨和火焰都有名字，
> 雨叫苔丝、火叫约翰、风叫玛利亚。
>
> 在这儿风、雨和火焰都有名字，
> 可是没有名字留给孤独的人。
> 我在黑暗里孤单寂寞，
> 玛利亚把我的爱人吹送过来，
> 我要我的爱人在我身旁。

《风叫玛利亚》是叶桑喜欢的一首西部歌，原是电影插曲，与其他牛仔歌曲一样，所表达的典型主题是西部牧场和牧人的生活；它展示了西部的自然风光和牛仔们独树一帜的人生观和价值观以及离家的牛仔们对故乡、亲人、朋友们的怀念。它们给人丰富的想象空间，在浪漫、无畏的精神里反映出牛仔们的现实生活。

它让叶桑想起另一首歌，20世纪早期流行的《天上的牧人》：一个年老牛仔在一个阴霾的日子里，看见天上的牧人们在大风天里徒劳地追赶疯狂的牛群，有人唱道：

> 如果你想从地狱里救拔你的灵魂，
> 自今日起你须要洗心革面。

不然你的下场会同我们一样，

……

在天上追赶魔鬼牛群，永无尽头。

叶桑顿时觉出了自己的悲哀：异国他乡，举目无亲，前途险峻，冷暖自知。一个异乡女子变成了他乡的女牛仔，在一个风沙弥漫的坏天气里，孤独而倔强地策马扬鞭。恍然间，就连眼前熟悉温馨的诊所，似乎也变得疏离、莫测。难怪张爱玲不喜欢音乐，她说："颜色与气味常常使我快乐，而一切音乐都是悲哀的。"或许她是对的，叶桑第一次有了这种想法。

办公室里除了女秘书凯瑟琳别无他人，叶桑和凯瑟琳打了个招呼就径直走到病历架前寻找。这些病历架很可观，上万册病历占去了整个房间三分之二的空间。在美国，要了解一个医生的威望有多高、收入有多少，在他的私人诊所里观察两样东西就清楚了，一个是看诊所的占地面积和室内装璜，另一个是看病历架上的病历有多少。安德森医生无疑是个拥有大量病人的成功医生。叶桑曾经暗暗想过，有朝一日她也会拥有这么多的病历，那里记录着自己在几十个春秋里，如何把一个个遗憾，通过修饰和改造，变成了和谐圆满的美丽。

病历是按病人姓氏的第一个字母排列的，纳尔逊夫人的病历应该在字母"N"的下面，可是，叶桑来回翻找了几次就是没有看到。她问正在吃三明治的凯瑟琳，纳尔逊夫人的病历怎么不见了。她说这份病历已经被市立医院的法律顾问拿去了。叶桑心里咯噔一下，法律顾问拿病历做什么？他们是否有什么疑问？想找漏洞或者差错？难道他们在寻找有利和不利的证据？叶桑的心提了起来，脊背上一阵阵发冷。

在法庭上，纳尔逊夫人的病历应该是非常重要的一个证据。手术意外发生后，叶桑的脑子里一片空白，甚至想不起来自己当时都写了些什么。她来找纳尔逊夫人的病历，就是想重新仔细翻阅一遍，看看究竟当时自己都记录了些什么。是不是有什么遗漏。她还要把纳尔逊夫人所有的术前化验都仔细地检查一遍，看看是否有蛛丝马迹，如果发现有使病人悴死、或导致手术意外的检查结果，那就证据确凿了。她渴望马上得到这份病历。

纳尔逊夫人以前是安德森医生的病人，曾经在诊所做过面部拉皮和腹部抽脂等手术。安德森医生和她一直是好朋友，最近她希望隆胸，安德森医生就让叶桑做她的主治医生。叶桑不太明白为什么安德森医生要这样安排，但是她想，大概是安德森医生希望自己多些手术机会吧。安德森医生是个医术高明又很有责任心的老师，在他眼里叶桑是个前途无量的好大夫，安德森医生信任她的医术，当然，她也信任安德森医生的安排。

或者就是这种信任使人大意了。叶桑感觉自己是在代替安德森医生动这个手术，由于纳尔逊夫人不是新病人，以前也动过手术，所以她在手术之前并没有特别注意对方的过往病史，是否适合做这样的手术，而只做了些该做的一般常规检查。她相信安德森医生做了该做的所有检查。现在叶桑倒有些后悔自己的粗心了，在做手术前，她甚至没有好好研读一遍纳尔逊夫人的所有病历记录。对医生来说，这种大意有时候是致命的错误。这么一想，叶桑的心更虚了，她把冰冷的指尖交握在汗湿的手心里，有一种从来没有过的难言的恐慌狠狠地咬住了她。她捂着发闷的胸口，里面像塞满了棉花，鼻酸眼热，腿一软，叶桑跌坐在椅子上久久动弹不得。

6

安德森医生曾是叶桑的上级带教，住院医生训练结束后叶桑想做整形专科大夫，安德森医生收她为徒。当初面试的时候，她曾经被他堂堂的相貌镇住了。整形外科大夫应该有端正的外貌，否则没有足够的说服力。但她没想到安德森医生的说服力超过了她的想象力。

这种面试的气氛没有不紧张的，而安德森医生给人的紧张是另一种方式的。他精力充沛，貌似梅尔·吉布逊，气质儒雅，身高6尺、肩膀宽厚、体态匀称、西装笔挺、衬衫别致，领带自然也是恰到好处地和谐又醒目，是只能在专栏和社教版才会看到的那一类人物。他的挑剔和严格已经不言而喻。这样的挑战可以让对手全身而退，也可以激发对方全力以赴。

一个华裔女医生，在竞争激烈、无情淘汰的美国医疗界，选择当外科医生的已经很少，能把外科住院医生做完的更少，不少人在第一年就被淘汰了。完成外科住院医生的训练，还想做整形专科大夫的几乎是天方夜谭，可是叶桑做到了。安德森医生是当地最有名望的整形外科专家，一个月前叶桑刚刚完成了整形专科的训练，被本地规模很大的公立医院聘用，同时也成为安德森医生私人诊所的同事。这样一帆风顺的事，落在土生土长的美国人身上都是幸运的。

师徒二人谁也不会想到，纳尔逊夫人的手术意外，会如此扰乱他们的事业和生活，会对他们造成如此的打击，万一官司失利，也许就从此一蹶不振，哪位病人会信任曾经有医疗过失的医生？而在此之前，他们的事业一个是如日中天，一个是明日之星。

叶桑还记得当年他们的一问一答，和安德森医生脸上渐渐流露出惊讶与欣赏的表情。不过，安德森医生还是给了她必要的忠告，虽然意气风发的叶桑当时并没有放在心上。

安德森医生告诉叶桑，自己花了整整9年的时间才完成从住院医到整形外科医生的训练，从22岁到31岁。这些训练是非常富有挑战性、很吸引人，但也是极其艰苦的。他说，我告诉你这些是想让你有思想准备，女性一开始当外科医生时，男同事对你都很好，这么男性的科室里，有个娇嫩女人整天水灵灵地在左右出现，没有人会否认那是一件非常甜蜜而美好的事。然而，随着时间的推移，年轻的女医生步入中年，处境就越来越不好……你明白我想说什么吗？

叶桑茫然地摇头。

他说，男性的外科医生尤其不喜欢、也不习惯被女性指导，即使是那些年轻的晚辈，他们也不要一个女性告诉他们该做什么，不该做什么。他们即使诊断失误了，也不肯接受一个女性给他的正确答案。再说了，以我的经验，这么多年，我的成功，如果我可以说自己是成功的话，自己的努力只能算一半，其他的一半功劳来自于许多同辈，以及上下级医生之间的亲密合作，也就是一个团队的共同成长。这也是为什么女性医生很难在这个国家、这个领域从头做到尾的原因。在这个国家，医生是个十分古老而受人尊重的职业，越是这样，女性就越难涉足、成功，往往一点失误或者意外就给断送了前程。你明白为什么这个国家没有女总统吗？

叶桑不再摇头，但也不点头，她表情凝重，一语不发。她心想，美国人不是思想很开放吗？怎么听着跟一个封建国家似的。

安德森医生接着说，那是因为男人们不喜欢一个女性整天对他们发表讲话。女人自己也不希望看到一个同性如此另类，在男人的世界里招摇。她们认为，她做个家庭医生，或者内科医生已经是顶天了。大多数女人自己也认为，女人应该回到厨房去。

当然，安德森医生这些话叶桑当时并不太理解。可她相信自己的老师。果然，在她惹了一身的麻烦以后，便开始渐渐了解这个国家了

当年，叶桑所知道的仅有的美国历史常识便是，美国是个移民的国家，最初的移民者是新教徒、贫民、被流放的人、破落失意的贵族……他们来到新大陆，带着叛逆和冒险的精神，崇尚独立、自由、平等和个人的权利。她心里比较具体的美国，还只是小说世界里的模样，杰克·伦敦的《马丁·伊登》，费兹杰拉德的《伟大的盖兹比》，或者海明威的《老人与海》。再有就是两百多年前的《独立宣言》，现在依然字字铿锵："我们相信这是不言而喻的真理，人人生而平等，拥有不可剥夺的权力，包括生命、自由、对幸福的追求。"

然而，真正的美国生活是什么样子的呢？叶桑似乎这时候才开始回顾、体味。

7

开始外科大夫生活的前一天，新医生们被带领着参观、熟悉医院的环境、几个主要大楼和各种设施，重点当然是急诊室、外科病房和手术室。

刚踏上新大陆不久，一个年轻的女孩就可以在美国大医院里当医生，无论是谁，都会为叶桑高兴、叫好。叶桑自己也激动不已，这些天兴奋劲还没有过去，在参观医院的过程中，她惊讶于如此壮观规模的医院和如此先进、完备的设施，每到一处，她都难掩兴奋与自豪之情。

大楼之间镶着绿色玻璃的天桥和安静宽敞的地下通道都新鲜无比，手术室和无影灯又是如此熟悉，急诊室和候诊室与中国医院的一样，也是人满为患。这些熟悉和不熟悉的情景都让叶桑心生喜欢，想象着从今往后自己就是这里的一分子了，穿着白大褂在病房里查房，或者拿着手术刀在手术室里不眠不休地鏖战……能够在异国他乡悬壶济世，救死扶伤，感觉真是太奇妙了。

参观结束时，负责带领叶桑他们参观的一位第二年的住院医生问叶桑，你准备好了么，过一个真正外科大夫的生活？那一群新大夫里，只有叶桑一个是女性，特别醒目，也特别可疑。

叶桑认真而自信地点着头。

对方笑了，又说，明天早晨上班不要迟到哦。

叶桑回答说，绝对不会。我明早 7 点之前一定到病房。

第二年的住院医生一听叶桑此话笑意更深了，眼里含有一种奇怪的意味。叶桑看不明白那是惊讶、赞赏，还是嘲弄。

叶桑果然没有食言，第二天一早不到 7 点就进了外科病房。可是，当她到达的时候，瞧那些医生护士们似乎早已经忙了好一阵子了。她拉住一位昨天刚认识的新医生询问。他说他们 5 点钟就来病房，已经没头没脑干了两个小时。叶桑顿时愣住了，觉得自己实在太大意了，第一天上班就出丑。这时，那位第二年的住院医生脖子上吊着听诊器迎面走来，依然是笑容满面，他朗朗地向叶桑问候一声：叶医生早啊！

叶桑羞得满脸通红。显然，这位第二年的住院医生成心要给自己好看。

这层外科病房共有 40 间病房，分布在走廊两侧，5 个护士正在交班。叶桑不知道自己该做什么。一个护士指着 507 房间对她说，那个便是你负责的病人。也不知道对不对，叶桑壮着胆子径直走了进去。

那是一个和自己年纪相仿的女孩子，看见叶桑走近，她微笑着对叶桑点头。叶桑也报以微笑。接着她问女孩感觉如何，做什么手术。女孩说，我是阑尾炎，今天要切除，有点害怕上手术台。叶桑一听就说，那太好了，不用担心，一会儿我也会在手术台上……女孩的笑容立刻隐去。

"你不是护士么？"

"不，我是医生。"

"一个女的外科大夫？"

"是。"

"你不是在和我开玩笑吧？"

"不是，我确实是你的外科医生。"

"我不喜欢女医生给我动刀子。"

"很抱歉……"

"你走，我不要女大夫给我开刀。"

"……"

灰溜溜地从女孩子的病房出来，叶桑还没有回过神，便听到那个第二年的住院医生在走廊上发通知说，下午有外科大夫的 D&C，大家不要错过了。

"什么是 D&C？"叶桑想，我不懂就问吧，总好过不懂装懂，不就是来学习和接受训练的吗？

"Death and Complications conference。"（死亡与并发症讨论会）那个第二年的住院医生回答，"讨论手术后的所有并发症，包括：出血、感染、误诊等等，由总住院医生与主治医生重点发言。下午 4 至 5 点，在医生会议室。"

"我一定准时去。这样的讨论很有意思。"叶桑积极响应。

"你就不用去了。"那个第二年的住院医生大声地对叶桑说，"你并没有被邀请参加这样的会议。"

"我要是不请自来呢？"叶桑有些恼火。敢情自己第一天的迟到，也是这位仁兄的蓄意安排。他不但给她下马威，甚至一上来就把她划到他们男人的圈子以外去了。

"你要是去，肯定要当场恶心、呕吐的，这不同于购时装和切磋厨艺。这种会议不适合女性参加。太专业、太没有保留了。你受不了的。"那个第二年的住院医生已经很不客气。

"我也是医生，外科医生，为什么不能参加？"叶桑感到孤独了，忽然间被同行抛弃的失落感油然而起，这是第一次，她领略了在男人的世界里，作为一个女人所面临的压力与排挤。

这一年的外科住院医生里只有她一个是女性，这种关键的时候，甚至一个附议的人都没有。她把委屈的目光投向一旁亲密无间的一群护士们。她们假装没有听见这边医生们的对话，可是，从她们的神情里，她看到了护士们对她的同情。那一瞬间，叶桑甚至认为，或许当个护士更合适。

"这是医生私人的会议，只有自己人才可以参加。你根本不了解外科医生的自我和自大，他们不会在外人面前剖析自己在处理手术的病例中，存在着技术、能力、智慧方面的欠缺。没有哪个医生愿意在学生面前坦率地讨论自己的过失，尤其在你这样一个女人面前。"

这位第二年的住院医生毕竟有了一年的外科住院医生经验，他认为他有权说这种话，这样一个中国女医生，谁知道知识够不够、能力好不好、意志坚定不坚定，说不定做不到一年就给踢出去，或者哭着跑了，那些高深的知识对她根本没有用处。每年新来的外科住院医生总有十几个，5、6年后到了高年住院医生，一般医院只有3、4个名额，竞争非常激烈，其他的人到哪里去了？自然转行，或被动转行——被淘汰。

"谁说她不能参加？"一个有中东口音的男性的声音在叶桑身后扬起。

叶桑回头，看到一个满脸络腮胡子的高大男人。他正朝叶桑微笑，还说："对了，你就是我那个丢失的学生吧？叶医生。"

叶桑感激地点头，心想，终于找到组织了，幸好有带教老师给自己撑腰。从此，叶桑就算拜了师，进了外科的门。

在外科当住院医生那几年，由于繁忙，时间过得飞快，快得叶桑甚至分不清黑夜与白天有什么区别，一天和一个月有什么差别，一个月和一年又有什么不同，无数个紧张、疲惫、重复的日子，都没有任何差别，千篇一律。有差别的是，身边的人和事在悄悄变换。新生活和旧生活、新朋友和旧朋友、新环境与旧环境，走马灯似地转。如果不是与急诊科大夫凯茜·派克合租一套公寓，叶桑早已经忘了马克曾经与自己在外科同甘共苦过两年的时间。

马克是凯茜的男朋友，普通外科大夫。搬家那天他跟在凯茜的身后进来时，叶桑和他两人同时都愣了几秒钟，但一时又记不清，这么面善的人，究竟在哪里遇见过。后来，几乎同时，双方的记忆都恢复了，一阵又拍又喊，把凯茜闹得一头雾水，看看这个，瞧瞧那个，急不可耐地求他们说说以前的故事。当医生，尤其是住院医生，哪个没有糗事？

大约在外科当住院医生不到两个月的一天早晨，不眠不休在手术室工作了48小时之后，终于交了班，一种解脱的快感使叶桑几乎虚脱。她需要睡眠、需要食物、需要马上离开医院这种折磨人神经的环境。

医院里的食物单调得令人作呕，每天都是冰冷的三明治、乳酪、西蓝花。她现在想念的是可口的、热气腾腾的中国菜来养回自己的体力与精力。

在电梯里，叶桑轻松地微合着双眼，心里盘算着接下去的十几个小时、完全属于自己的十几个小时里该去哪里打牙祭，如何修身养息。

有连续十几个小时的时间完全由自己支配。靠着电梯，她有些飘飘然，感觉自己像个富翁。

"叶医生，你没事吧？"一个男士的声音突然响起来。

叶桑睁开眼睛，对面的一位男士在关切地询问她。

"哦，没事，刚值完班，有点累。"

"你看起来好苍白，我以为你要休克了……我和你同在外科，但不同组，也是第一年的住院医生，叫马克。"

在医院的电梯里，叶桑就这样认识了马克。平时她只是在值班医生的名单上见过"马克"，手术室里偶尔有人叫"马克"，可她一直没有面对面地遇到马克。也许在外科病房和手术室里他们无数次擦肩而过，但都没有认识。

"你也够呛啊，刚下夜班？"叶桑见马克面色惨白、疲惫不堪，忍不住调侃。

"你们两个都够呛，很吓人，可怜的住院医生。"一位穿着蓝色护士服，看上去有些年纪的护士靠着电梯的墙壁忽然开口，并对他们两个大摇其头。

出了电梯，再出了医院大门，马克一直跟在叶桑后面。

"你是准备回家吗？"马克问。

"是。"

"你是住在海伦街对过的公寓里吧？"

"是。"

"那你走错路了。"

"没有错。"

"是的，你一定错了。"

"没错。"

"出医院大门你应该是向左拐。"

"哦，好吧。谢谢你！晚安……哦，不，早安。"叶桑调个头走了。

此后，叶桑这个迷糊到走错路的故事经常被马克拿出来调侃。当然，马克自己也有糗事。关于他和他的带教在手术台上下不来的故事，也是住院医生中流传甚广的经典笑话。

一天马克和他的带教做一台疝气修补术，带教领着他切开皮肤、皮下脂肪、肌层、筋膜……一切都很顺利，只花了8分钟。可是，接下大带教在手术视野里用止血钳戳来戳去，仿佛无从下手。马克是新手，不明白这是什么意思，也不敢多嘴，只能耐心等待。没多久这个带教就泄气了，在手术室里走来走去，最后坐在用来垫脚的凳子上。麻醉师忍不住了，问他，你怎么了？他说我做不来这个手术，太难了。

疝气修补术和阑尾切除术不过是很基本的小手术，对于一个主治医生来说，应该是小菜一碟。不巧的是，这个带教是刚从住院医生毕业升格的主治医生，也是新手，第一次带学生发挥异常。不过，这只是个意外而已。现在他已经是外科的一个小头目了，名副其实的外科一把刀，常常带领一帮主治医生和住院医生们外科大查房，解决各种疑难问题。若不是当年马克亲眼所见，很难想象当初大主任刚出道时，也有那么糗的一次失手。

8

在达拉斯，安德森医生的名气很大，病人很多，这除了他的儒雅与医术杰出之外，与他行医的年头长也有关系。一般不错的医生，在一个地方待久了名气总会与日俱增。来找安德森医生整形的多数是女人，本市的、外州的，甚至欧洲的。女人是一种喜欢交流和分享的动物，她们很愿意把自己的故事说给别人听，把自己的新容貌展示给别人看，从中一次又一次地得到享受美和分享快乐的奇妙体验。安德森医生的手艺也就这么随着口耳相传，一传十，十传百。

来找安德森医生的女人常常都带着一个忧伤的故事。很多时候，她们整容是想整心情，隆胸是为了隆信心。女人怎么可以一日无好心情？怎能忍受自己没有自信心呢？没有好心情、没有自信心的女人是危险的，她会伤人，也会作贱自己，那样天下就不太平了。而在叶桑的印象里，纳尔逊夫人是个安静、配合、容易沟通的病人，虽然她有时伤感而疲惫，有时十分敏感，甚至有些神经质。

身为整形医生，美容、美形是每天的工作。但叶桑自己对于"美丽"这个形容词有很多感慨。

比如见到美女，人们总要感叹上帝的杰作。然而，造化弄人，上帝出杰作的时候好像不够多。不是杰作的常常又心有不甘，便去美容，后天的再创造，也能使外貌臻于完美，变成美容医生的杰作。不仅女性，当代男性恢复年轻的驻容手术也已相当盛行。男性之所以接受手术，照他们的说法是希望继续"现在的工作"。女性的理由似乎多了些，为"现在的工作"，也为"现在的和将来的爱情"。而且，与东方人爱找同性大夫的习俗不同，欧美人更愿意找异性大夫。她们相信用男性的眼光来审女性美，会更对男性的胃口。去美容的人可分为两种：一种是被周围的人指出容貌有缺陷，希望弥补先天不足，这种人无可厚非。另一种是在一般人的眼里已经很美了，但仍然要变得更美。甚至，要求眼睛像某某人，鼻子像某某人，下巴又要像某某人，术后她们看到自己时，又会迷惘地说："这不是我要的模样啊！"

现在整容的名目之繁多，技艺之高超已是日新月异。皮肤漂、拉皮、上下眼睑去赘皮，注射 Bioplasteak 增高鼻梁等等。有的女性喜欢在唇周注射胶原，把双唇弄得丰满鼓涨，极尽诱人之能事。还有人在眉心、眼眶周围注射胶原去皱纹。原来已是欲说还休的年龄，一经注射，还真返老还童，变成不识愁滋味了。更有的中老年女性拉皮拉到欲罢不能，有个笑话说，某天，一位女性又一次脸部拉皮回来，人们见她的下巴新添了一个涡，好生奇怪，凑近一瞅，原来那个涡是肚脐眼儿。有家整容医院干脆在门外写着：请不要调戏从这里走出去的女人，她也许是你的祖母。

有时候，柳叶刀还真的改变了人的命运，而且只消减掉几条纤细的神经，就可以使人脱胎换骨。与 NBC 电视台有密切合作关系的印第安纳波利斯地区第 13 频道，新闻主播海伦娜·杜露蕊很年轻，但已经是多面手，上司对杜露蕊很赏识，说她才貌双全，有大将风度，未来不可限量。这位金发碧眼、明眸皓齿的新闻主播，不仅容貌美丽，笑容甜美、亲切，非常有观众缘，可惜从小就有动不动脸红的毛病，这一直困扰着她。有时候，一点意外、一件鸡毛蒜皮的小事都会令她面红耳赤。她说，脸红使她分心，自己感觉两颊一烫，脑袋就一片空白，播起新闻来磕磕巴巴，当场就想捂着脸从摄影机前逃走，不然观众就会看到她一张红彤彤的脸蛋。有的观众也察觉，有时候这位主播看起来很怪，突然脸像一块红布，然后表情僵硬，眼神呆滞，动作和机器人一样不自然，说话又快声音又尖。她曾经穿着高领衫遮住脖子，还用厚厚的一层遮瑕霜，再敷上厚厚的粉底，结果，镜头前脸色看起来不但晦暗，而且像假面具。

就因为杜露蕊这个生理问题，她一直无法升迁，甚至一直在做晚间新闻，不能出现在白天时段。她痛苦地在日记中写道：我一直有不断下沉的感觉，常常一整天都忍不住流泪，现在就要去上班了，泪水还止不住，面纸用掉整整一盒。上帝明明知道我无法胜任这个工作，为什么偏偏要让我来做？在放弃以前，我一定要想各种办法来解决。

杜露蕊慕名而来，是安德森医生给她动的手术，叶桑在一旁当助手。师徒两人洗完手，都穿好了手术衣，这时候杜露蕊已经在麻醉下安然睡去，叶桑用消毒药水在她的胸部和腋下擦拭，然后盖上无菌洞巾，只露出腋下的部位。安德森医生在她左侧腋下、肋骨之间找到准确位置，用手术刀的刀尖切开不到一公分的小口，他用一个粗针头，把两公升的二氧化碳打进胸腔，让肺叶退下去，暴露了手术视野。接着，他把长长的一根金属管伸进去，这根管子是内窥镜，管子末端带有目镜，在光纤的照明下，管子另一端的电烧灼器用来切断神经组织。这种手术叫经胸腔内视镜交感神经切断术，切断交感神经系统中的一些神经纤维，情绪变化就不会通过神经，产生脸红的反应了。

手术后第二天，英俊的安德森医生来查房，他站在她的床前询问术后的情况，她说真是奇妙，她居然不再脸红了，以前，要是有帅气的男性接近，她就会满脸绯红，现在这样的感觉真好。后来，她在镜头前播到各种车祸伤亡的新闻时，都能神色泰然自若。

还有那个仲夏的一天，也让叶桑记忆犹新。一对年轻的恋人来到安德森的诊所，女方要求隆胸。叶桑测了她乳房的容积，选出一对与她原来乳房同尺寸的盐水袋。她看了一眼那两个盐水袋，再看看她的男朋友。男的直摇头："不够大！"叶桑只好把两个盐水袋叠在一起，递到他们面前，心想这回该满意了吧。不料他还是摇头，朝叶桑伸出 4 个指头。

天啊！他居然要他女朋友一边的乳房塞入 4 个盐水袋！

对不起！不行的。叶桑解释说，按医学标准，置入乳房的盐水袋，一般要与原来乳房相同大小或到大三分之二最合适，一次性装入超过原来乳房两倍大的填充物就不太舒服了。如果你们一定要更大的，只能分两次手术。

两次？那个男的问：那不是要我们付双倍的钱？你们医生都是见钱眼开。桃莉·芭顿不是要多大的胸脯就有多大？

罗马不是一天造出来的。叶桑耐心解释：桃莉·芭顿的乳房也不是一次整出来的。况且，她那对超重的乳房，已经让她吃了不少苦头了。腰椎骨质增生，背肌严重劳损，她的医生告诉她，若是她不想后半辈子长期卧床的话，最好要做缩胸手术，现在她已经接受这种手术。

听到叶桑此言，女方犹豫了，眼里充满矛盾。叶桑真想告诉她，何苦呢？

还有一次，一个 20 来岁长相平庸的年轻女孩慕名来找安德森医生，她说她刚得到一笔遗产，第一件事是希望这笔钱可以让自己变得漂亮。当叶桑走进诊室时，她正怯生生地问安德森医生："我想知道你能不能把我变得漂亮一点？"

"可以。"安德森医生稳重地回答。

"我是说，变得非常漂亮……"女孩鼓起勇气修正了自己刚才的要求。

安德森医生微笑着没有言语，他退后几步仔细端详眼前的女孩，然后手指在她的头部和面部比划。他检查了她的脸型轮廓，还用探针在她的颧骨和前额上认真观测、研究，花了好几分钟时间。那时候叶桑刚刚开始在安德森医生手下接受整形外科专科训练，她要跟在老师身边仔细瞧着每一个细微的步骤，以及与对方交流的技巧。

叶桑听安德森医生描述手术的过程似乎非常复杂：女孩需要重建一个新下巴；耳朵的位置要降低一些；眼睛下的黑眼圈要消除，厚重的眼泡也要拿掉，这样才会有又大又亮的双眸；单薄的嘴唇可以变得饱满微翘；鼻梁与两颊的雀斑和青春痘留下的斑痕必须去掉；鼻子要变得再窄一点、高一点；眉毛挑高，眉形要修……叶桑在心里长长地嘘了一口气，担心女孩会被吓坏了。不料这倒使她兴奋异常。很幸运地，浩大的工程完成以后，女孩的确出落得如花似玉，与原来的自己判若两人。后来她回到诊所复诊的时候兴致勃勃地告诉大家，她不再是乏味的小公司里一个丑小鸭一样被上司呼来唤去的小秘书了，现在她在一家跨国贸易公司做行销部管理层人员，由于业绩突出，她的收入和地位都像坐电梯一样，直线上升。

对于美容和整形，诊所里的医护人员也有截然不同的两种态度。女秘书凯瑟琳就十分崇拜安德森医生这把手术刀，从五官、躯体到手足到处她都整过一遍了，乐此不疲。而护士佩吉正相反，她的工作主要是在诊所协助医生动手术。佩吉也欣赏安德森医生这把手术刀，可她从来没有想过，让这把刀也在她的身上发挥神奇的作用。她最爱说："要是半夜上洗手间突然照到镜子，看见一个陌生的面孔盯着自己，那多吓人啊。"佩吉一张脸很普通，身材略显肥胖，但却非常自然而真实。这种自然和真实令人愉悦。当然，这些私人的信念和兴趣并不影响日常工作，对于衣食父母，大家都是全力以赴的。

9

当整形外科大夫总的来说心情是不错的，用一双手美容别人，差不多也有上帝的成就感了。如果不是这次手术意外，叶桑几乎可以相信自己将一辈子热爱这个职业，一辈子快乐地给人制造美丽了。很多从诊所里出去的人都回头说："你改变了我的一生。"试想想，一个已经有了足够聪明才智的女性，再让容貌变成天使，那么，还有什么奇迹不可能发生？

叶桑是个适合当医生的人，工作起来精力充沛，需要休息时马上就可以入眠。无论工作多累，她在梦里都是安宁的，可是最近，她发现自己入睡困难，清晨常常被恶梦吓醒，连续几天，她都在做同样的梦：

四周波动起伏的绿色山峦，错错落落在周围滚动，是嫩嫩的那种初春的绿，天色不明不暗，似有一钩朗朗的下弦月。一股绿意缓缓淌过下弦月，淌着淌着就不动了，叶桑心头一紧，耳边传来护士佩吉压抑着恐惧的低呼，叶医生，没有脉搏了，她没有脉搏了……叶桑猛然从梦境里醒转，又是那个生冷的画面定格在脑子里，下弦月变成了柳叶刀，刀锋上凝固着鲜血，等待隆胸的女病人死在她的手术台上。

人们从梦中醒来时，有的记得梦境，有的忘得一干二净，记得的梦中，处于那种神秘的情景又常常让人恍惚，辨不清是梦境抑或真实。叶桑知道，她的噩梦是真实的，这场噩梦将与她纠缠，不知道要做多久才会真正醒来。或许她更害怕醒来，黑夜的尽头是黎明，而一场官司的输赢没有谁可以预知前头是光明的原野还是黑暗的深渊。

这起轰动全市的整形外科的医疗事故发生在一周以前，消息像一滴水掉到热油锅里，忽地在这个城市炸开了，平时不满的市民们借机发泄，当地的媒体和大众兴奋异常、议论纷纷，有讽刺医生见钱眼开的；有谴责医生草菅人命的；更多的民众在同情死者；这时候医生成了刽子手、成了等待审判的被告，被无情而孤独地推到正义的另一面。死者是市长纳尔逊先生的夫人，他们的影响和势力又给案件增加了许多神秘而不容置疑的压力。

失眠好几个晚上了，好不容易浅浅地打个盹，恶梦又缠了上来。报纸头版头条的新闻上，每一处她的名字都割伤她的视觉神经。电视台的新闻报道里，节目主持人嘴里吐出市立医院、市长夫人、叶医生等字眼都刺激她的听觉。她痛苦、焦躁，像一只被猎枪瞄准的兔子，苦于无处藏身。

白天的报纸。晚上的电视。夜里的噩梦。

那天，刚刚停止呼吸的纳尔逊夫人蜡像一般躺在手术床上一动不动，右手腕上的那串翡翠色的蜜蜡手镯却有生命般地出奇生动，在这个静止的时刻，蜜蜡内心的花纹却比任何时候都灵动而美妙，散发着女人一般的神秘和妩媚，甚至还带些无以言传的诡异，深深刺痛了叶桑的眼睛。

物在人亡。

蜜蜡可以代替它的主人活么？如果它是活的此刻它想说什么呢？谁能了解它真正的奥义所在？

自古以来，蜜蜡便是世界各地之皇室、贵族、藏家、百姓的钟爱，它不只被当做腕饰、颈饰等装饰品，更因为具有神秘的力量而倍受赞扬、推崇。它是历代皇族所采用的饰物与宗教之加持圣物，令佩戴者与珍藏家得到无比的幸运和财富。蜜蜡于上世纪开始已经掀起全球收藏热潮，价值不断攀升。蜜蜡的质感和彩艳魅力，足以媲美钻石和翡翠，它的神秘力量和灵性，却是其他珠宝所不具备的，这样的首饰应该赠予何人？什么样的人才适合佩戴？

　　纳尔逊夫人和叶桑的手上各有一串这样神奇的蜜蜡首饰。安德森医生说，纳尔逊夫人那串翠岭雪山一般的产于西西里岛；叶桑这串紫面蓝心的则产于缅甸。两年前，安德森医生去北欧参加一个国际学术会议，带回好几样礼物分送亲朋好友。他给诊所里其他的女性都是珍珠饰物，唯独带回两串蜜蜡分送叶桑与纳尔逊夫人。

　　一般人只知道蜜蜡值得欣赏、佩戴、疗养、装饰、收藏，却不太了解它最引人的却是它灵性修行之功效。多种传承的蜜蜡，能使人进入神圣喜悦之境地，与真我和至尊神感应，吸收灵性知识，达到生命升华境界。叶桑发现，刚戴在手上时，蜜蜡老旧而没有光泽，纹路模糊，色泽涩暗，与普通的珠子无异，但随着佩戴的时日增多，每颗都有如凝脂般的云雾，一片片一丝丝的紫色纹路开始显现，珠子芯孔的四周也慢慢变得通透。这样的变化是随时的，仿佛可以长大，像小女孩般长大，每天都给人惊喜。现在手上的蜜蜡，鲜亮夺目，油润欲滴，更美的是通透的紫色之中，布满细密的银沙，如梦如幻。假作真时真亦假，世事如梦幻泡影，再多的自诩、溢美和争辩都没有用。唯有彼此拥有的时间是最好的证明。蜜蜡在时间的流逝中，闪烁着恒久夺目的光芒，比生命更坚韧的光芒。

　　难怪英国诗人 Kimberly Patou 曾经写过这样的句子："蜜蜡

刀锋下的盲点

43

象征永恒的爱侣，不断地散发莫名魅力，愿每天为它写下千百首赞美情诗，来表达对它那份热切追求的心意，并全心全意全力的去爱，无论置身于哪一个时空中，蜜蜡之美名就如它本身一样的纯洁，一样的完美……"

刚刚收到这份礼物的时候，叶桑一度迷惑，安德森医生大可不必送自己这样的东西。当然，纳尔逊夫人是他的情人，可以例外，自己算什么呢？或者，它们分别表达着不同的寓意，给纳尔逊夫人的象征永恒的爱；给自己的意味着幸运和财富？虽然想不通、琢磨不透，但叶桑还是常常戴着它。毕竟是老师的赠物，不戴不礼貌。戴着戴着就不愿意脱下来了，除了上手术台手术。

叶桑也注意到，每次在诊所看见纳尔逊夫人，她的手腕上也都佩着蜜蜡手镯。只是她那些珠子绿得清冷，还带些说不清的怨怼，就像深夜街头一只无家可归黑猫的眼睛。一想到戴在纳尔逊夫人无生命的手腕上的那一串蜜蜡手镯，那种变得冰冷诡异的绿色，叶桑的胃就开始痉挛，她蹙着眉头，在被单下微合着眼，像清晨里一朵开败的昙花。有记忆以来，她从来没有像现在这样几乎每夜无眠、还有眼泪、困惑、恐惧、愤怒、怀疑自我、对现实失望，以及不安、焦虑等等痛苦的体验。

连日来，叶桑总在清晨醒来。她不习惯睁着眼睛躺在床上，便轻轻下床。周围安静极了，她甚至可以听到睡在隔壁的室友、急诊科大夫凯茜·派克梦中含糊的呓语。她小心地拉开窗帘，窗外是一个初醒的世界，青蓝的天光中，草地、树木、房舍、天空……干净清爽、无风无尘，就像小时候的梦，闪着光泽。一切都那么柔和、安宁、美好，橘色的初阳即将从地平线上升起。地平线的那端便是自己的故乡了，此刻，家乡父母的窗前应该正是夕阳西下了，隔着半个地球，竟然像隔着一个宇宙的两个星球。

叶桑开始怀念往日的安详，开始想家了。

最后，她还是想到了纳尔逊夫人。

我没有错。我真的没有做错什么啊！请原谅我，纳尔逊夫人！

叶桑不知把手术的过程回忆了多少遍，没有任何失误的地方。其实手术很简单，病人一早进来，护士给她静脉注射麻醉药，手术开始10多分钟之后病人出现血压下降，心肺复苏抢救无效死亡。有很长一段时间，纳尔逊夫人静静地仰躺在手术床上，叶桑也安静地垂手站着，脑子里是空白一片，她不记得他们如何把纳尔逊夫人移走，也不记得自己怎样离开，时间在那个可怕的刹那静止了。叶桑不敢相信45岁、一个旺盛的生命在自己手上就这样失去了，而这个女性只因为爱美。

从普通外科住院医生，做到整形专科，拿了8、9年的柳叶刀，早已经轻车熟路，在外科当住院医生时，更复杂、更危急的手术都见识过，怎么可以在隆胸这么简单的手术上失手？叶桑心口堵得慌，况且手术才刚刚开始，病人就突然不行了，用了所有的抢救措施仍然无法挽回。就像一篇作品通篇锦绣，尾声却留下了显而易见的败笔；一个久经沙场的战士，忽然被缴了枪；一个跳水常胜冠军，意外在游泳池边摔成重伤……整一个不是滋味。

病人的死亡，对被培训来治病救人的医生来说，无疑形同失败。无论大众还是医生自己，都很自然地这么认为。长期以来，医生被赋予了无限的本领和责任。

刀锋下的盲点

10

在医院的自助餐厅，平时就不擅言辞的几个亚裔医生更沉默了。大家独来独往，每个人身上都散发着忧伤的气息。叶桑希望只是自己的错觉。医院里不多的亚裔医生，从前照面还谈谈各自的病人，交换一些医学杂志上的最新信息。现在大家只用不易察觉的手势和遥远的目光致意。疏离、躲避、怀疑，还是责备？叶桑不敢猜测。至少她明白，当她的论文得奖、当她手术成功时，遇到的不是这些。少数族裔、弱势群体本来就是谨小慎微的一群，华人尤其如此。他们在白人的世界里安分守己、勤奋刻苦，希望靠成功取得认同，他们经不起同伴中有人失足、有人失败。那样的话，他们整体的品质和能力都会被质疑，这将使整个群体、整个族裔落得坏名声。一个偶然的事件，就可能使同行遭殃，就可能让一个群体脸上无光，甚至整个民族的声望大跌。

叶桑终于明白了，为什么华人迷恋中国城、唐人街、汉语和中餐，在来自自己本民族的文化里，他们可以得到心灵的自由，有安全感和归属感，有在异国他乡必需的慰藉和表达。在白人眼里，中国城也许只是神秘的东方文化和异国情调的象征，丝绸、香料、殿堂这些东西即使在他们眼前，也有相隔几世纪的距离美。而对华人来说，中国城的象征意义远胜于这些内涵。它对于华人有独特的意义，不仅仅是一种标志，更是血脉相连的生死相依。

这个手术意外不仅会毁掉叶桑的前程，也许也损坏了亚裔医生的名声。这比输掉官司本身更让人承受不起。怀特院长介绍她认识院方聘请的法律顾问，也给了叶桑不小的压力。也就是说，律师明确告诉自己，死者家属也许准备起诉了。叶桑一想到要对簿公堂就脸色泛白，心生不平。一直以来她都是律己的人，有责任心的大夫，根本没有触犯法律的可能，法庭、律师、法官、陪审团这些名词对她来说非常遥远。

许多年前，叶桑刚进外科当住院医生时，就亲眼瞧见自己的顶头上司——总住院医生发生一起医疗事故，但那件事只是医生内部知道，死亡的患者家属没有起诉医生或者医院。

那天由急诊室转来一位 70 多岁的华裔老年妇女，晚期直肠癌，广泛转移，估计已经无法手术切除，需要放射治疗。外科总住院医生带着叶桑一起处理了这个病例，他下了医嘱给病人做钡剂灌肠检查。结果不久之后这位老年妇女大出血死亡。在死亡病例讨论会上，当着所有医生的面，外科主任发疯似地批评这个总住院医生。总住院医生是最高年的住院医生，全科住院医生的负责人。那天，每个在场的住院医生都吓坏了，尤其像叶桑这样刚入外科门的新大夫，心惊胆战。

会议刚开始，主任就问大家："以我们的理解，钡剂灌肠是否是这个患者主要的致死原因？"

"是。"几个医生小声回应。

"是谁下的医嘱？"主任厉声询问。

总住院医生回答："是我，主任。"

"为什么？"

"化疗需要定位，我想做个钡剂灌肠比较好掌握具体部位。"

"作为一个总住院医生，你居然不知道放疗是用标准的位置——覆盖整个下腹部区域？"

"……"

"回答我！"

"我知道，主任。"

"那你为什么还要下医嘱做钡剂灌肠？"

"我只是想钡剂灌肠之后可以比较清楚地了解肿瘤的具体部位。"

"狡辩。这么大的肿瘤，都已经发生肠梗阻，还需要什么定位？你难道不了解，这种情况下，钡剂灌肠是禁忌？钡剂灌肠引起肠破裂，钡剂流到腹腔引起病人死亡，当你还是三年级的医学生时就学到的这个常识。你不能说你不知道吧？"

"我知道。"

"那你为什么还要这么做？"

"我……忘记了这一条。"

"你忘记了？你说你忘记了？你允许你自己忘记这么重要的一条钡剂灌肠禁忌吗？不，你是不拿脑子思考。稍微动一下脑筋你就不会犯这样致命的错误。我们训练医生，不就是训练严密的思维吗？这些年，你都在干什么？"

"……是我错了……"总住院医生十根指头绞在一起，指节发白，眼圈泛红。

"你意识到了吧？你杀了你的病人！你下医嘱做钡剂灌肠，是你亲手杀了她！这是一起严重的医疗技术事故！我要向医疗行为委员会提出告诉。"

后来，这个案子在医疗行为委员会的听证会上定了一个小罪，总住院医生接受轻微的处分，没有影响到他的事业前途。

当时由于死亡患者的家属没有告状，院方请了有经验的律师，一切从轻发落。因此，除了外科行业内部知道消息，坊间无人知晓。

"医院的保险买来不就是要保护医生的么？"叶桑记得当时自己问过法律顾问罗伯特先生。这时候的叶桑，尤其需要寻求法律的保障和保护。

"当然，"罗伯特先生回答，"我们会尽力保护你们，这是我们的职责，但是我要告诉你一些法律的情形也是我的职责，如果对方指控医疗事故，医院是被告，你也是被告，也许还有另一个大夫，他曾经是死者的主治大夫，叫……安德森医生？"

"对。"叶桑说，"但他那天不在手术台上，我是主刀医生。"

法律顾问沉吟一下很职业化地说："从个人的角度来说，这起官司要打起来，针对的就是你了。"

叶桑无语。她知道这场灾难躲不过去，但她也相信医院请的律师一定会尽力为自己的医生辩护，如果真要打起官司，一条船上的医院和医生应该互相照应才对。罗伯特先生看上去是个值得信任、担当得了重任的人，怀特院长更应该为他的医院和医生的名誉不遗余力。这么一琢磨，叶桑的心情好转了一点。

11

　　来美国之前，叶桑对美国人的了解十分有限。也不明白华裔美国人、在美华人、美国华人以及美国的华人之间微妙的差别。来美国后，发现美国的不少好处：独立、自由、平等、友善，不同民族的移民和平相处，大家遵纪守法，彼此尊重，但这是在没有意外发生的时候。一旦生活的平衡被打破，生存环境存在威胁，人性的弱点就表露出来了，种族、性别的差异也尽现无遗了。

　　叶桑从来没有像现在这样体会和了解所谓"英国新教徒后裔的美国人"，这些白人的涵义其实除了坚强、勤奋、智慧之外，则是守旧、律己、顽固、冷漠、孤傲、呆板、缺乏幽默感又没有新意。

　　医院里，外科是典型的男性科室，男性医生占绝对的多数，普通人的心理也认同男人拿刀，人们坚信男人才有力量拿得起那把手术刀，无论在世界哪个角落，对女性来说，柳叶刀的分量远远超过了人们的想象。手术意外发生后；叶桑走在医院里，迎面而来的目光有同情、询问，更多的是怀疑、责备、怨怼……甚至嫌恶。这些让叶桑感觉每一步都走在荆棘上，目光扫过来，面部被冷风刮过似地冰冷、麻木、微痛。

一个手术意外，像一颗石头落水，涟漪一圈一圈扩散，殃及许多无辜。虽然每个手术之前都要让病人签字理解意外的存在，可一旦意外发生，那个签了字的单子就被人遗忘了。不但病人、家属、大众忘了，甚至医院的医生们也都忘了。医学本身就不够完美，医疗失误根本不可能完全避免。尤其是拿手术刀这门营生，手术这门科学一路行来走走停停，修修改改，步履维艰。可以说，"外科医生甚至是在羞辱中取得技术和信心的。"这是当年叶桑在外科当住院医生时，一位外科权威在一次死亡病例讨论前说的话，当时自己没有体会，现在想来千真万确。导演和演员喜欢说电影是门遗憾的艺术，其实医疗才是最遗憾的艺术。电影可以重拍，逝去的病人却永远无法起死回生。

那位外科权威还说了自己刚刚当主治医生时的一个失误。那天救护人员送来一位臀部中弹的年轻人，到医院时年轻人的血压、脉搏、呼吸都正常。助手剪开被血染成红色的裤子。他细心检查了这个年轻人，除了右侧臀部的肌肉上有个边缘整齐、一公分左右的弹孔，身上其他地方都没有发现另一个相似的红色圆洞。年轻人很害怕，但神智清醒，医生严肃而凝重的表情给他带来的恐惧，似乎比子弹在他身子里这件事更多。年轻人用发抖的声音一直说："我没有感觉怎么样，我真的没有什么。"作为一个医生，怎么能听病人的一面之辞？再说，很多病人在紧张时，主观感觉完全不准确。

他戴上手套为年轻人做了肛门检查，指头上沾满了鲜血。他再为年轻人导尿，鲜红的血从导尿管里流出来。很明显，这些血是子弹穿行体内造成。他告诉年轻人伤势很重，需要立刻手术，子弹伤害了直肠、膀胱，还有可能殃及盆腔大血管。年轻人从医生焦急的眼里，看出自己大事不妙，立刻点头答应手术急救。一路上推车轮子的沙沙声，点滴袋在半空不停地摇晃，都增加了这台手术的紧张气氛。麻醉一见效，他就在年轻人的腹部中央切开一道长长口子，从肋骨下缘到耻骨上缘水平。结果翻遍内脏，就是找不到那枚子弹，不但找不到子弹，就连子弹的轨迹都无处可寻……什么都没有：没有内出血、没有内脏和血管损伤。瞄一眼手术床下挂着的导尿管，流出来的尿是再正常不过的澄清的黄色。

手术做不下去了，只要好请 X 光科技术员把 X 光机推到手术室来。大家合力找了一个多小时，还是没有任何发现，只好把打开的腹部重新缝合起来，什么工作也没做。过了几天复查，这回拍出来的 X 光片看到子弹了，正好卡在腹部的右上方。一颗直径 1 公分多的子弹，竟然可以从臀部经过盆腔到腹腔，而且一路居然没有伤及任何脏器组织。怎么办？怎么对年轻人解释？为什么当初在手术台上没有看到子弹？一开始那些血是从哪里来的？直到现在，这位外科权威说他还没弄明白。不过，当时他决定不再多事，为这样一颗不伤人的子弹再开一刀。年轻人在医院住了一周，除了医生在他的肚皮上留下长长的手术疤痕，看起来的确一点问题都没有。奇怪的是，这个年轻人后来也没有受这颗子弹的困扰，没有再来找医生，更没有起诉打官司。

现在医院的环境使叶桑觉得不公平，院方把她当棘手的麻烦医生，一些同事和民众把她当罪人，恨不得她马上消失，他们害怕压力和怀疑。病人怕了医院，怀疑医生的能力，那这家医院就要亏本，甚至倒闭。手术意外的概率不高，但落在谁的头上谁倒霉。医院要是败诉，名气一落千丈。而无论胜败，保险公司的巨额赔偿金总是要付的。而败诉的医生，也许就要永远在医疗界消失，就像败下阵来的选手，要做好改行或退休的心理准备。

美国病人喜欢告状，美国律师推波助澜，使得医生悬壶艰难，不少医学院学生才走出校门就毅然改行，受不了当住院医生的压力和劳累。还有的自然是不能忍受屡屡被告后无休无止地上法庭，即使胜诉也劳民伤财。

　　在美国，一位妇产科医生接过生的孩子，在成年之前，只要他们的父母认为什么地方不对了，怀疑与当年接生的医生操作失误有关，都可以告状。美国医生一般年收入 10 到 20 万美元，保险费就要 10 多万美元。如果你受雇于医院，这 10 多万美元的保险费就由雇佣你的院方出。你若想离开雇佣者自己开业，那最好想想有没有能力支付这笔昂贵的保险金。多数医生都是一边给医院干活，一边开私人诊所，因为一位医生只需要买一份保险就够了。这样做虽然很辛苦，但挣的收入也多。安德森医生一开始也是这样，叶桑眼下正属于这种情形。

12

对纳尔逊夫人的手术意外，安德森医生一直很沉默。叶桑希望他能像平时那样给自己一些指导，哪怕谈一些无关紧要的事也成，甚至指责。她需要交流、需要倾诉、需要为自己辩护。可是没有。他沉默着，并且心事重重。能说什么呢？这样非常的时候。连律师都交代叶桑不要随便说话，尤其在媒体上。

出事第二天，当地的媒体就找到医院里来了，大小记者被院方挡掉了不少，可叶桑却被阻截在回家的路上。

在离医院不到 5 码的十字路口，两位电视台的记者忽然从街道拐角冒出来，围住了叶桑。一个扛着摄像机，一个拿着麦克风。

叶桑心下想，既来之则安之，在媒体上陈述事实也不是坏主意。这些天来，她正苦于无处申诉。

于是她没有逃避，而是很配合地面对摄像机。

拿麦克风的记者劈头就问："大夫，请问您贵姓？"

"我姓叶。"

"纳尔逊夫人的手术是您主刀的吗？"

"是。"

"对纳尔逊夫人的死亡你有什么感想？"

"我很难过，也十分遗憾……"

"你认为导致纳尔逊夫人死亡的原因是什么？"

"我不知道，尸体解剖的结果还没有出来。"

"你认为她是健康的吗？"

"应该是。但我们都在等病理报告。"

"纳尔逊夫人是什么原因要求手术的？"

"她想隆胸。"

"隆胸导致死亡的病例常见吗？"

"不常见。"

"这是否说明您在手术中失误？"

"这里面没有必然的逻辑关系。我的手术准确无误！"

"可是纳尔逊夫人死在医生您的手术刀下。您不否认吧？"

"手术总有意外。现在纳尔逊夫人的死因还不清楚。我们正在等待尸体解剖的结果。"

"这么说，医生，您对自己的手术成功率不清楚，对病人的死因不清楚，那么，您对什么清楚呢？一台手术收入的钱的数目吗？"

叶桑惊讶得无言以对。记者怎么会这么粗暴无礼？这是什么逻辑？这不是明摆着设圈套害医生么？她马上后悔了自己刚才的举动。她应该逃开媒体的。这些添乱添堵的家伙！

"等待尸体解剖的结果"这句话对医生来说是再正常不过的了。误诊致死，然后通过尸体解剖翻案的例子不是很常见吗？20世纪欧美国家通过大量解剖死亡病人，不当的临床诊断和治疗得到及时纠正，使临床医学有了惊人的进展。原来叶桑也以为像美国这样先进的国家，误诊误治率大约就1%、2%，后来读到一篇针对尸体解剖的大规模研究论文，文中的数据证

刀锋下的盲点

55

明，在被误诊的病人中，有三分之一如果得到适当的治疗，不会导致死亡。如此说来，"等待尸体解剖的结果"这句话又有什么错？

看叶桑没有回答，对方又逼进："医生，你的病人总是通过验尸来确诊的，是吗？"

"请你们有点同情心好不好？人命关天，你们还在胡诌什么？"叶桑由于气愤，感觉自己的脸在烧，嗓音明显发抖。她甩下他们扭头就走。就在转身离开的同时，她忽然明白过来了，刚才她面对的不是自己的同行，不是死亡病例讨论会上的发言，也不是关起门来医生们的病例分析。一般人总是认为，出现医疗疏失基本上都是坏医生的问题。不只普通民众这样认为；病人和家属这样认为；媒体这样认为；甚至检察官、律师、陪审员、法官都这样认为。他们都认为医疗疏失是不得了的特例，而事实上，医疗疏失时有发生，并且寻常得很。

叶桑忿忿不平地走着，她身后的记者还在嚷嚷："我还正想问你们医生有没有同情心呢，人命关天，当然人命关天……"

"伙计，效果怎么样？"拿麦克风的问，"拍到她气急败坏的面部特写了吗？"

扛着摄像机的回答："棒极了！就像预演过的那么理想。要知道，咱们这是直播。直播啊。市长会很满意的，你放心好了。"

但愿电视台不要播出来，千万不要播出来。叶桑不敢想象这段对话和画面要是播出来的话，会引起什么样的反效果。这种恶毒的狗仔队令叶桑恨透了，他们闻香逐臭，唯恐天下不乱。叶桑非常后悔自己的大意，不该仓促接受这样的采访。她心里着急，脚下的步子越来越快，最后疾跑。她恨不能赶快躲到自己的屋里去，报纸连篇累牍报道市长夫人死亡的消息阴魂不散，现在又和电视镜头狭路相逢。

　　叶桑成了媒体追逐的对象，一张东方女性的面孔，本来不会成为焦点，因为一个失误或差错，一夜之间家喻户晓。叶桑感到从来没有过的紧张、窒息、愤怒和无奈。她坚信自己没有差错也没有失误，这样的手术做过多少次了，了如指掌，可是，这又有什么用呢？有谁会相信她的无辜？

　　整个白天担着心守着电视看新闻，叶桑心里很矛盾，她并不希望看到自己出现在电视屏幕上，可又不愿意漏掉那个令人担惊受怕的镜头。无论多糟糕，总比只给别人看强一点。天晓得那些可恶的记者会怎么编排他们的对话，她的形象在他们的镜头下一定让更多的人充满怀疑和轻视。他们中有华人，也有非华人。

13

叶桑这两天没有手术，整形科的手术基本上都是择期手术，没有急诊。如果你想休息的话，完全可以把手术排到你认为合适的日期，叶桑自己觉得暂时离开手术室一段时间比较好。官司的事很伤神，她必须全力以赴。

出事以后，叶桑几乎夜不成寐，白天又昏昏沉沉。这天她到中午才强打起精神起床，午后，她要去一家中国人的律师事务所，找律师谈谈像这样的医疗案子会是什么样的情形。叶桑现在发现自己对美国司法界实在太陌生了，对美国的法律和法律程序一概不清。

叶桑给几家律师事务所打了电话，对方三言两语后总说最好见面谈，他们一般第一咨询是免费的。

院方的律师是医院请来的，永远是站在院方的立场说话，一切为医院的利益着想，败诉的话固然医院的名声受损，但只要他们解雇了惹麻烦的医生，医院照常运作，就像每天的日升日落，偶尔的坏天气不至于让人们怀疑太阳的存在和发光的能力。可对于叶桑来讲就不同了，这是她的全部，她的事业和前程，甚至生活和生命，一旦败了就什么都没有了。她必须清楚并且掌握事件发展的全部状况，而不是被摒弃在外围，任人宰割。为了平息病人家属、也就是市长先生的愤怒，院方很有可能做出严重损害某个医生利益的举措，丢卒保车，换得整个医院和其他医生的安宁。

出事以后，叶桑对任何有关法律的字眼都敏感。她特别注意与官司有关的各种消息，希望从中得到启发。在一份华文报纸上，她看到一位倒霉的被告写的一篇血泪文章。

作者说他最近收到律师来信告知，那宗困扰了他多时，令他气愤难平的案子终于有眉目了，由保险公司支付控方一笔钱，达成庭外和解，而控方也撤销了对他的所有控告。作者在"控告"后面特别加了说明，与其说是"控告"，不如说是"诬告"。律师告诉他，这是对他最有利的结案方式了，因为作为被告的他不需为此案付出分毫。这么说，这应该是喜剧结尾，可作者说他丝毫没有因此案的结束而感到欣喜，相反，他却感到犹如吃了一只死耗子般难受！凭什么赔钱给控方？难道污蔑诬告也可以是一条生财之路？

叶桑的目光在这句话上面停留许久。难道污蔑诬告也可以是一条生财之路？看来诬告也不是罕见的事。

这个世界太让人不平、不安了。

接下去是作者叙述整个事件的来龙去脉。他说自己3年前第一次当屋主就栽了个大跟斗，引狼入室。他通过一个经纪人，把一个二房一厅的公寓，租给了一个黑人单亲家庭，噩梦从此开始。黑人妇女住下不久，就刻意处处伺机寻找机会敲诈勒索，当遭到作者的断然拒绝后，便开始不断制造麻烦。她不交房租，还有意把烟雾感应器弄坏，随后再打电话到市房管局和租客工会去投诉，说屋主出租房屋时，没有提供安全的设施。她还不时挑起事端，半夜三更没事找事给警察局打电话呼救，唆使别人打电话对作者进行恐吓……好在作者都有防备，没有让她的诡计得逞。

由于反复勒索得不到钱，她怀恨在心，于是捏造事实，一状告到法院说作者种族歧视，骚扰她并非法闯入她的私人房间；拒绝给她修理损坏的日用物件；居住环境恶劣多次求助不予理睬等等。她把作者从市里有关部门，一直告到州政府。难得作者是个细心且有条理之人，每一关，他都以大量的文字事实与她过招，最后她都由于证据不足而无法得逞。

可就是屡败她还屡战，贼不死心。据说这位黑人妇女累积了大量的欺诈经验，令她不愿意因此善罢甘休。她曾经用卑鄙的手段告过"GAP"等大公司，没有得逞，捏造过几次工伤索取赔偿，也没有结果。可她无所畏惧，一来她请律师不用花钱，天下的律师都喜欢这样爱制造官司的人，否则饭碗难保。二来就算官司打输了她也毫发无损，万一赢了，那就达到目的了，一笔可观的银子落入口袋，或许这就是她梦想的生财之道。所以，这样的人都不会放弃任何一个诈骗钱财的机会。

这场官司最后由作者的保险公司出面负责赔偿才算结案。律师说，保险公司希望尽早了结这宗案子，不想花费昂贵的辩护费用在法庭的来回交锋上。尽管他们也相信控方是一位无耻的职业原告，如同米高娈童案中的那位儿童的母亲专以名人作为敲诈勒索的对象，但是，如果要扛到底的话，所支付的律师费要比赔偿金高出数倍。权衡利弊得失，保险公司决定做出"商业性决定"，也就是庭外和解，给控方一笔钱，息事宁人，把她打发走了事。

作者在文章的最后感慨道，多么希望辩护律师能够尽力而为，提供有力的事实证据，大家一起在法庭上把控方的谎言诬告一一击破驳倒，将这个令人讨厌的职业原告的真面目公布于众，让她输得彻底，并且心服口服。

然而事实总是令人失望，保险公司是个生意商家。商家头

刀锋的下盲点

脑常以利字当头，如此的商业决定对他们来说无可厚非。但是法理究竟何在？如此让无理的控方又一次得逞，岂不又助长了恶人的威风？当今社会上诈骗案遍地。商家们的"商业决定"明显是给了那些职业骗徒们可乘之机，食髓知味，他们诈骗钱财的灵感与日俱增，天下能太平么？

叶桑恨那个诬告的恶妇人，恨所有爱钻法律空子的刁民。如今自己也官司缠身，恐怕情况要比这位作者更可悲。一位受人爱戴的市长原告，一个被人怀疑的、年轻的、少数民族族裔的女医生……陪审团会同情谁？偏向谁？如果院方也来个无可奈何的"商业性决定"，那么自己无疑就是牺牲品了。叶桑不敢再往下想了。

14

周日，与叶桑合租一套公寓的急诊科大夫凯茜·派克刚好不当班也休息在家，两个人都睡到近中午。正午强烈的阳光不由分说地透过关闭的百叶窗的缝隙，一片片地散落在桌面、沙发和地毯上。看上去像一组象征派的拼图。

刚起床的凯茜穿着睡衣，蓬松着长发，端着一杯热咖啡靠在浴室门口，看着刚沐浴出来的叶桑，正用吹风机吹干湿漉漉的披肩长发。她叫着叶桑的英文名字："桑妮，你的咖啡在桌子上了。"然后问她，"事情进展得怎么样了？我是说律师那边。"

叶桑说："没有消息，不知道进展如何，他们什么都没跟我说，我也什么都不知道。"

说到这里叶桑忍不住一阵烦躁，眼圈有点红了："凯茜，他们究竟要把我怎么样？"

凯茜没有马上回答，喝了一口咖啡，过了片刻才问叶桑："桑妮，你对自己究竟有多少把握？"

叶桑一愣，马上明白了她是在问，手术意外中自己失误的成分占了多大的比例。

刚才热水澡的暖意已经悄悄远去，此时的发梢，正以一股冰凉的寒意覆盖在叶桑的肌肤上。她停止了梳头的动作，把梳子从头发上拿下来，用另一只手紧紧握着，梳齿顶着指腹给她痛感，也让她清醒。她把脸整个转向凯茜，十分肯定地说："很离奇的一宗意外死亡，凯茜你知道，我的第一感觉就是麻醉药过量……可是当时查了护士佩吉所用的药量并没有错呀。这样没有道理的失手真叫人不服气！"

叶桑拿着梳子重重地点着空中某处："这里面一定有问题，但我不知道问题在哪里。凯茜，你在急诊科，每天看意外伤亡事故，你觉得还有什么其他的可能原因呢？"

"可能的原因多了，"凯茜返身把叶桑那杯咖啡递给她，"按你说的情况最有可能的是病人本身的问题，健康状况不佳，或者用了毒品……"说到这里凯茜忽然停住了，两个女医生顿时瞪大眼睛。手术之前用了毒品？

"难道纳尔逊夫人是瘾君子？怎么可能？她是市长夫人。"叶桑不敢再推测下去。

凯茜很快恢复常态，不为所动："没有什么不可能，叶医生，不是最不可能的死亡都在你手上发生了么？"

"桑妮，昨晚看新闻了吗？本市焦点。"凯茜有些犹豫，但还是决定说开。

"没有，有什么大新闻？"

"对咱们来说应该是大新闻，关于咱们医院的……"

"是关于我的？"叶桑从凯茜有些闪烁的神色里猜出了她所害怕的事情终于发生了。那两个该死的电视台记者和那个可恶的采访。

"那些混帐记者！"凯茜忍不住骂了一句，"居然来这一套。我们当医生的累死累活，拿的工资也不比律师、电脑工程师多，凭什么还要被人这样怀疑、诬蔑？"

从凯茜的愤怒中，叶桑顶感到这则新闻对她，甚至对医生整个群体的伤害。

"情形很糟糕是不是？凯茜。"

"他们把你拍得像个没有常识、没有医德的庸医，还有后面那段市长的访谈……我的感觉是你被愚弄了。桑妮，你不应该随便答应接受那些人的采访，这对你非常不利，你知道么？现在你要保持沉默、沉默。一切都让律师来替你说话。你还不懂这个国家，你要学会保护自己。"

"我是在下班的路上被他们截住的，和他们无冤无仇，他们为什么要这样对我？"

"桑妮，你听我说，无论面对谁，媒体、警察，还是联邦调查局，你都必须使用'米兰达权力'"

"什么是'米兰达权力'？"叶桑承认自己太无知。

"'米兰达权力'就是'Miranda rights'，源于美国最高法院裁决的'米兰达控诉亚利桑那州'案例。要点就是包括警方在讯问前应该告知嫌犯，他们有权力保持沉默，他们所说的任何事情都可以用作不利于他们的证据，及他们有权力聘请或指定辩护律师，以获得帮助。"

叶桑的脑子里浮现了电影里经常可以看到的画面：手握麦克风、笔记本、照相机和摄像机的记者们像一窝蜂一样拥来。当事人加快脚步，瞧也不瞧他们一眼，嘴里说"无可奉告"，当然，也可以什么都不说。

她们正说着电话铃响了。是怀特院长。

"叶医生，你看了昨晚的本市新闻了吗？你怎么可以随便接受记者的采访？这个采访很不妙。我们有律师，律师可以替我们说话，你……"怀特院长劈头就是一串。叶桑可以感觉到院长的火气从电话线那头窜过来，烧得她耳根滚烫。院长从来没有用这样焦急、责备的语气和她说话，叶桑几乎感觉到，怀特院长那双平时总是很温柔，带有凯尔特族（居住在爱尔兰、苏格兰高地阿利安族的一支）血统、湖水一般的蓝眼睛，现在要冒出火来了。

叶桑彻底相信了凯茜。那个新闻很糟糕，并且对她和医院都造成了伤害。

怀特院长那边刚收线，手机又响了。这回是安德森医生。

"桑妮，你看了昨晚的本市新闻了吗？你真不该……"

"我知道，结果将对我们很不利是不是？很多人都看电视了？"

"没有全市，也有百分之八十吧。你知道咱们这位市长是个很会做秀的人，政客就是政客，你根本不是他的对手，我们要吃亏的。我们得依靠法律程序……天晓得法律是不是也操纵在他们这些人手里。"

叶桑胃部开始绞痛，有一口气闷在胸口堵得喘不过气。她感觉自己握手机的手一阵阵发麻、直冒汗，贴着听筒的耳朵嗡嗡响，好一阵子才恍然安德森医生已经把电话挂了。

原先她感到许多同事在排斥她；现在她觉得自己背叛了所有的同事，是另一种方式的背叛。

我要做点什么事来挽救这一切……必须做点什么，不能坐以待毙。叶桑坐立不安，焦躁地盘算着各种利弊。

15

这是一家当地华文报纸上广告做得最大的律师事务所，专
精民事诉讼。看文字介绍，几位执照律师都是名牌大学毕业，
经验丰富，愿意竭诚为华裔服务。平时叶桑不是特别注意华文
报纸上的广告，尤其是律师事务所，一切法律问题都有医院来
承包，自己还需要费那个心思做什么？也许她从来没有想到，
有一天，自己会处于如此危险而无助的境地，也需要找律师为
自己辩护。在美国打官司司空见惯，轮到自己了，才明白那种
滋味不好受。

叶桑看中这家律师事务所，完全是被报纸上的广告词"竭
诚为华裔服务"这几个字所吸引，一个占弱势的少数族裔，作
为第一代移民来到这个国家，她一心求"同化"，不仅是在
"族群"层面，甚至是在"阶级"层面的同化。眼看着一步步
地打入了美国社会的主流，在竞争最激烈的行业占一席地位，
却要在一个意外中有可能被驱逐出来，成为耻辱的局外人。现
在，叶桑最需要的是认同，她的律师必须和她一样对她怀有坚
定的信念，纳尔逊夫人的死亡是个意外，不是医疗失误或者差
错。她没有错。至少她没有违反医疗原则。她不相信，偌大的

城市，找不到一位肯为、也能为她申张正义、维护名声、保住医生执照的好律师。

律师事务所坐落在达拉斯下城的繁华地带，傲立于众多的建筑群中。和美国其他城市一样，达拉斯的下城也是被各种商场、博物馆、艺术馆、音乐厅、餐厅，以及大小公园、体育馆、运动中心层层包围，只是达拉斯有比其他大城市更繁忙的理由：达拉斯的国际机场是世界第二忙碌的机场；达拉斯的购物中心比其他城市多；还有比纽约高出 4 倍的餐厅……当然，律师事务所也必定要与众不同，它们想必是让人们从它的外观的雄伟和装修的气派，就可以信任它们的实力。

午后的阳光把叶桑的影子忽长忽短地投在她的脚边，和街道两边的胡桃树、木棉摇曳的影子一起伴着她的情绪忽高忽低。空气里也飘浮着不安定的花香。这个律师办公楼的隔壁，就是当年暗杀肯尼迪总统那个歹徒行凶的地方。那两颗夺命的子弹，正是从这个灰色小楼的第 3 层射出。而它对面屹立的白色盒子一样的方形大理石建筑物，便是肯尼迪总统遇刺身亡的纪念碑。

叶桑推开旋转门，走进律师事务所，清爽的冷气驱除了室外的暑热，心神似乎安定了一些。这个大厅的顶非常高，墙上嵌着大理石。她跟着几个人同时进了左边的电梯，这些人穿着雅致、手提公文包，轻声交谈，声音压得低低的，典型的电梯里的交谈方式。他们陆陆续续在 6 楼、8 楼出去了。叶桑到了 10 楼，一出电梯就是个小厅，左、右、正面都与走廊相通。她看了看靠近电梯口的一个大指示牌，足有一人高，上面全是律师的名字，大约 20 多个。走到邻近几个铜制的门牌上瞧瞧，上面有醒目的号码和名字，左右张望一下，叶桑决定向右边走去。她尽量装着若无其事的样子，好像拜访律师楼是习以为常的事。

刀锋的盲点

　　走在铺了厚实、赭红色地毯的过道上，叶桑听不到自己平时稳健的脚步声，却听到自己的心跳声挂在鼓膜砰砰地响，每一下都敲得震耳，敲得人心烦意乱。一阵燥热，叶桑的脸开始泛红，细细的汗珠从毛孔里渗出来。为了不让自己心慌或者胡思乱想，她开始仔细打量周围的环境和布置。终于，她看到约定的房间号码1025。

　　正要推门，却忽然把手缩回来，叶桑深深地吸口气，拢一下在街上被风吹乱的头发，把颈前的项链坠子扶正，又拉齐墨绿色套装的衣角。待她再次欲伸手推门，那门却突然开了，走出一个面容憔悴、神情沮丧的东方男子。叶桑吓了一跳，本能地退了一步，可是，这个男子瞧也没瞧叶桑一眼，把她当空气，他自己也像空气一样，飘着往前走。

　　站在走廊上看着这个失魂落魄的男子消失在走廊尽头，叶桑才回过神来。她再次推门而入。

　　这个时间律师的接待室还很安静，没有其他的委托人在等待。一张玻璃茶几周围有一套三张的皮沙发。茶几上花花绿绿的杂志放得很整齐。柔和轻松的爵士乐从房顶传来。硬木地板上铺了一张雅致的波斯地毯。

　　女秘书见了叶桑和气地问："您有事吗？"

　　"我约了王大卫律师。"

　　"哦，您是叶小姐？"

　　"是。"

　　女秘书客气地把叶桑引到王大卫的办公室门口，她敲门。

　　"请进。"门里回答，是一个浑厚的男性的声音。

68

　　叶桑进去，看到坐在宽大办公桌后面的男子，他正从座位上站起来。办公桌子上摞着打开和没有打开的法律书籍；大大小小的记事簿；一叠叠好几寸高的诉讼状和其他文件。而他的起身动作也让叶桑注意到他身后的墙，挂得琳琅满目：镶框照片、荣誉奖章、奖品、证书……再环顾四周，两面墙边都贴墙立着书架，无数的书、红色文件夹、牛皮纸档案袋，每层架子的横板都被沉甸甸的负荷压得仿佛要垮掉。这些东西看在叶桑眼里，她的心也变得沉甸甸。

办公室里的家具用的都是深色贵重的木材和黑色真皮制品，不算豪华，但自有一种严谨和考究。

男人与她握手，问她："你是叶小姐？"

叶桑回答："我是叶医生。"

"叶医生请坐。"说着男人转身去倒一杯咖啡给叶桑。

王大卫背对着叶桑，他不紧不慢地从一溜摞着的纸杯上取下一个来，棕色、冒着热气的液体从龙头里流出来，流到纸杯里。然后，他往杯里各加了一包奶精和糖，用一条细细的小木棒徐徐地搅拌，最后，他把咖啡递给了叶桑。

叶桑一直站着，她顾不得坐下，她十分迫切地想瞧清楚这个将掌握她命运的律师究竟是什么样的人。

把咖啡递给叶桑后王大卫报了家门："我是王大卫律师。我们电话谈过。"

他们隔着办公桌分别坐下。叶桑啜了一口热咖啡，心却凉了半截。这个王大卫太年轻了，虽然名气不小，却和自己的年纪相仿，估计也是个新手，广告上的文字怎么能全信？这样重要的案子交给他怎么叫人放心得下？

或许从律师的角度来看，这种医疗案子并不稀奇，可对当事人来说，那是一生的前途和命运。这会儿叶桑突然理解了病人的心理，生死攸关，势必患得患失。一般的病人总是信任有些年纪的医生，年纪代表着经验和智慧，虽然他们的病痛在年轻医生的眼里无非是常见病、多发病。

眼前这位与其说是律师，倒不如说他更像运动员。对，像运动员，是老虎伍兹的翻版。个头、肤色、五官、气质，都很像。在叶桑看来，律师最起码要机敏、精明、稳重又犀利，薄薄的两片嘴皮子巧舌如簧。可眼前这位"伍兹"看上去太忠厚老实了，目光还算锐利，可惜一双厚嘴唇只会紧紧地抿着……叶桑丝毫不想掩饰自己的失望，难道在法庭上他也这样金口不开？失望之余她什么想法都没有了，思忖着怎么找个借口马上告辞，她没有时间与不称职的律师周旋。

王大卫稳稳地坐在对面，似乎也看出眼前这位女子的焦躁不安。他见叶桑不语，便开始询问："叶小姐……"

"请叫我叶医生，"叶桑有些不耐烦地打断他的问话，"我习惯对方叫我叶医生。"

"叶医生，有什么需要帮助的吗？今天我能为你做什么？电话里咱们……"

"我想没有了，也许你帮不上我的忙。谢谢您的咖啡。"叶桑冷淡地说完起身就要走。

"也许正相反。"王大卫依然稳当地坐在椅子上，仰视着眼前的女子，目光和姿势都十分自信，而且同样十分坦诚："叶医生，你愿意把事情的经过叙述一遍么？在电话上我们没有深谈。我需要了解事件的整个过程。"

王大卫特有的专业素养和理智留住了叶桑的脚步。叶桑回头想想自己的确有些浮躁，作为当事人，没有人在这种时候仍然心平气和，但愿律师见怪不怪。她把纳尔逊夫人原先是安德森医生的病人，后来如何变成自己的；手术意外以及抢救经过都叙述了一遍。王大卫的目光始终温暖而关切地笼罩着叶桑。他不时在本子上快速地记录，没有询问任何问题打断叶桑的思路。

一口气把自己认为该说的都说完，叶桑艰难地做个吞咽动作，感觉嗓子异常苦涩，眼角也开始发烫泛潮。她发现，原来自己一直在逃避、否认，而事实上，这个手术意外，或者说纳尔逊夫人的死对自己是如此地伤害，伤害着一个医生的信心和信念。内心深处，她内疚、自责，她害怕自己真的失职，还恐惧将要面对的法庭和审判。

叶桑垂下头，不安地扭动一下身子，她非常不习惯这样的方式，甚至觉得有些荒唐。平时总是对方叙述，自己笔记。尤其是初诊的病人，她有足够的耐心倾听求诊者的故事，与疾病有关的，无关的，也是这样一两个小时。没想到有一天，角色变了，为自己付出耐心和关怀的竟是一位陌生的律师。这位年轻的律师有着与自己一样的敬业精神，一样专业的自信、细心、宽容、冷静、理智……聪明。而自己却是一个有了很大麻烦，等待着他帮助的人。

"你对你的手术和抢救过程有信心吗？它们都符合规范吗？记录也完整？"王大卫等到最后才发问。

"我相信自己没有过失。抢救过程都有详细记录。事后我还特意去看过病历，从头到尾，准确无误。我绝对有信心！"叶桑强调着自己的信心，也希望自己看起来的确对自己有足够的信心。

正在记录的王大卫猛然抬头，犀利地注视着叶桑足足30秒。

"叶医生，请你再说一遍。你说你，也就是手术意外发生后，你又回头仔细阅读你的病历记录？为什么？"

为什么？叶桑哑口无言。王大卫冷峻的神情让她不寒而栗，她直觉自己说错了什么，但不知道错在哪里，她斟酌着回答："我只是想看看有没有不当之处。"

一阵令人窒息的沉默之后王大卫开口了："这么说，叶医生，你对自己的治疗也产生了怀疑？不确定当时自己的处理是否得当，所以才回头去查看？"王大卫几乎是冷酷地逼视着叶桑。

"没有。不是的。怎么可能？我没有怀疑。你怎么可以这样曲解我？"叶桑语无伦次，脸色煞白。

原来律师和记者是一路货色。叶桑觉得自己在到处碰壁，无论如何自己说什么都不再被信任。

"你知道吗，一个被告说出这种话，就等于把自己出卖了。对方可以根据你的言辞反过来把你击败……"

"被告？我不是被告！至少现在我还不是。我没有做错什么事。"叶桑气糊涂了，眼泪在眼眶里打转。

王大卫不再言语，随手把桌子上的一盒纸巾递过去。

"我还以为你是理解我的。如果你一开始就认定我有罪，你还怎么当我的辩护律师？再见！"叶桑双唇颤抖，但她仍然倔强地把泪水留住，没有让它流下来。她故意不去接王大卫手里的纸巾盒，而是拎起手提包转身大步向门口走去。

王大卫无言地望着她离去的背影，和那扇自动无声关闭的门，久久不动。

刚才与叶桑在门口照面的刹那间，王大卫的心里就不由自主地颤动了一下，这个女人很特别。叶桑负气而去，王大卫不免心痛：这么要强的女孩子，是要吃亏的。

16

叶桑走后，王大卫把这个记录了对话的法律事务记录簿放进一个文件夹。那里面还存着几份最近以来各家媒体的报道，单单是《达拉斯晨报》社会版的消息就好几条。一看题目就知道与这起手术意外有关。主刀医生是中国人，死者是本市市长夫人，这样的新闻对一个律师来说，不关注是不可能的。打着"竭诚为华裔服务"的牌子，做的也应该是相同的事。华裔在美国犯刑事案件的比较少，他们大多安分守己，凡事喜欢忍气吞声，不愿意告别人，也很少被告。医疗纠纷案倒是有些，作为第一代移民能在医疗界成为执业医生不容易，尤其是女性。这也是王大卫作为华裔律师自然要关注她的原因。

王大卫出生在美国，父母曾经是来自台湾的留学生，他们在小城的大学里读博士，毕业后父亲在大学里任教，母亲在家中照顾他们兄弟三人。在美国大学城里长大的 ABC（America – born Chinese，美国出生的华人），英语是母语。古朴的大学城环境优美，民风淳厚，仿佛是上帝为他刻意开辟的世外桃源，没有种族歧视，没有肤色的差别，生活在公平、和谐、友善和优雅之中。王大卫小时候一直认为自己不是"在美华人"，不是"海外华人"，而是"华裔美国人"，简称"美国人"，和他的白人邻居、同学，父母的白人同学、同事都没有任何区别。

小时候，他努力学习白人同学说话的语气，穿衣的习惯，甚至发型。当然，华人的发质比较硬，特别是理短了以后一根根竖着，他就想尽办法让它们服帖。试过长发，也试过短发，用过量的发胶……在童年和少年的记忆里，他一直都在试图把自己变成他身边的同龄人那样。

年事稍长，走出小城，王大卫开始明白外面的世界不一样，他必须用自己的智慧、机智、勇气、勤奋、宽容、善良、以及超越同龄人的早熟，来应对学习和生活中不可避免的"种族差异"、"有肤色的国度"，以及"华裔意识"，这种震撼，或许就是亚裔成长之痛吧。在耶鲁大学，他开始真正自觉地进入这个意识的内核。不停地提出问题，寻找答案，"认同"之路行来一波三折，刻骨铭心。

相较于英国等几个欧洲国家，美国的种族歧视比较明显。在英国，社会阶层分明，几乎不可逾越，上流社会和底层阶级没有什么交集，各自在自己的圈子和轨道上安分守己、按部就班地过日子，互不干涉。可是在美国这个移民的国家，大熔炉里谁都会受到冲击，每个族群、每个人都在寻找着一个平衡点，不省力，但也都可能凭努力得到应有的待遇和地位。有色人种所取得的进步，在美国比任何国家都快。"黑色是美丽的！"已在美国社会得到强烈共鸣。上个世纪 60 年代美国发生了"漫长而炎热的夏季"，这场骚乱中黑人的力量使白人震惊。如今，不管白人多么仇视、惧怕黑人，但他们会小心翼翼地藏好这种情绪，不敢在公开场合表现出来。如今，越来越多的黑人步入中产阶层。在英国，这是无法想象、也绝对无法做到的事。

一个移民的国家，重要的应该不是同化成白人，而是各种族裔真正的融合，融合后的新文化形式。不该存在"正宗白人"对犹太人的敌视，也不应有对亚裔"黄祸"的恐惧和排斥。在现实的美国社会中，不少犹太人虽然还保持着犹太人的意识，但实际上他们早已经走出"少数民族"情结，顺利完成同化，从其他欧洲国家来的移民也都如此，没有什么明显的内心挣扎，也没有强烈的文化根源的归宿感，彻底融入美国社会。

老虎伍兹是世界瞩目的高尔夫球第一人，一个年薪逾千万的世界体坛巨星。他自称是"多民族混合体"，媒体却称他为"黑人"，黑人们也认同，为他欢呼。可是，一追查这位混血体育明星的家族史，就不难发现，他的血液里，东方人的血统占了最大的比例。美国冰后关颖珊，蝉联世界花样滑冰冠军，为美国争得了不少荣誉。偶尔一次失利，桂冠被同样来自美国的白人少女夺取。美国媒体竟有人欢呼："美国人终于打败了中国人！"关颖珊是在美国土生土长的华裔，本来就是美国人。但因为黄皮肤、黑眼睛，不可避免地被归到的"少数民族"族群里去了。虽然事后"美国人终于打败了中国人！"这句话甚至被美国人都当作笑谈，但不能否认，在白人的骨子里，"种族差异"、"有肤色的国度"深藏在他们心里，自然，"华裔意识"也深藏在华人的心底。

"华裔意识"在几百年、多少代的华人移民过程中，似乎从来没有淡化过。许多民族的移民都可以顺利同化，似乎只有华人不能，或者说同化的速度缓慢得几乎被看成不可能。华人无论到海外哪个国家，都自觉不自觉地形成自己的圈子：唐人街、中国城，吃中国菜、说中国话、交中国朋友，嫁娶中国人、找中国女婿和媳妇……根深蒂固，无论几代以前的移民，都还是一样的思维、一样的感情，被称为"永不同化的族群"。

刀锋下的盲点

即使归化，黄种人宣誓做美国公民的心情也与其他族裔截然不同。

作为移民，虽说中国人也说"吾心安处是故乡"，但异乡毕竟不是故乡。故乡让人觉得心安，而异乡，便是浮萍的感觉。记忆中老家的一栋旧宅；村头的一棵老树；一声来自梦里亲人的呼唤，都是温暖的。而异乡的陌生却让人紧张失措，他们的乡俗、礼仪、家规、国法与自己的是如此格格不入。当你握着发烫的咖啡杯子，在氤氲升起的白雾中，你常常会看到故乡藤几上那半盏清茶的影子。

华裔应该积极融入主流社会吗？答案是肯定的，事实却正相反。许多华人根本没有这么做，他们是如此矛盾，是不屑还是恐惧？后者的成分也许更多一些，这也十分符合华人本分、认命的性格特点。认同过程的冲突与融合、矛盾和战争，每个族裔的移民都要经历，没有人例外，不同的是表现和结果。

王大卫时常把父母那代人和自己做比较，虽然现在都叫"华裔美国人"，或者"美国人"，但在理念、思维、习惯、价值取向、道德准则方面差距仍然很大。第一代移民应该是最艰难、最顽强、也是最脆弱的一群。成年以后，尤其是进了司法界，他对他们投入了更多的关注。

17

　　从王大卫那里失望而归，叶桑感到愤慨、委屈，也感到了真实的恐惧。她有了警觉，决定自己找有力的证据，否则在法庭上只能坐以待毙。好强如她，聪明如她，心知肚明，凡事都只能靠自己了，在节骨眼上，谁不是为自己着想？尤其在这个无亲无故的异国他乡。她不敢轻信任何人。

　　回忆手术意外的前前后后，叶桑记得在抢救纳尔逊夫人时，她让护士佩吉抽了血样品准备做生化检查，后来纳尔逊夫人变症太快，两个人又忙着做心肺复苏，直到纳尔逊夫人安静地死亡，她和佩吉都没有再想起这件事。如果找到这管血样，查查毒性反应，纳尔逊夫人在手术当天是否使用毒品就有答案了。

　　法庭、市政厅、州府……叶桑不知道等待她的将会是怎么样的难堪和残酷。一个年轻有为、炙手可热的市长，或许不要几年就可以当州长，甚至参加总统竞选，而可以陪伴他走仕途的夫人，却在半路上夭折了，自己就是那个让他们美梦折翅的人。叶桑曾经站在纳尔逊夫人还有余热的遗体旁久久地注视过她，一张娇好、还算年轻的脸，苍白得像个石膏像；金色的卷发湿漉漉贴在有点细纹的额角上，双眼和双唇都紧紧地闭着。叶桑知道，平时那双眼睛张开时是温暖的，带些怯意的蓝色，微笑时，双唇薄薄地弯着，嘴角翘起来，边上有小小的梨涡，使她看起来比实际年纪小。45 岁看上去只有 35 岁上下。

叶桑第一次见到纳尔逊夫人是在 5 年前的初春，当时她还是安德森医生的病人。安德森医生把她的病历交给叶桑，说，叶医生，你来和纳尔逊夫人沟通一下，看她对手术有什么需要和要求，然后请记录下来。叶桑知道纳尔逊夫人一定把自己的想法和要求都告诉安德森医生了，现在不过是要她做个详细记录，医生的病历记录是法律依据，即使是至爱亲朋都不能含糊。

那次纳尔逊夫人要求做双腿的抽脂手术，她笔直地站在叶桑面前，叶桑犯愁了，即使用最苛刻的目光来测量，她的一双腿都算是完美的：笔直、修长、浑圆。依然可以看到当年这位拉拉队队长的风采。叶桑知道一些纳尔逊夫人年轻时代的故事，诊所里的护士和秘书也都知道，甚至她和安德森医生是一对高中甜心都不是秘密。安德森医生和纳尔逊夫人自己也没有刻意要保守秘密，或许还是他们在开玩笑时有意无意地说出来的。

望着纳尔逊夫人美丽的双腿，叶桑不知道如何开口，这双腿根本不需要抽脂，多一分嫌胖，少一分单薄。可是她不能这么直率地告诉对方：你根本不需要手术。诊所里见到不少要求各种整形手术的人，以大众化、客观的眼光来看，他们已经很完美，需要调整的是心理。

或许是看出叶桑的为难，纳尔逊夫人和善地笑笑说："我也知道它们还不错，就是这里的曲度有一点让我不舒服，夏天要来了呢。"她用手指划一下臀部与大腿交界处的内侧。"你瞧，这里的脂肪多了一点，是不是？"

纳尔逊夫人有一双深蓝色的大眼睛、瓜子脸、前额很高、五官轮廓分明，那种企盼的神态格外让人动心。在她面前，叶桑常常不忍说出"不"字。心想，天下没有多少男人肯对她说"不"吧。

后来，叶桑与安德森医生交换意见时，安德森医生主张尊重纳尔逊夫人的要求。一周以后，纳尔逊夫人做了腿部内外侧的抽脂手术。叶桑从这件事上感觉安德森医生对纳尔逊夫人的顺从，或者说，有一种暧昧和宠爱的味道。一般这样的病人，大夫会劝对方不要手术，运动就可以达到预期的效果了。对整型外科大夫来说，手术的优势不明显的话，宁愿不做，浪费金钱和精力又没有成就感，病人的心情也不会有很大的改善。

5 年间，纳尔逊夫人进出诊所多次，最后变成叶桑的病人。可以看得出来，纳尔逊夫人的外型越来越亮丽，可是心情却不见得越来越开朗，甚至越来越叫人担心，有时候出现不合身份的浮躁，有时候又显得不合年龄的迟钝。

叶桑不知道纳尔逊夫人究竟是怎么了，但可以肯定她不开心，一定有什么事在深深困扰着她。同样，叶桑也不明白为什么她要从安德森医生的病人，变成了自己的。这些事，安德森医生绝口不提，叶桑也不好打听。但她猜测，他们之间肯定有不为人知的秘密。

18

在叶桑到华人律师事务所和王大卫交谈的同时，安德森医生也正往市长办公室打电话。电话由市长办公室的女秘书转给市长纳尔逊先生。安德森医生的声音低沉，一种压抑着的悲伤从电话线传过去："纳尔逊先生，对于夫人的亡故我们很悲痛，也很遗憾……"

对方没有听完就用冷硬声调回应："说这些已经没有用了，没有任何用处！我不想再听到什么道歉或者遗憾的话，我要的是结果。法律审判结果。你们是怎么当医生的？特别是你，你居然把珍娜交给一个新手，一个中国女人，她才来这个国家多久？她懂什么？是你让她害死了珍娜……"

"叶医生不是新手，她是个出色的大夫。"安德森医生马上反驳，"她是我带过的学生中，最适合拿手术刀、也最有责任心的年轻医生之一。市立医院能雇到这样高素质的医生是医院的运气，而我的诊所有她的参与也是我的福分。这些年，在手术台上她几乎没有过任何失误，还因为抢救过好几例危重病人而得了嘉奖……"

五年前那个炎热的夏季，叶桑成功地治疗了三个严重烧伤病人，几乎整个市立医院的人都为她自豪。她让世界烧伤外科的医生都记住了"叶桑"这个名字。当时，叶桑还只是个外科住院医生。

一个加油站突然爆炸起火，正在加油的母亲和车内的两个孩子都严重烧伤。28 岁的母亲和两个 2 岁、4 岁的稚龄孩子被送到医院时已经休克。母子三个人烧伤面积高达：83%、79%、70%，叶桑接手时，他们全身创面冰冷，已经出现了危及生命的高钠血症和低白细胞血症等并发症。市立医院的烧伤科专家断言："能救活一个就是奇迹！"

叶桑突破了"烧伤面积超过 80% 无法治愈"的定论。年轻的母亲和两个幼小的生命都活过来了，那个说叶桑是上帝的使者的孩子们的父亲、年轻妻子的丈夫欣喜欲狂。达拉斯乃至全国的媒体都争先恐后地报道这则消息，她的巨幅照片、和劫后余生的四口之家的合影，以及救人的功绩都被排在头版头条，她的名字被无数次提起。

为了挽救这三条生命，叶桑那段时间整天都泡在病房里，白天手术、查房，晚上研读最新学术论文、制定最有效的治疗方案。她了解到英国西苏塞克斯郡的维多利亚皇家医院，刚研制出一种"喷补皮肤"的治疗方法，即将一种"液态皮肤"喷涂到患者的烧伤部位，加速伤口愈合，减少愈后疤痕。一般情况下，皮肤严重烧伤患者，主要通过皮肤移植或在实验室重造皮肤薄片治疗，但前者易留疤痕，后者操作困难，都可能给患者留下终生遗憾。这种液态皮肤喷涂到患者烧伤部位，加速了伤口愈合速度，减少了留下疤痕的几率。

这件事后，叶桑也让安德森医生牢牢记住了她的名字。当她申请在安德森医生名下做整形专科医生时，他就想为她、也为自己开香槟祝贺。

"可这次就是这个女人害死了珍娜！你所谓的好医生。"市

81

长还在电话那头吼着，"珍娜才45岁，45！她至少还可以快乐地在我身边生活30年。天啊，你们剥夺了她30年的生命！我要让你们通通吊销执照。庸医，一群庸医！听清楚了吗？该死的医生，你们这些庸医都应该受到惩罚！我已经告诉你们的怀特院长了，他知道该怎么做。这事不会轻易了结的，你们都会受到法律的惩罚，严重的惩罚！最好吊销执照，永远不再害人。"

一向在大众面前温文尔雅的市长完全失去了控制。

安德森医生安静地听着，他的内心也很痛苦，纳尔逊先生和夫人珍娜都是自己的朋友，谁愿意发生这种事？珍娜好多年前就来诊所找过安德森医生，他们还是高中同学，准确地说，他们曾经是一对初恋的情人，珍娜的死对安德森医生来说虽不像她的丈夫感觉那么意外，但绝对不会比他的悲痛更少。

珍娜·纳尔逊一直是安德森医生的病人，但他把珍娜放心地交给叶桑，是因为他信任这个优秀的叶医生，这个他一手带出来的女大夫，叶桑完全可以单独完成一台乳房整型术，并且以她的细心和技术，会完成得相当漂亮。可结果是珍娜死在她的柳叶刀下。做了这么多年的整型外科医生，他还没有遇到这种手术发生了这么可怕的结果。他也不知所措，只能为珍娜和叶桑感到不平和哀伤。

放下电话筒，安德森医生用手揉着额角，这几天他也无法安睡，头痛欲裂。这起医疗事故从法律的角度来说，他自己没有任何责任，也不会成为被告，但他一样经受着压力和煎熬。是啊，如果没有这个意外，珍娜或许还可以多活30年。可她会快乐吗？像她的丈夫说的那样。但无疑，叶桑的事业将受到严重的打击。这个打击到底有多大？结果会是什么？他无从预计，法律无情，社会舆论更无情。这个可怜的年轻医生如此聪明、勤奋，不该过早地断送了前程。

几年前叶桑还是市立医院外科住院医生，手术室里常常有她灵活的身影和医生护士们对她的赞赏。与她合作的医生、护士、麻醉师没有人不喜欢她的开朗、热情、活泼，她有一双灵巧、准确的手，这样的医生总是十分受欢迎的。她有着与一般中国人不一样的气质，安德森医生对她的印象极深。还有一点让安德森医生感到熟悉和亲切的原因大概就是，叶桑和珍娜年轻时的外型和性格是如此相像，和叶桑交谈或同台手术时，他感到愉快，仿佛时光倒流，往事再现。

19

　　高中时代，珍娜是个引入瞩目的女生，容貌美丽、身材纤细、精力充沛，是拉拉队队长和校报记者兼编辑。她喜欢跳舞、游泳、打网球、骑马……也喜欢参与各种社团活动。珍娜人缘极佳，男生女生都愿意围绕在她身边。当年，安德森医生是她众多的崇拜者之一。即使在今天，安德森医生依然记得当年她那双快乐得总是要笑出声的眸子。

　　年轻的珍娜给安德森医生留下的印象实在太深了，以至于多年后再次相遇时，她的不快乐，竟让他百思不得其解，虽然她还是那样美丽、精力充沛。而越是不理解，他就越想靠近她、帮助她，结果不能自拔。

　　在安德森医生的记忆里，年轻时候的珍娜想象力丰富，喜欢编故事写小说，也喜欢探讨各国民俗文化。大学毕业后，她实现了中学时代的梦想——周游世界，她当上了美国航空公司的空姐。她曾经在电话里兴致勃勃地告诉安德森医生：你知道么？我几乎每天都在空中飞翔，飞过欧洲、亚洲、非洲……我喜欢这样的生活，飞旋而没有停歇。安德森医生那时正在远离家乡的一所医院里当外科住院医生，常常连续工作 36 小时，他飞翔的天地是手术室。

两年的飞翔让珍娜彻底满足，随后她要实现自己的作家梦。她应征报社记者幸运地被录取，在做名人专访的同时也开始小说创作。外型美丽、气质高雅、思维敏捷，加上时而温柔时而犀利的风格，使她无往不胜。她很快在媒体上崭露头角，锋头渐劲。当然，足智多谋、富于想象、刻苦勤奋、生命力旺盛的风云人物也最能吸引她的注意力。当年的杰夫·纳尔逊就是这样一个人物。他毕业于耶鲁大学法律系，在短短的几年间以黑马的姿势赢了好几个棘手官司，在当地造成轰动。接着开自己的律师事务所，也十分成功，再后来从政，同样一帆风顺，包括如愿以偿迎娶珍娜。郎才女貌众望所归。

当珍娜变成纳尔逊夫人的时候，安德森医生还是个没有名气、勤勤恳恳、昼夜不分的小小外科住院医生。这也许是很多医生的宿命，哪怕结婚了，也保不住婚姻家庭。有人取笑美国医生，一个为病人服务的机器，挣钱的工具，自己没有时间享受钱财带来的快乐，花这些钱的是他的妻子和孩子，以及几个前妻和孩子们。距离可以产生美感，也可以失去美人。知道珍娜已经无可挽回，安德森医生大病一场，然后专心自己的事业。从此，他和已经婚嫁的珍娜成了两股道跑的车，如果不是那天重逢于阿拉斯加豪华游轮上，也许他们这辈子都不会再有故事了。

在美国，想看海，可以去太平洋、大西洋和加勒比海；想爬山，有落基山脉、阿巴拉契亚山脉；要探险，那自然是大峡谷；至于对火山有兴趣的人，那就得去阿拉斯加。阿拉斯加拥有70多座潜在的活火山。最近一个世纪以来最剧烈的火山喷发是在1912年Novarupta火山喷发，形成了著名的万烟谷。奇妙的是，世界上大多数活动冰川也位于阿拉斯加，估计世界上再也没有一个可以提供给你如此冰与火都走向极致的地方了。

在这样的地方，也时常发生令人意想不到的奇遇吧。

　　大约五年前一个夏日，太阳公主号行驶在加拿大沿海，这艘令世人遐想的远洋游轮，载着近两千名喜欢在海上探险旅行的游客，正沿着内湾航游，观赏周围罗列的群岛。游轮抵达阿拉斯加州最南端的城市——鲑鱼的故乡科奇坎，科奇坎是阿拉斯加州的第一座城市也是阿拉斯加州第三大的港口，以鲑鱼之城而闻名。科奇坎的名字是印第安克林基特族"射中的鸳翼"的意思。这里拥有丰富的原住民历史遗迹，上个世纪初，科奇坎陆续发现丰富的金、银、铜矿。矿产的开发奠定了它的经济发展与城市规模，而丰富的鲑鱼产量亦为其赢得"世界鲑鱼之都"的美名。

　　豪华游轮停泊在这个美丽如画的滨海区港口，这里有一个建在高脚柱上的小溪街。小溪街是昔日的红灯区，今天已重新整修成深具特色的商店街。街边的溪水清澈如镜，溪面浮现两岸木屋的倒影，偶有鲑鱼争相逐游，宛然浮现出昔日街头川流不息的人群盛况。

　　离商店街不远的广场上，一年一度的阿拉斯加鲸鱼节热闹非凡。

　　鲸鱼节是爱斯基摩人的节日，他们的捕鲸史长达数百年。位于北冰洋的巴娄岬角附近，曾经发现建于十世纪的一处古屋，里面有石头制成的长矛捕鲸工具。初夏的鲸鱼节，有爱斯基摩人表演用标枪捕捉超过 30 吨重的巨鲸，然后人们都可以吃上鲸肉。鲸宴之后是充满爱斯基摩人风情的游戏，他们轮番把朋友放在海象皮上抛到空中。这一习俗来自于捕鲸劳动的过程，有时，人们的视线被冰山挡住，看不见开阔水面上的鲸鱼，便把他们中视力最好的一个人抛向空中，像个空中瞭望员，以便看清冰山后面海面的情况。

　　珍娜被她的一群媒体界的朋友们抛向空中开怀大笑。就在

刀锋的下盲点

86

这时，安德森医生发现了她。电光石火的瞬间，两个人都不知道要说些什么。这些年，他们或许并没有真正忘记彼此，不过是随遇而安罢了。当机遇从天而降，他们也不打算再次错过。

这次纳尔逊市长有个重要会议没有与夫人一起来，安德森医生的第二任妻子也因故缺席。虽然海上旅行作为奖赏，他邀请诊所里工作出色的医生护士一同游玩，但此刻，诊所里的同事们都分散各处，各自玩乐。缘分未尽的这两个旧情人在这样浪漫的海上邂逅，除了再续前缘好像也不可能有其他更好的选择。风俗游戏过后，伴着鼓声，游客与当地居民一起狂欢舞蹈。

珍娜和安德森医生远远躲开了人群。

鼓是爱斯基摩人庆典的唯一乐器，古朴、浑厚的鼓声伴着不眠的歌舞通宵达旦。鼓声、歌声和欢笑声此起彼落，整个夜晚他们都沉浸在无尽的欢乐当中。对于爱斯基摩人来说，他们有整整一个夏季可以狂欢，可以休息，等待着下一个捕鲸季节的到来。

珍娜和安德森医生也在等待、迎接属于他们的那个季节。

珍娜和安德森医生返回豪华游轮之后，继续着他们的爱船之旅。游轮航行在浩瀚的海洋上，他们早晨在甲板上慢跑，然后一起吃早点；一起到顶层甲板的温室欣赏各色玫瑰和郁金香；一起到漩涡泳池中享受水力按摩，再悠闲地躺在沙滩椅上，感受阳光的温暖。午餐后稍作休息，他们又来到船上的健身中心锻炼，那里环绕的海景、灿烂的阳光是任何城市里的健身中心所没有的。之后，他们再到带海景的桑拿房，在热腾腾的蒸汽中让身心得以全面的放松；休息片刻，再逛逛游轮上的商场，从琳琅满目的商品中慢慢为彼此挑选意味深长的信物。傍晚时分，品着香槟一起到阳台欣赏海上落日：西斜的夕阳，将天空和海洋照耀得绚丽多彩。晚上，换上燕尾服和晚装，参加由老船长主持的欢迎晚宴。两层高的世界餐厅，由大师级主厨料理的美味佳肴，餐后高水准的歌舞表演……

他们似乎想把不该失去的浪漫岁月——补上。

爱船之旅结束后，珍娜便找到安德森医生的诊所，变成了那里的常客。

20

"你们剥夺了她 30 年的生命！我要让你们通通吊销执照。庸医，一群庸医！"

市长纳尔逊先生恼羞成怒的责骂一直回响在耳边。疲劳而无力地陷在摇椅中的安德森医生，不知过了多久，忽然从回忆中惊醒，他挺直了腰，迅速拨了个电话给怀特院长，刚才纳尔逊市长的威胁，他在院长的电话里又听了一遍。

"怎么办？"怀特院长问。

"这家伙疯了。"安德森医生说，"现在他的民意调查呼声很高，明年很有可能竞选州长获胜，他的权势已不可小窥，我们一定要用重金聘请最出色、并且权威的律师，否则一旦被判医疗失当，光赔偿金医院就要付好几百万。"

安德森医生做完住院医生后回到家乡，受雇于这家市立医院。他的事业就从这里起步，顺利地走过所有医生都要经历的艰难险阻，然后是令人羡慕的通衢大道。他和怀特院长共事20多年，交情匪浅，只是他们选择的路子不同，一个潜心钻研自己的医术、经营自己的诊所；另一个努力成为出色的医院管理人才。

"杰夫还威胁说，以后市政府给外国医生的保险费资助将被取消……甚至革我的职。"怀特院长说完长长地叹了口气，语气里有明显的无奈、担忧和恐惧。这位市长非同一般，政界和司法界都很吃得开，这样的官司如何打？再说陪审团，他们多数同情病家，医生稍有什么事在陪审员眼里都成了医疗失当，或者渎职。

"这不公平！"安德森医生不由得对着听筒喊了起来："谁都明白，这样一来，就彻底毁了叶桑的前程：官司败诉被吊销执照，被全城所有外国医生咒骂……"安德森医生为自己一手带出来的学生深深地担忧。

"你先安慰安慰那个年轻的女孩吧，"怀特院长的声音明显苍老了好几岁，"她的运气太不好了，我们仔细研究过纳尔逊夫人的病历，应该没有什么对我们不利的证据，依我的经验根本不可能被判医疗失当，我倒是很怀疑是珍娜本身的问题……尸检的报告应该要出来了吧？他们是不是有意在拖延时间？安德森医生，你说呢？"

没等安德森医生回答，怀特院长又忧心忡忡地自言自语："可是，现在的民意对我们十分不利，纳尔逊很会为自己造声势，一位亲民和善的市长不幸失去了美丽的夫人，在陪审团眼里我们很被动啊。数百万的赔偿金，医院名声扫地……我们的好日子到头了是不是？我的安德森兄弟。"

在安德森医生的记忆里，怀特院长很少说这样丧气的话，看来这次真的闹大了。安德森医生没有去接怀特院长的话，他紧紧抿着双唇，似乎怕有什么不该说的说漏了嘴，他的面部表情异常冷峻，眼里有一种欲说还休的复杂情绪。

那天，电视新闻里纳尔逊表演的那场戏，再次回到安德森医生的眼前：镜头一开始是市立医院门外的街道、花园、国旗，然后是高耸的病房大楼，随后美丽的女主持人出现在画面上，用忧伤而感性的声音报出专题的名称："医生，你值得信任吗？"接着她邀请纳尔逊市长谈感受。纳尔逊市长在他的办公室里接受采访，似乎一夜之间他花白了头发，看去憔悴不堪，丧妻之痛深切地写在脸上的每一条纹路里。这个可怜的55岁的男人。安德森医生用手揉一下太阳穴，再按一按酸涩的眼皮，不免悲恻难隐，珍娜真的不该走啊。可是，接下去的画面和访谈完全改变了安德森医生的心情和感受。

镜头拉近，市长办公室里巨型办公桌后面，杰夫·纳尔逊的目光冷剑一般发着寒光，市长夫人珍娜·纳尔逊在精致的镜框里，笑颜灿烂如花。

"我的妻子被庸医杀害了！"纳尔逊市长的面部特写，眼里隐约的泪光在闪："一个爱美、爱生活的女人，她不应该被夺去生命啊！上帝。这些医生都做了些什么？我们的市立医院，我们市立医院的医生还值得信任吗？

"我们有先进的设备，有优良的环境，可是我们有优秀的医生吗？这是我的失职！市立医院靠的是纳税人的钱建立起来的，我们要对得起所有纳税的市民。提供给他们一流的健康保健和医疗条件。作为市长，我言出必行，请市民们监督我好了。"

市长访谈的后面紧接着就是叶桑被两位电视台记者的拦路采访。虽然叶桑没有说错什么，但被记者有意误导，再一对比，情形相当糟糕，尤其是最后叶桑毫无准备、错愕的特写镜头，钉子一样扎进安德森医生心头。那个特写镜头明摆着就是个没有经验、容易失手的医生，再加上着急，叶桑有中国口音的英语不如平时流利、清晰，本来她的强项是一双拿柳叶刀的手，而不是一口纯正的美式英语。

安德森医生甩甩头，似乎想甩去这个可怕的画面和那几句锥心的责问。这场官司要怎么打？打到什么程度？最后可以庭外和解还是两败俱伤都不得而知。

91

21

纳尔逊夫人的手术意外事件，在叶桑上过电视后又掀起轩然大波。

在这样一个大城市，人口密集，其中不乏背景复杂、无聊的人。平时当地的几家报纸为了招揽生意，就常常找些平时市民们认为职业高尚、被人尊重的对象加以调侃，譬如一些做生命医学研究的科学家，在媒体上往往被描绘成魔术师，或者小丑的情态，面目滑稽、举止怪异、不修边幅，不关心社会，也不懂享受生活，除了白天黑夜埋头在实验室做实验以外，其他的一概不懂，但是必定有那么一天，他们发现或发明的东西足以毁灭人类。而今，从电视里人们又发现，这个城市里的庸医越来越多，似乎每个人的末日都不远了。

原来市立医院的同事们多数对叶桑表示同情，保持表面的平静照常工作，但在市长的访谈和媒体渲染之后，许多人沉不住气了。一起医疗事故引起官司，官司又影响医院的前途、医生的待遇等等切身利益。一个人的事，忽然变成了大家的问题，事态就严重了。怀特院长的办公室里从早到晚人来人往，电话铃声不绝于耳。怀特院长不得不紧急召开科室主任以上职务的医生会议，并邀请院方法律顾问罗伯特先生列席。

怀特院长首先做了简要介绍，说目前医院的运作状况良好，医生们遇事要冷静，安心工作。医疗事故的事有律师来处理，不会有事。轮到大家发言时，来自印度的妇产科主任率先提出自己的看法。由于激动，她的声音高尖且微微颤抖："我很遗憾，我真的非常遗憾，叶医生竟然造成这样重大的医疗失误……"

"现在下'失误'的定论还为时过早。"怀特院长马上纠正她。

印度裔的妇产科主任不为所动，以更尖锐的嗓音说："同样是女性，同样在手术科室工作，我很客观地说，不是所有的人都适合拿手术刀，尤其是女性。不是我对同性特别苛刻，我也知道叶医生很聪明、很努力，但对于一个拿手术刀的大夫来说，需要有超凡的颖悟力和优秀的综合素质，光靠努力是行不通的，瞧吧，事实就是事实，大家能否认吗？现在她已经损害了我们医生，尤其是女医生的声誉。我相信大家也都看到这一点了。她会损害到我们所有人的利益的，包括怀特院长的宝座都可能不保了。"

妇产科主任用鼓励的目光扫视四周，争取声援。最后她盯着怀特院长，"有什么好犹豫的？一个坏苹果会殃及一筐好苹果，应该拣出来丢掉。你也看到电视了，叶医生素质不够好，不是一个合格的医生。她坏了我们整个市立医院的名声！傻瓜都明白这一点。"

来自爱尔兰的怀特院长，自己也是第一代移民，他经历过所有第一代移民所经历的艰辛和困苦，立足于主流社会。他理解来自印度的妇产科主任的忧虑和恐惧，也清楚叶桑面临的严峻现实。但妇产科主任过激的话让院长很想提醒她，当初她刚出道时，在妇产科也曾遇到一尸两命的危急境遇，好在大家齐心协力赢了官司。同样是女人，她对叶桑太没有同情心。这一点恐怕身为女人和医生的她都让人觉得遗憾，然而，怀特院长张了张口，还是把要冲出口的话咽了下去。

普通外科主任来自中东，他没有正眼瞧印度裔的妇产科主任，目光扫过在座的其他主任医生说："原来我并没有太重视这个手术意外，以为只是普通的一个意外。既然是手术，怎么可能没有意外？要不然我们手术之前要病人或者家属签字干什么？就是怕意外发生以后我们没有法律保护嘛。如果病人的死因不是叶医生的过失引起的呢？而且这种可能性不会小。我们还是等尸检结果吧。不要随意加上个人主观的判断。我们不应该落井下石，大家都在一条船上，难说谁没有运气不好的时候。医生首先要仁慈，对病人、对同伴都一样要仁慈。"

"我相信在座的应该还没有忘记叶医生曾经创造奇迹的那个故事吧？"烧伤外科主任清清嗓子，提高了音量，"几天几夜没有休息，陪在垂危的病人床边，我还没有看到哪个医生有这样的责任心和仁爱，在很多有经验的医生，包括我在内，都不敢抱什么希望的情况下，她用她的爱心和智慧救活了三个大面积严重烧伤的病人。"

德高望重的白人老胸腔外科主任重重点了两下头，附和道："对。非常正确。我和叶医生同台手术过，她的技术娴熟，干净利索，素质未必比在座的差。我们还是做自己该做的事吧，没有必要太在意媒体的炒作。谁不知道媒体是怎么回事？本来我倒有点同情市长大人，看了电视以后我对这样的政客嗤之以鼻。作戏。"老胸腔外科主任蓄着波兰式的胡须，高大结实，看上去依然年轻，只有微微卷曲的金发中夹杂着几缕白丝，才隐约透露出他的实际年龄。

年纪较轻的小儿外科主任瞥一眼胸腔外科主任，小声嘀咕："你当然会这么说了，明年就退休远离是非之地了，如果是我，我也会很宽容啊。捏好一笔优渥的退休金，去住海边渡假屋……可我们会跟着她倒霉的，她一个人不小心，坏了名誉，将来保险费长起来我们大家都吃力，是她先威胁到我们的生存，不怪我们不够善良。"

印度裔的妇产科主任得到鼓励又开始尖声发言："我说的就是这个意思。不如趁早把她解雇了，这样一来对我们的威胁不就少了么？官司一打，半年一年没完没了，大家都跟着提心吊胆，谁受得了？怎么安心工作？我这么说也不光是为了我自己一个人，对大家都有好处的事为什么不去做呢？不如我们现在投票决定。"

"什么话！"老胸腔外科主任逼视印度裔的妇产科主任："我们为什么要把叶医生往外推？如果这事发生在你身上，你愿意其他同事这样对待你吗？首先我们是个群体，同伴摔倒了，我们有责任把她扶起来。现在到处都是计算机联网，叶医生从我们这个医院出去，她不会再找到工作了——哪家医院在这种情况下会雇用她？一个年纪轻轻、前途无量的医生就这么夭折了，谁忍心？我们不计算她在自己国家所受的教育、自己的努力，单是她来美国在外科这些年所受的训练，就是一笔很大的付出……还有，在座的医生栽培所花的心血……"他说着不由自主地朝整形外科主任安德森医生那里瞧去。

整形外科主任安德森医生始终一言不发，双唇抿成一条线，英俊的脸上有山雨欲来的势头。

"好了，大家都表达了自己的看法，现在让我们听听律师罗伯特先生的意见吧。"怀特院长适时制止了这场同事之间的激烈争论。

罗伯特先生轻咳一下说："尊敬的医生们，你们的想法都很有道理，怀特院长今天召集这个会，无非就是要靠大家的智慧商量出对策，拿出对大家都有好处的决策，我们各方面都要考虑周全，此事轻率不得。我们的问题不像表面那么简单。这种敏感的时候，解雇叶医生对医院和大家未必有好处。"

"此话怎么讲？"印度裔的妇产科主任的高嗓门又抢了先。

"叶医生可以要求州职业医疗行为委员会召开听证会。"罗伯特先生从容地说，"如果这个听证会宣布她没有过失，我们怎么办？叶医生是可以反过来指控院方损坏她的个人名誉的。因为，任何贬损一个人业务能力的言辞或行为，如果与事实不相符合，那么，诬蔑诽谤的罪名是成立的。诽谤罪，或者加上种族歧视、性别歧视，你们面对的同样是几百万的官司，谁来支付这笔钱？是医院还是你们每一个医生。"

"这么说，我们怎么也摆脱不了这个麻烦了？"印度裔的妇产科主任的嗓门又高起来。

"如果市长大人要打官司，我们何不让他去承担所有的风险——有可能输掉这个官司的风险？我们不妄加指责，更不应该有什么不明智的举措，只要静观事态发展。这对医院和尊贵的医生们都有好处，何乐不为？"

妇产科主任关了嗓门，在座还没有发言的主任们也都点头表示赞许。会议告一段落。

会议最后决定，为了不至于引起院里医护人员与病人的过度反应，暂时让叶桑休假，不再到医院手术或参加查房。

22

　　一个医生所有的自信和能力，都表现在如何与病患的较量之中，如果他失去了这种交手的机会，那就等于失去了一切。叶桑暂时不被允许做手术，这让她感到非常挫败，甚至比官司败诉本身还要令她沮丧和灰心。一个医疗失当的官司常常一打好几年，她耗得起吗？这几天的折腾就已经快磨光她的锐气和勇气，她甚至开始怀疑当初的选择是否正确？自己是否真的适合拿这把手术刀？叶桑感到一股冷气从脚底慢慢升起……原来那些知难而退的同行们比她更早了解到这种残酷，而自己却一直天真地以为凭着一颗会读书的脑袋、一双会开刀的巧手便可以在这个行业立足。

　　在美国行医的艰难叶桑并非毫不知晓，美国医学院的学生从读书开始，到做住院医生，再到开业医生，一路上可以由于各种原因，知识不足、诊断失误、医疗差错，被淘汰无数。还有一些是自动放弃的，他们承受不了压力而放弃医疗专业，甚至放弃了自己的生命。住院医生自杀、执照医生改行屡见不鲜。叶桑开始怀疑自己的能力——在意外发生时的应变能力。眼看着纳尔逊夫人脉搏、心跳、呼吸一样样消失，心肺复苏无效，她无计可施，脑子里饱满的书本知识一概用不上。当医生，救死扶伤的信心受到前所未有、最严峻的挑战。

整形外科不比急诊科。在急诊室，有急病来就抢救，救得了救不了是另外一回事，急诊室的医生还常常把濒死的人给救活了，这是大恩大德。而对于外科医生来说，一般病人或家属投诉医生多数是因为不该手术的做了手术；手术中出现明显的错误，譬如左边器官的病灶却把右边的给切除了，或因为酗酒、吸毒明显失职……当然，还有整形外科，在多数人眼里，无论整型的医生还是病人，基本上都属于吃饱了撑的。好好的人进来，要变得更好地出去，躺着出去，那绝对是医生的错。官司要是打起来，陪审团一定同情死者，好端端的人给整死了，这不是庸医是什么？现在还不要说官司，就是纳尔逊夫人的死亡本身就已经给叶桑沉重到窒息的自责和压力了。

在自责和压力以外，还有深藏的难言恐惧，对簿公堂。在失眠的夜里，叶桑独自面对的就是这种深切的恐惧和无助：自己坐在被告席上，接受各个方向投来好奇、讥讽、评判的目光；听任控方、辩方律师来回答辩；走马灯上场的证人五官模糊，证词确凿；最后陪审员、法官给自己定罪，后面一排排记者们埋头编写新闻稿，唯恐漏掉精采的对白和表情；唯恐赶不及剩下几个小时就要截稿的头版头条时限。当场，某新闻周刊记者甚至已经开始下笔："亚裔女医生被控医疗失误导致市长妇人毙命一案，今天上午在达拉斯市法庭开庭审理……"还有法庭外鹰一般伺机的各电视台记者，闪烁不停的镁光灯，捕捉被告出门时反映内心秘密的神情和只言片语。随后全国各大媒体争先恐后报道这场审判。记者从被告的外型衣着到审判过程都一一着墨，对最后的审判结果更是不肯轻描淡写，把一个亚裔女性从职场上败下阵来的来龙去脉都巨细靡遗详尽描绘。

想象着这些事一一落在自己身上，叶桑就喘不过气，就想逃到一个没有人知道她的地方去。她也不要当医生了，随便干什么都可以，只要能轻松自在地过轻松自在的日子。像绝大多数美国妇女那样，嫁个男人，在家相夫教子。

人在失意的时候自然会去找退路。好强的叶桑也不得不考虑，万一被法庭定罪，她在美国的医生生涯基本上就算结束了，那时候该怎么办？还有长长的一生需要活路。也许可以回中国去，大陆毕竟是自己熟悉的地方，有亲人、朋友、老师、同学……

叶桑的眼角开始发烫，在美国10多年一眨眼过去了，为事业忙碌，她甚至已经疏远了他们，当年的光景恍若隔世。在医大上外科实验课，给动物做手术时，老教授对叶桑说，你有这样灵活机敏的脑袋和手，闪电一样快，太适合做外科了！记住了，以后一定要拿手术刀。他还说，如果我有儿子，我让他娶你做媳妇儿。拿手术刀的老教授一辈子的心愿是有一个儿子，儿子拿手术刀，有儿子当然就要有儿媳妇，儿媳妇也要拿手术刀。全家人，人手一把刀。老教授太爱手术刀了，自己拿了一辈子还不够，还要子孙都来继承，爱一样东西可以痴迷到这样地步，希望身边的人都爱上。叶桑不当老教授的儿媳妇也一样对手术刀痴迷，可就在这一个意外之后，自己这双手、这把刀，包括多年来一直美好的信心、梦想、前程也都恍若隔世。

可是，如果自己回去，不是衣锦还乡，而是带着屈辱和罪名回到故里，那又有什么脸面见父母、恩师和同学们呢？他们会接纳失败的自己吗？一个不名誉的医生、一个被洋人淘汰的中国人、一个失败者……多失面子啊，如果真的是这样的结局，她或者更不愿回到生养自己的那片国土上，既然已经漂泊在外，不如再漂下去。

记得将要出国的时候，叶桑从某个杂志上看到一篇留美学生写的文章，说是在美国，几乎每个人都会遇到一两次苦不堪言的境遇，使人想立刻转身回去，但这样的日子终究会过去，过去以后，必定会对自己曾经的软弱脸红。

出事以来，叶桑一直提心吊胆，给她压力最大，最令她担心的是，消息传到家乡上了年纪的父母那里。当然，还有那些对她怀着很高期待的亲朋好友师长们。她同样不希望前男友陆健明听到这个坏消息。她希望自己来应对这一切，等烟消云散，她在他们的心里还是完美无缺的那个叶桑。所以，父母来信说表弟出国留学需要一笔钱时，她毫不犹豫地汇过去了，她像做了错事的孩子，把不小心弄脏了的手藏在背后。

叶桑想，自己真的做错事了么？要错也许就错在选择来美国。她甚至开始后悔当初轻率出国，才落到今天孑然一人、官司缠身的地步。医生真是个危险的职业，或许最初选择读医学院就是个错误。医生实在不是个好职业，成就功名和事业需要半生的时间和心血，而毁掉的话只是一夜之间的事。

23

陆健明是叶桑在国内读医学院时的男朋友。他们相爱于大三那年，那是一次校际学生服装表演队公开彩排。彩排定在周六，可惜天公不作美，一大早乌云沉沉地挂满天际，随时都有掉下来的危险。几声闷雷滚过，豆大的雨滴就哗哗啦啦真心实意地下开了。礼堂里灯火通明，人头攒动，比想象的热闹多了。相反，后台却出乎意料的冷清。服装表演队里除了叶桑，只来了两名队员，她们盼到上场都没有盼来更多的队友。

服装模特走台，要的就是表演者之间走马灯似的配合默契，展现给观众瑰丽缤纷的服装艺术之美。三个人，要想拿下一场服装表演，简直是天方夜谭！就算每次亮相的仅一个人，换装都换不过来，即使是专业模特都不敢造次呵。可是今天这样的情形，好比箭在弦上，不得不发。作为队长的叶桑一咬牙，给舞台总监一个肯定的眼神，音乐悄然响起。

陆健明当时是校内小有名气的院报编辑，他也是一位业余摄影爱好者，当大负责全场彩排的录像工作。三年来，无论大小演出，他永远站在最前排，一是新闻采写需要，二是方便把心中偶像的一颦一笑都定格在他的胶片上。叶桑第一次引起陆健明的注意是在迎新晚会上，她的孔雀舞令全场惊艳，高贵美丽的头颅，颀长挺拔的颈项，举手投足眼波流转之间，把孔雀的孤傲冷艳表现得淋漓尽致。他的目光痴痴地追逐着她轻盈旋转的身影，把摄影的事抛到九霄云外去了，居然没有留下一张孔雀影。为了这个不可饶恕的过失，他不知骂过自己多少回！那以后，他便萌生了为她拍一套主题为《春之梦》的摄影作品，参加高校摄影展。

那天的服装表演令人担忧，一阵高过一阵喝倒彩的嘘声，从观众席下频频传过来。为了让队友有足够的时间换装，又不冷场，每个模特得在台上多走两圈，观众们有些不耐烦了。除了嘘声，嗡嗡的议论声也不绝于耳，几个唯恐天下不乱的，还吹忽哨，把椅子弄得劈里啪啦一阵阵乱响，场面有些失控了。陆健明一边录像，一边心如火焚地从镜头里捕捉叶桑的反应。

舞台总监在台侧，以一副盖世太保似的阴鸷眼神，一种膀胱告急的不安姿势，不停地向台下的观众打手势，求大伙安静安静，谁知这光景这种动作正好起了反效果，年轻气盛的同学干脆一阵哄堂大笑。陆健明的心提到嗓子眼儿，大气不敢出，生怕惊动了台上的叶桑。他看到叶桑的头越昂越高，目光越来越远，脸上是一种雕像般的表情，仿佛在世界里只有她一个人。她的步伐依然稳定轻盈，转身亮相时仍然准确而一丝不苟。

走 T 台的模特儿，漂亮的脸蛋、婀娜的身姿是绝对的条件，但和舞台上的演员不同的是，她们不能有太丰富的面部表情，否则就会分散观众的注意力，此时的模特儿不过是活动的衣架子，是为服装服务的衣架子，她们得让服装在观众眼里变得充满活力。无一例外，一流的模特儿往往像木头人一样面无表情。

然而，此刻台上的叶桑与平时走台的表情又不同。陆健明敏感地看到她的目光越发森冷，肢体语言有拒人千里之外的孤傲。哎，她受伤了！陆健明太熟悉叶桑的情绪反应了。敏感的女孩最容易受伤，一旦受伤，她就用坚强冷峻的外表掩饰心痛的失措。暗恋了两年，小心翼翼地追了她一年多，他一直不敢太主动，怕给她太大的压力，若即若离，进进退退。他担心把她吓跑，就采取磨人的迂回战术。他相信只要她不拒绝，他就有希望。

24

陆健明原来所在的外语系，与叶桑的医学系之间有一段不短的距离。每天清晨，他都不辞辛苦地来到外语系的小操场上晨跑，穿着鲜红的运动服，一头不羁的黑发在晨风中飞舞，像一只热忱、忠实，而又痴情的火鸟。因为他知道叶桑每天清晨都会捧着一本书，徘徊在操场边那一排玉兰树下。叶桑的侧影相当迷人，微陷的眼窝有西方人的立体感；秋天湖水一般的眼波，清澈见底。翘起的小鼻尖，俏皮性感，看了就有要咬一口的冲动；捧书的纤纤十指，一如洒落一地细腻馥郁的玉兰花瓣……整个人，就是一幅画，是莫地格里安尼的那种纤细婉约，柔美多姿。多少回在梦里，他忘情地握住这双手，倾诉衷情，醒来无奈是懊恼遗恨落满枕畔。

为了拍《春之梦》，陆健明在医学系女生楼外的杨桃树下，静站了一整周，几乎站到脚底生根，头上也长出累累果实。叶桑是个大忙人，是校艺术团舞蹈队队长兼管服装模特儿队，待在宿舍的时间很短。倒是她的室友们看不过去，常常把陆健明让到宿舍里边聊边等人。叶桑的室友们看他虽然名气挺大，外表英挺，人却老实，看他这样被叶桑冷落也怪可怜的，就和他聊聊天儿，这些医学系的女生们问他，你怎么会喜欢咱们系的女生呢？读医的女生哪里有你们外语系的活泼、浪漫？再不然去追中文系的女生也不错啊。你没看见吗，我们医学系的男生尽往外语系和中文系跑。陆健明只是笑，什么话也不肯说。

拍照的事终于得到叶桑的首肯。一天，陆健明一大早就赶到校摄制组时装室，调好灯光，安置好布景，搬出一套套服装，汗流浃背、局促不安地等待着女主人公的驾到。8点55分，在约定时间前5分钟，叶桑安静地踏进摄影棚似的时装室。与手忙脚乱的陆健明对比，她从容不迫娴静优雅，与每一次面对他的镜头时一样大方自然。

拍过无数人物作品的陆健明，给叶桑拍照感觉最有默契。每套服装，每个镜头，从姿势到角度，几乎不用陆健明开口，她已经把姿势摆得八九不离十。大概因为叶桑已经习惯了镁光灯，在镜头面前泰然自若，没有丝毫的慌乱或做作。

叶桑之所以会答应陆健明拍《春之梦》，一方面，她欣赏陆健明的才华。另一方面，她爱春天大地的绿色。细心的陆健明对她的嗜好了然于胸，服装一律是冷色的水蓝、浅绿。他记得一本《服装色系与性格》的书中写道：喜欢水蓝、浅绿色系的女孩儿，个性以静制动，她们对新鲜事物一向具有强烈的好奇心，尽管做事一贯保守。她们外表纯洁得如小家碧玉，但个性却冲动而激烈，有时难免感情用事。虽然她们心地善良，但在喜怒哀乐不能自控的时候会导致悲剧的发生。

一组照片拍完了，还没到午饭时间，陆健明灵机一动，半真半假地对叶桑说："我刚学会看手相，让我看看你的，帮我验证一下说得准不准？"说完他心里并没指望她点头，高傲的她没有嗤之以鼻、扭头甩手就是他的造化了。

"好吧。"她极爽快地伸出左手。这一来倒把陆健明吓住了，他期期艾艾地不敢去接那只象牙白细瓷一般的手。憋了老半天，面红耳赤。

"嗯，男左女右，我得看你的右手。"陆健明努力克服着突发的吐字困难，不敢看她一眼。她不吱声，顺从地换了只手交给他。叶桑的手光滑有些冰凉，陆健明感觉并不真实，人也跟着浮起来，精力无法集中。他努力压抑着大气不敢出，但由于距离太近，听见自己强烈的心跳咚咚地擂着胸口，陆健明难为情地勾着头，耳根滚烫。

陆健明首先把目光对牢叶桑掌纹中的"感情线"。从"感情线"上可以看出她对异性的关心、情绪及投缘的程度。她的"感情线"呈断线，是好恶强烈型。爱憎分明，没有中间地带，热时如火，冷时如冰，爱恨之间仅一线之隔。

"在感情方面，你是一个专一的人，不动心则已，一旦动心就会全力以赴。"陆健明说完抬头看看叶桑的脸色，她不动声色浅浅地微笑。陆健明接着把目光移到"婚姻线"。

"婚姻线"上可以读出一个人的异性缘、恋爱运和婚姻路。叶桑掌上居然找不到"婚姻线"，一般没有"婚姻线"的对异性持强烈的戒心，不易表现出真情。即使情有独钟，往往也只落得单相思。陆健明十分不解，叶桑不太可能害单相思啊！他自信叶桑明了他的心意，并且也喜欢他，尽管矜持的她总不肯多表露一丝爱意。

"在婚姻方面，你不太顺利……也不是不顺利，也许是晚婚？"陆健明一时词穷。他笑笑说，我也刚学看手相，说得不好，你别往心里去啊。陆健明结结巴巴才把话说完，叶桑就笑出声来："我根本不相信手相，命运掌握在我自己手中。"在她坦率而自信的目光注视下，陆健明的心情却无端地黯淡下去。嘴上他却愉快地说："走，咱们吃午饭去，爱上哪儿？今天收获甚丰，慰劳一下你。"

25

许多年以后，当叶桑在大洋彼岸收到陆健明最后一封信的那天，陆健明给她算命的那幕清晰得就像发生在昨天。那封信里他说他结婚了，也希望她早日遇到如意郎君。叶桑苦笑，当年，陆健明说："在婚姻方面，你不太顺利……"那时她哪里相信？就是陆健明自己也未必相信，可是，命运的确这样安排了。

命运安排了陆健明7次被美国领事馆拒签；命运安排叶桑顺利通过美国西医执照考试，顺利进了美国医院当医生，拿上一生喜爱的手术刀；命运安排陆健明身边出现了另一个女孩儿……命运又安排叶桑手术意外，惹上麻烦的官司。叶桑很想知道自己的未来究竟要走什么样的路，如果有人可以告诉她，她不在乎用什么方式：手相、星座、塔罗牌或者碟仙。这个世界上，越是不可测量的东西，就越有方法去预测；越是难以追寻的，就越能引人千方百计、千山万水地去寻觅。

而当年，命运安排他们相爱了，就在服装表演那天之后。

那天，T台下有部分观众在兴风作浪，后来越来越不像话。陆健明看到叶桑在努力坚持着，不让自己退却，其他两个女孩已经乱了方寸，惊慌闪躲的目光、欲泣的表情、像要昏死过去的零乱步子。陆健明一边在心里暗暗祈祷着这场服装秀快点结束，一边对无知无礼无情无义的部分同学恨得牙痒。

挺住！叶桑。挺住！叶桑。陆健明在心里狂喊。急中生智，他骤然把摄像机的镜头对准观众席上几个忘乎所以的男生，没料想这一招还真灵！得意忘形的始作俑者还没热昏头，还懂得自己的丑陋嘴脸被印在胶片上成为证据，成为历史，成为永恒的可怕和难堪。疾风骤雨顿时风平浪静，那些唯恐天下不乱的男生们，慌忙东躲西藏避开镜头。当陆健明重新把镜头对准叶桑时，他看到叶桑朝他感激地浅浅一笑，眼里薄薄的水光飞快地闪过，陆健明的心骤然疼痛起来。

时装室里，陆健明帮着叶桑把五彩纷乱的服装挂的挂、叠的叠，收拾妥当。此时，校园里早已人去楼空，建筑物像静寂的蜂巢。陆健明顾不上抹汗，把早已准备好的一束玫瑰递到叶桑面前。

"谢谢你！今天……"叶桑捧着花，低着头，忽然就哽咽。陆健明看到两滴眼泪，从她蝶翅微颤的长睫下滚落，淌在她因为惊吓、愤怒之后涨红的脸上。然后，泪珠落到她手中的玫瑰花瓣里。

为了掩饰哭泣的冲动，叶桑满屋张罗插花的瓶子和水，她背对着他，垂着头，把一束花摆弄了有一个世纪那么久。陆健明静悄悄地立在她身后，看她闲闲地弄花，偷偷地揩泪。她把天然的一头卷发高高挽起，露出白净如雪的后颈及耳后迷人的地带，一小卷一小卷的黑色发丝，服帖地趴在她细腻的肌肤上。

陆健明小心翼翼地从她后面，试探着用双手轻轻地拢住叶桑的腰。她的身子紧了一下就放松了，陆健明得到鼓励，一刻都没有再犹豫，把她搂个死紧，密不透风。疯狂的热吻雨点般

108

落在她的颈部、耳后。然后，他扳过她的身子，牢牢吸住她微启的双唇。后来，叶桑也是带着陆健明这样的吻放心地飞越太平洋的。因为她相信，不用多久陆健明一定会到美国与她团聚。再后来，她只好相信命运了，虽然他们都不是肯轻易向命运低头的人。

陆健明说他现在是一家大报的采访部主任，报社离不开他。而他要是到美国去，那里没有他喜欢的事可以做。他希望叶桑学成后归来。

叶桑理解陆健明说的都是事实，他来美国能做什么呢？学的是语言，而且还是日语。看到太多这样的夫妻在美国挣扎，最后也是劳燕分飞。好在外科的工作是非常辛苦，她没有余心余力为自己和陆健明忧伤，怨天尤人。甚至收到陆健明的结婚消息时，她都没有时间流泪。她只抽空去店里买了张贺卡，写上祝福的话，贴上精美的纪念邮票匆匆投进邮筒。

当洁白的信封滑进邮筒的瞬间，叶桑心里一阵悸痛。

叶桑紧紧捂着胸口，勾着头，泪如雨下。到这时，她完全相信陆健明从此不再属于她了，她的青春和多年的爱恋就此一去不返了。

说到爱情，中国人希望白头偕老；谈到友谊，就应该地久天长。叶桑心想，白头偕老是一生相许，地久天长是永恒，可世间有多少情爱可以一生相许？又有多少事是永恒的？除了死亡。

到美国以后，叶桑的情感路上不是人烟稀少，也不是曾经沧海，而是没有合适的谈情说爱的对象，当然，也没有太多花前月下的闲工夫。

曾经，在工作环境里、国际学术会议上，以及各种社交场合都有机会认识条件相当的陌生人，她也尝试着与男人约会，却没有真正动过心，几年下来，同事还是同事，朋友还是朋友，萍水相逢的依然是萍水相逢。

美国的"红房子画家"乐队有一首很受欢迎的歌《泡影》，唱的就是这种感觉，若有所失又好像什么也没有发生，歌词尽处你就明白，梦想即泡影。烟花灿烂盛开后的夜空，是更加虚无、寒冷与惨淡。

有人喜欢拥有很多性伴侣来保持自己的新鲜感；有人拒绝滥情，也是为了保持对爱的新鲜和敏锐，叶桑属于后者。

算算这些年叶桑参加的学术会议实在不少了，每年在迈阿密召开的外科年会就非常盛大。美国多数学术会议都在风景区召开，这本身就是一种诱惑。一群来自各地的同行们平时都只是耳闻，眼下却可以目睹，复杂的情愫一如暗夜里的花香四溢，很难不让人想起梦境、情欲和弗洛伊德。白天，在庄重的学术厅里大家唇枪舌剑；入夜，酒店的席梦思上心仪的一对对翻云覆雨。洋人学术圈里的这种浪漫彼此心照不宣，而华人多数把白天的严肃延续到晚上，不谈情、不说爱、更没有付诸实行的欲望，至多在会议低潮的时候，幻想一下台上英俊的演讲者如果来到自己身边将会如何。或者在饭前咖啡之后随大流，在口头上应个景，然后一整夜用被子蒙住脑袋，细牙紧咬着枕头，抵挡着此起彼伏的呻吟和叫喊声，从隔音很差的隔壁传过来。

失去陆健明以后，叶桑痛苦了一段时间，事业忙虽可以填补不少独处的寂寞，但她终究是要过一个女人的正常生活。所谓的正常生活当然是指舒适、惬意，甚至无聊和庸俗的家居生活。叶桑心里明白，拿手术刀的生涯充满风险而极具挑战性，可家庭生活却不同。一切戏剧性的、苦闷的、痛楚的、对立的、矛盾的、迷惑的、恐怖的、纠缠不清的情感都不是她所需要的，那是夏日海滨度假时，在沙滩上阅读小说的封套上煽情的广告字眼，不是实在的日常生活。她需要一个厚道实在的、真正懂得她、理解她的爱人和生活伴侣。

26

无论男人或女人都需要事业和爱情，双赢很难，如果其中之一不顺利，人们就会朝比较有把握的那个方向努力。如果两个都不如意，就是那种人们常说的不幸的人了。叶桑感到，命运在她面前把这两扇门都关死了，她是应该等待上帝为她再开一扇窗，还是咬紧牙，破门而入？

每次想到被电视台的记者突然袭击叶桑就忍不住愤懑，她甚至想打电话去预约，干脆做个专访，自己好好准备，怎样从容地面对镜头，怎样把要说的话说得像个老练的医生、滴水不漏……想象着如何纠正在同事和市民心目中的形象，成了叶桑这些日子最快乐也最痛苦的心理体验。

在《伟大的盖兹比》一书中，作者用这样一段文字来描写主人公在纽约曼哈顿白手起家的心声：大桥上，穿过桥栏，阳光在过往的汽车上闪闪烁烁，在这条河的另一边，城市波浪一般起伏，那里潜伏着对金钱的追求。从皇后区人桥上看曼哈顿，永远像是初遇，曼哈顿祖露着她狂漫的允诺，展示给世人所有的神秘和美丽……"跨过这座桥之后，任何事都可能发

111

生"，我想"任何事情……"

当年，经过十多个小时，飞越大洋来到纽约肯尼迪机场上空时，舷窗下的曼哈顿，就给叶桑这种感觉："任何事都可能发生……"可当时她脑子里的任何事几乎都是与成功有关的事，唯独没有料到是今日这种事。

一直忙碌的叶桑忽然变得无所事事，说是度假，可哪有享受假期的心情？这种不言而喻的假期，是否预示着她将永远地和她的手术台、手术刀告别？永远地和医生这个职业告别？来美国10来年的努力，她不敢回首，一场恶梦她害怕没有醒来的早晨。在黑暗中，她体验了从来没有过的孤独和恐惧。已经习惯了给家乡的父母、朋友报喜讯，如今，这个坏消息他们怎么受得了？她是他们的精神支柱。在他们眼里，她是阳光明媚的早晨，是上帝的宠儿，是所有人向往仰望的耀眼星辰……永远都不会有意外，永远都不可能陨落。

工作繁忙，被绑着脱不开身的时候，叶桑曾经多么企盼有一些完全属于自己的黑夜和白天，可以随心所欲：想睡就睡，爱睡多久就睡多久；想吃就吃，爱吃多少就吃多少；爱去哪儿就去哪儿；爱玩什么就玩什么；喜欢和谁同行就和谁同行……可是，生活里怎么可能有真正随心所欲的事？

坐在咖啡店里，叶桑的面前放着一本最新的《矫形》杂志，她没有兴趣翻开一阅。从前，只要有点闲暇，坐在咖啡厅里读医学杂志是她最享受的事情。现在，落地窗外阳光明丽，已经有初夏的热力。这个城市和她家乡十分不一样，没有江南小城的文雅和含蓄，也没有那种不卑不亢、不惊不乍的稳重。它是典型的沙漠气候，早晚凉中午热，有时候一天之中温差可达30华氏度，清晨是冬季，正午是夏季，深夜是冬季，只有室内才有永恒的春天。记得不久前还寒风凛冽，恍然间夏季就跳到跟前。叶桑原是个喜欢夏天的人，可是今年，她对窗外这个美丽的季节无动于衷。她已经没有余力去感知外在的世界了,属于她自己的已经太沉重,压得她喘不过气又无法逃开,无力感使她惊觉苍老是否过早来临。

来过达拉斯的人都明白,它的魅力远不止暗杀肯尼迪的现场和能干的牛仔们。这座城市已经变成一个艺术胜地。就拿这家咖啡店来说,这是一家法国人开的,叶桑偏爱这种欧洲风格,店里两面墙上都挂着黑白老照片,说不尽的光阴故事和岁月沧桑;还有一面墙摆着书架,像图书馆一样,一层一层整齐地站着精装书。谁都知道,那些书没有什么实用价值,不过是一种装饰,但这种不可缺少的装饰和屋里的硬木桌椅都很有岁月的味道。此刻,最好桌面上放的是一本杰克·凯鲁亚克的小说《寂寞的旅人》,叶桑记得小说中有这么一段话:人的一生中,应该有一次到荒野去,体验一下健康,但有几分无聊的孤绝……发现自己只能依存于孑然一身的自己,然后才会认清自己真实的、隐藏的潜力……

叶桑只能把自己现在的处境比作荒野的孤军奋战,磨炼自己的意志并挖掘潜力。而现在,她面前放着欧蕾,一种欧式的拿铁咖啡。长期站手术台,饮食不定期,叶桑也患了外科医生易患的胃病。太浓的咖啡对胃黏膜刺激过强,多加些牛奶就比较理想了,一杯好口感的欧蕾常常是叶桑紧张而充实的一天的开始。

这种欧式的拿铁咖啡,不同于美式拿铁或意大利式的。欧蕾咖啡做法其实很简单,只要把一杯意大利浓缩咖啡与一大杯热牛奶同时注入一个大杯子,再放两勺打成泡沫的奶油就大功告成了。法国人是欧蕾咖啡最热情的拥护者,在他们的早餐桌上,这种咖啡总是被盛在有圆圆肚子的欧蕾杯里,欧蕾杯是所有的咖啡杯中最大号的,好像只有这样,才够盛一天开始满满的好心情。

现在，满满一杯欧蕾咖啡摆在那里逐渐冷去，叶桑没有心情去碰一下。

这样恍惚了不知多久，直到她的手机响起来。

对方的号码很陌生。她本不想接，可能是太无聊了，哪怕是打错的她也愿意和对方说两句。平时并不健谈的叶桑，这些天忽然有强烈表达的欲望。

"哈罗，我是叶医生。"

"叶医生好！我是王大卫。还记得我吗？我们在律师事务所见过面。"

"哦，你好，律师先生。"叶桑没想到是那位年轻的华裔律师王大卫。一时不知道该说些什么。她不记得那天离开他们的律师事务所之后，他们还有什么约定。只好沉默着。

"叶医生，你现在方便说话吗？今天我没有安排工作，想和你随便聊聊。"

"我方便，太方便了，被迫休假……我一个人在喝咖啡。"叶桑突然用一种恶作剧的调侃语调跟律师说话，并且报了这家咖啡店的街名和门牌号。

收线以后，叶桑没料到自己刚才迟钝、黯哑的心绪，因为这个电话忽然敏捷、开朗起来。怎么把他给忘了？至少可以向他咨询一些法律程序方面的常识。叶桑发现自己太无知了，对美国、美国社会、美国法律，包括来美国后自己的能力，几乎一无所知，太可怕了。现在的自己简直寸步难行。

心情开朗以后，咖啡店里播放的披头士主唱约翰·蓝侬的歌声，也变得清晰而动听："想象这里没有天堂，这很简单，如果你想试试的话。我们的下面也没有地狱，我们的上面只有天空。想象所有的人们，只为今天的和平生活；想象没有国家，没有杀戮，想象没有牺牲……你可以说我是做梦的人，但我不是唯一的一个，我希望有一天你能加入进来，那么世界就能变成一个。"

这首《想象》有诗一般的浪漫和乌托邦，暗合了叶桑对未来的期盼。

27

27

不到 10 分钟，王大卫带着室外阳光的温暖和香味推门进来。他一眼就发现了坐在角落里的叶桑，她背墙面窗，孤独而警觉，像一只带伤的猫。王大卫心里没来由地抽痛了一下。

还没坐定，王大卫就示意侍者过来，他要了杯冰啤酒。

"一早喝啤酒？"叶桑惊讶得叫出声来。在她的印象里，西装革履、灵活不足严肃有余的王律师怎么可能有这种习惯？不知从哪里得来的印象，她认为早晨喝酒的人多是艺术家、文学家之类，不可能是律师、医生之流。

"为什么不？"王大卫在叶桑对面坐下，眼里满是笑意，微厚的双唇，温和而性感。

王大卫今天一身休闲打扮，比呆板的西装潇洒、帅气多了。虽然王大卫不是那种热情洋溢、口若悬河的男人，但比他给她的第一印象强 10 倍，她望着王大卫生动活泼的大男孩神情，不太相信他们居然是同一个人。

"你看上去很开心嘛，又赢了官司？"

"也可能是和漂亮的女生约会。"

要是平时王大卫这么恭维，叶桑不一定买账，有轻浮之嫌，可眼下她的处境和心情，这句话颇受用。

叶桑低头喝咖啡，欧蕾咖啡已经冷得让她无法下咽。

王大卫又打个手势让侍者换一杯同样的热咖啡上来。

叶桑抬头无语地望着王大卫，难以置信，这个男人太厉害了，心细如丝，难怪年纪轻轻就有了名气。那天自己真的看走眼了。

"你在后悔自己那天看走眼了是吧？"王大卫顽皮地笑道。

叶桑哭笑不得，这个男人该不是天蝎座的吧？如此敏锐，不仅能知道欧蕾杯肚子里咖啡的温度，还能读出女人肚子里的心事。冷峻的外表下莫非也藏着一颗炽热的心？

虽然有很多话想说，却不知道从何说起，两个人就扯些天气呀、财经呀、时尚什么的话题，但都没有很好地展开，有一搭无一搭地，倒是很专心地喝完咖啡与啤酒，然后王大卫提议出去走走。

"你看，外面的阳光多好！虽然我不喜欢冬天，但我明白寒冬之后会是个温暖、明媚的季节，所以等待有时候是必要的。"大卫说得意味深长。

走出咖啡店，他们并肩向街心公园的方向而去。屋外的阳光的确很强，刺激得他们不得不戴上墨镜。

28

这一天不是周末，公园里行人稀少。阳光从树叶之间洒下来，刚修整过的草坪有原野的芬芳，空气里也洋溢着一股舒适的悠闲。远远近近几个老太太在遛狗。

和王大卫沿着草地上的小路漫步走着，叶桑整个人放松起来。仿佛王大卫已经帮她卸去肩膀和心灵上的负荷。郁闷的心情逐渐化解在一个清净的天地了。

叶桑今天穿着黑色短袖针织衫，灰色长裤，头发简单地挽在脑后，用发夹高高夹住，不经意地散下一两撮发丝随风抚弄着她修长白嫩的耳后与颈部。由于室外阳光强烈，她戴着墨镜。墨镜遮盖了叶桑五官中最出众、传神的双眸，但也因此衬出面部其他部位的精致与秀气来。

信步走着，叶桑举手投足之间都会将女性特有的自信和从容表露无遗。

118

王大卫不时侧过脸来端详她，仿佛忽然认不得眼前的人究竟是何方神圣。他说不出为什么，叶桑今天看起来是如此的完美、优雅、端庄……神秘而又真实，还有妩媚。她是那种女人，即使穿着最男性化的服装，依然女人味十足。他很想对她说些什么，但忍住了，他想成为她的律师，那就不可以和当事人有情感纠葛，否则职业的眼光就会被扭曲。王大卫心里明白，他需要打赢这场官司，因为他渴望赢得身边这个女子。

"你看到了那个讨厌的新闻了吗？"叶桑忍不住问王大卫。

"哪个？"

"就是电视台采访市长和我的。"

王大卫站住了。他凝视着正前方，良久，他侧过脸来对叶桑说："如果是我，我会选择忘记它。"

"忘记？怎么可能忘记？你居然让我忘记它！"叶桑感觉自己的怒气直冲脑门，"我每天都在想这件事。我准备主动出击，挽回损失。你觉得怎么样？"

"怎么主动出击？"王大卫故意忽略她眼里那抹受伤后的愤怒。

"你知道，那天他们是乘我不备……我想扳回这一局，主动打电话去预约，干脆做个专访，我可以好好准备，从容地面对镜头，我也可以把要说的话说得像个老练的医生、滴水不漏……我一定要修正在同事和市民心目中的形象——真正的华人医生形象。"

"听我说，叶医生。这种时候，沉默比反击更有效，也更安全。说不定对方就等着你的反击，然后他再伺机回击，你就更被动了。加上媒体的无休止炒作，这件事不断被加温，最后有可能一个接一个的指控，接二连三，你受得了吗？这些肯定都会对你造成伤害的，比现在更大的伤害。请相信我。叶医生。对方不是别人，是本市市长。在真相大白之前，媒体、舆论、大众的认识和判断都可能有偏差。"

"叫我桑妮吧。"叶桑叹口气又问，"那你说该怎么办？就这样任人摆布？有钱有权有势的人就可以随便糟蹋别人？我的前途呢？谁来考虑？到美国近 10 年的磨炼，还有在国内 10 多年的苦读，都要付诸东流了么？20 多年的努力付诸东流，谁来为我主持公道？"

"至少我们要避免鸡蛋碰石头。你说对吧？桑妮。最好的办法是避开风头，避免与市长正面冲突；避免与媒体交恶；避免公开说话，言多必失；避免反复刺激大众想起这个事件。你知道，任何新闻都会成为旧闻，最关键的指数是时间。再大的新闻过两三周就变成谁都不感兴趣的旧闻，只要没有新话题出现，天大的事也会被人慢慢淡忘。英国王妃戴安娜的死亡，不也是如此？

"还有陪审团，我们也要小心。美国的陪审制度承袭自欧洲的传统，陪审团的组成根据案情的轻重，以及各种特殊情况分成 5、7、13 人不等，除了案情复杂或引起社会极大关注的案子设立 13 人的大陪审团以外，一般情况下都是 5 或 7 人组的编制。陪审员是从公务员和有正当职业的大众群体里随机抽样选出来的，只要没有犯罪前科。他们不需要具备很专业的法律知识，甚至不一定是能一碗水端平、公正无私的人。他们可以有自己的想法、看法、好恶、取舍，甚至会有很个人、很偏颇的。

"在法庭上，法官的角色倒显得其次，重要的是陪审团。陪审团成员聆听案情，对被告做出有罪或无罪的裁决。然后，法官才根据陪审团的裁决依法量刑。这时候律师起什么作用呢？律师就像演员，通过彼此辩论、交叉盘问，见招拆招等一系列表演，去影响、去左右陪审员的视听感受和判断，从而达到有利自己这方判决的目的。一个能干的辩护律师，善于把辩论引开，离开问题的关键，然后在案件的枝节问题上大作文章，这样才能转移原告、原告律师、陪审员的注意力，达到开脱他们当事人显而易见的罪行。反过来，如果有什么事实需要瞒天过海，他们就向对方大喊大叫，甚至假装冲动地骂人，不断指责对方违反技术上的各种细节，打乱他们严密的思维，最后出现漏洞。律师既像导演，也像演员，你说重要不重要？"

最后一句话大卫说得像在调侃，希望能让这个畏惧官司的女子放松心情，坦然面对。当然，言下之意还有他将助她一臂之力。

阳光下的这位年轻律师，诚恳、稳健而又不失机智和温情。这回，叶桑把王大卫的话一字不漏地听进去了，心悦诚服，对他的信任一路追加。

"可惜我不能请你当我的辩护律师。"叶桑突然换了话题。

"为什么？"王大卫一愣，没明白她指的是什么。

"我没有钱，请不起你。"

"哈。"王大卫忍不住笑出来，没想到她如此直率。正是拿手术刀大夫的脾气。

"我不要你付给我很多钱，一点点就够了，一块钱你有没有？呵呵。"王大卫又笑，然后又说，"每个月我至少会受理两三个不收费的案子。再说，赢了官司我还怕没地方领钱？这件事你交给我来办，你就不要操心了。"

叶桑是知道的，在这个城市里，有些律师办案不收费，或者根本得不到半点报酬，但还是勤勤恳恳地热心公益；而有些律师什么钱都伸手要，然后在豪华酒店约会漂亮女人，吃喝玩乐。

"赢不了的。我知道这个案子胜算的机会非常少。"叶桑刚刚被一个律师婉转地拒绝过。做公益也不好老是输官司，坏了名声。她不希望一个好心的律师吃亏，就像不愿意看到一个好心的医生吃官司。

拒绝叶桑的那个律师叫彼得·罗斯，曾经是叶桑的同事，在外科当住院医生的第一年里，他曾经热烈地追求过叶桑。第二年刚开始他就脱了白大褂，去法学院重新当个学生。罗斯说他拿手术刀太辛苦，风险太大；他说他发现自己无法整天面对病痛和死亡的不愉快，这样会让他感到生命太悲惨，毫无快乐，活着没有意义；他还说，他也不想一辈子经受各种挑战，来自病人的、保险公司的、执法机构的，现在的医生得不到应有的尊重和保障，还常常被诬告、威胁、陷害……轻者名誉财产受损，重者甚至失去自由，坐好多年的苦牢。失去医生执照，就等于砸了饭碗，连生活都没有保障。倒不如去读法律，海阔天空，凭一张嘴赚钱。做得好多挣钱，做得不好少挣点，但绝对不会混到饿肚子、蹲大牢的地步。

两天前，叶桑才从过去的朋友口中得知这个旧同事的联络方式。他已经从法学院毕业，现就职于一家颇有名气的律师事务所。一见面，他还像从前一样殷勤地赞美叶桑的美丽和才气。可是，当叶桑提到自己的处境，并希望他能为她辩护时，他便开始缩了，顾左右而言他。最后他不得不对叶桑说了实话，他说他刚刚出道，需要接一些容易赢的案子给自己长名气。叶桑这个官司胜算的机会不大，很可能让他坏了名声。他医学院的贷款还没还清，还有读法学院的那笔借款，他经不起失误了。

世态炎凉。一开始罗斯的态度让叶桑感到格外难过，毕竟他曾经给过自己许多美好的记忆。怎么说都是有交情的，后来是因为他去上法学院，自己忙于工作感情就淡了。可是，人疏远了，记忆还在呀，他这样的拒绝未免太无情。后来叶桑也想通了，家家都有一本难念的经，何必难为别人？只是当初他对自己的旦旦誓言，却在残酷的现实面前碎成了粉末。

眼前这个王大卫倒是有点人情味，可是，他靠得住吗？

叶桑来美国以后基本上是通过影视媒体来了解美国的社会和文化。她在电视上看过不少描写律师的电视剧和电影，似乎只有一半的律师靠得住。大卫是在哪一半里面呢？是靠得住的，还是靠不住的？靠不住的那一半多是没有良心，见钱眼开，甚至故意愚弄委托人，不仅想把他们或者对方口袋里的钱掏空，而且还尽耽误事。

"这个官司我怕真的赢不了。你瞧，医院不是已经变相地把我开除了吗？说好听些是休假。以前考试我要几天假期都那么难，现在一开口就是一个月。对他们来说，什么交易都比我分量重。我为鱼肉，任人宰割。最后我可能要被吊销医生执照，回中国去……"

"去"字卡在叶桑的嗓子里，没有发出声来，她用连续几次的吞咽动作来压抑哭泣的冲动。

王大卫自然地伸出手臂，搂一下叶桑的肩膀："没有你想象的那么糟吧？美国是个法制的国家，有许多法律限制，就是市长，甚至州长、总统都不能放肆地胡来。关键是我们要找到有力的证据，击中对方的要害，法制的社会，有它的公正和公平。现在双方都只有50%赢的机会。再说了，不是还有保险公司雇用的律师吗？我们可以联手出庭。你要知道，保险公司不会轻易让自己败诉赔款、失去信誉和客户的，他们更愿意花巨资为自己辩护，当然，这也意味着同时为你辩护了。"

"怎么找证据呢？我打电话给验尸办公室，对方一直推说结果还没有出来。还跟我抱怨，说什么每天多少吸毒的、车祸的、各种死亡原因的尸体排着等待解剖、检验，谁都在催他们，他们快疯掉了。谁知道他们有没有猫腻。在抢救纳尔逊夫人时，护士遵我的医嘱倒是抽了血，还没等送去，她就停止心跳和呼吸了。"

"抽的血呢？这对我们很有用。"王大卫兴奋起来。

"那两试管血就放在桌面上。护士说，第二天她看见试管里溶血了就丢掉了。这事也怪我，根本没想到打官司用得着。现在我们只能等验尸结果了。"

"还会有线索的，没关系。"王大卫看上去轻松自信，叶桑心里好受一点，虽然眼前她没有一点头绪去哪里找线索。

他们在公园里走了一圈，分手的时候王大卫说："桑妮，下午我还有事，抱歉不能再陪你说话了，改天我请你喝咖啡。有事打我手机，任何时候都可以。你的手机里已经有我的号码记录了。"

王大卫快步离开了，他要尽快回到自己的办公室，专心于手头的其他两个案子。一个是大陪审团觉得那件与警方连线的加油站抢劫案，其中一名嫌犯有罪，罪名是蓄意谋杀和持械抢劫。加油站的一名收款员当场被子弹击中，现在还在加护病房，如果凶手不认罪，罪名还要加重到一级谋杀。另一个是昨天上诉法庭驳回了一名妇女的上诉申请，她也是被控杀人罪。这是一件纠缠很久的案子，不过上诉法庭认为被告只是无资格上诉，她对检察官的态度至少不恶劣。

其实，王大卫这些天忙得焦头烂额，根本不是闲着无事，随便来找叶桑聊天儿。因为，他很清楚她这个官司真要打起来难度一定不小，再加上市长这边的因素，有把握又愿意当她辩护律师的人一定不好找，当然，他也很清楚这位叶医生的倔脾气，不肯低声下气求人。他希望自己可以成为她的辩护律师，任何人都不及他理想，她应该明白这一点。即使现在不明白，将来一定会这么认为的。

124

29

大卫走后，叶桑并没有马上回住处。从前，她几乎没有时间和闲心在公园里散步。今天，她有整块的时间可以在蓝天绿草之间随意挥霍。

大卫靠得住吗？叶桑反复在心里问自己。

还在外科当住院医生时，叶桑记得，有一次，她在外科住院处外面的接待室里等一个病患家属，她听到一个律师和病人的对话。当然，一开始叶桑并不知道他们的关系，后来从他们陆陆续续传来的对话里，明白了律师是怎么样去争取他的委托人的。

一条长凳上坐着一个头部缠满白色绷带的中年男病人，神情痛苦且沮丧，他的脸上还贴着两块大纱布，一块在左前额，另一块在左下颌，估计里面还缝了很多针。一只左手臂吊在胸前。坐着看上去两腿没什么大碍。他的旁边是一个看上去很精神的年轻男士，白衬衫、蓝白斜纹领带、藏青色长裤。

"伤得不轻啊，伙计。"白衬衫问，"怎么了你？"

"撞车。"病人声音不大，似乎没有兴趣答话。

"不是小车吧，看这伤得。"白衬衫很关心体贴的样子又问。

"可不？是被一辆运货大卡车撞的。真是个魔鬼啊，差点要了我的命。"病人的话多起来了。

"什么时候发生的？"

"昨天。"病人说，"真受不了这医院。这么多人，这药水气味。医生说还要再观察两天。我想回家去。"

"你说的是一辆运货大卡车？"白衬衫似乎对这个可怜的伙计要回家的说法不感兴趣，话题又回到了大卡车，并且两眼发亮，犹如一个渔夫看到水面上的浮漂下沉，大鱼咬钩了。

"对。你要怎样？"病人警觉起来，对跟前这位不觉多看两眼。

白衬衫适时递上一张自己的名片，说："我是詹姆士律师，专门处理车祸事故的案子，特别是撞了你的那种大卡车。"

"……"

"是不是那种有18个轮胎的自动卸货卡车？只要你说，我就能帮你。"虽然病人不语，詹姆士律师却来劲了。

"告诉我，你都伤到哪儿了？脑震荡？肋骨骨折？"詹姆士律师激动得恨不能拥抱一下病人，但他只是紧紧握一下对方的手。这样的伤势毕竟不适合拥抱。

"还有锁骨也断了一根。"病人说着，用能动弹的右手指一下自己左边的锁骨，加重语气。

"你做什么工作？"

"开出租车。"

"是工会会员吗？"

"是。"

"太好了！"詹姆士律师一拍大腿，几乎忘形。

这时候叶桑注意到病人皱了一下眉头，把身子往边上挪了一点，似乎受不了这个詹姆士律师的热情。

可詹姆士律师浑然不觉，他从自己的公文包里拿出一个小本子又写又画。

"我至少可以使你获得 60 万美元的赔偿费。60 万美元。我只要三分之一，你要知道，很多律师要一半。你瞧，你可以净得 40 万美元，不用上税。咱们明天就起诉。"

"别的律师也找我谈过。"病人冷静地瞧着詹姆士律师。

"我帮你争取到的赔偿费肯定比他们多。而且我只承办大卡车的案子，专门打这种官司，一直都打这种官司，熟悉极了。我知道每个大卡车公司的股东和律师，我们打过交道，他们很怕我，真的不是吹牛，因为只要当事人一聘用我，我肯定打赢官司，要他们老老实实掏腰包……"

"今天早上有个律师给我打电话了，说可以帮我弄到一百万。"病人虽然脑震荡，可思维一点不含糊。

"他撒谎。是谁这么瞎吹牛？谁？法郎斯？威斯格特？戈登？还是普兰特？这几个家伙我都认识，他们根本办不到。你瞧，我最起码可以争取到 60 万，也许还会更多一点。"詹姆士律师自己急糊涂了。

"你们签合约了？"詹姆士律师最后掐到点子。

"还没有。"

"太棒啦！"

……

后来，叶桑等的那个病患家属来了，她要和他谈他妻子的胃癌手术。她没有听完他们的对话，也不知道他们最后是否签约了，是否得到 60 万了。但那位詹姆士律师给她留下很深的印象，原来，律师可以这样找委托人。

30

在公园里走累了，叶桑在小路旁边的长凳上坐下，斜看太阳，阳光依然灿烂明丽。她又望着前边不远处的草地上，几只红嘴的小鸟在觅食。叶桑不禁想起多年以前，自己刚刚在外科当住院医生那段生涩的岁月。

在外科当住院医生的第一天，叶桑就被安排到急诊室，记得自己看的第一个病人是一位与自己年纪相仿的白人男青年。他说他搬新居，站在凳子上换灯泡，换完灯泡一高兴就从椅子上跳下来，没想到就踩到一颗螺钉上了，当时自己光着脚。在急诊室他也光着脚，一瘸一拐地来回走着。叶桑仔细查看他那只受伤的脚，估计钉子有七八公分长，尾端还连着一块小木板，年轻人看起来有点滑稽，那只脚好像被钉了马掌。他痛得呲牙咧嘴，脑门上全是汗。

当时，叶桑心里是害怕的，没有把握的，但她又希望给病人一个理性、稳重，甚至历尽沧桑的样子，看上去不像新兵，而是光处理这种螺钉病例就不下一百起的老手。

在急诊室明晃晃的灯光下，叶桑捧着"马掌"前后左右看个够，确定钉子是扎在拇趾与脚掌的连接处，心想应该没有骨折吧。拔出钉子的话应该不会流很多血吧。

"是不是很痛?"叶桑突然冒出傻乎乎的这么一句。

年轻人只顾自己痛着,丝丝吸气,呼呼吹气,没有回答。

应该先给他打破伤风预防针,然后把钉子拔出来。这么想好,叶桑交代护士给他打支破伤风针。要拔钉子的时候叶桑突然想到了后果:钉子拔出来以后会不会血流不止?如果骨头真的断了怎么办?

她对年轻人说,你等等,我就来。

在急诊室几间急救室里,叶桑寻寻觅觅,终于,她看到了自己要找的人,今天当班负责他们的那个资深外科医生。可他正在处理一个车祸的病人,在一个血淋淋的躯体上忙碌着,周围一群人跑来跑去叫人递东西,床下还一滩血,叶桑缩回去了,她知道这时候最好不要进去打扰他们。那么,就叫 X 光科的来拍拍片子看有没有骨折,这样的思路应该没有错,至少可以花掉一点时间,等那个车祸病人弄差不多了再回去请示。

等 X 光技术员来拍了片,看结果,一来二去一个小时的时间过去了。X 光科医生的诊断是:在第一趾前端,单纯螺钉嵌入,没有骨折。叶桑把 X 光片给马掌看,说,"你瞧,螺钉嵌入第一趾前端,没有骨折。"

"你打算怎么办?"患者很在意地问。

"是啊,我该怎么办?"叶桑心想,我要知道就好了。

她又跑到抢救车祸病人那个急救室。资深外科医生还在忙碌,但见缝插针对张 X 光片瞟一眼的工夫还是有的。于是她举着片子凑到他跟前。他很快看一眼,轻轻朝她笑笑说,"你打算怎么办?"

"把钉子拔出来吗?"叶桑小心翼翼地试探。

"对。"

一听这话,叶桑拔腿就跑。

"记得要打破伤风预防针。"资深外科医生叫住她。

"已经打了。"叶桑这回理直气壮。

"准备好了吗？我要动手啦。"回到患者身边，叶桑十分肯定地告诉他。

"准备好了。拜托你了医生。"

打完局部麻醉，叶桑使劲把螺钉从年轻人的脚底往外拔。

患者叫了一声，纹丝不动。再拔，还是不动，患者又叫了一声。她一着急，用手扭一扭带螺钉的小木板，钉子忽然松了，一下子拔了出来。患者痛苦地哀号。

"好了。"叶桑的意思是你别叫唤了。

患者松了口气，有些不好意思了。

接下去叶桑交代患者如何服抗生素预防感染，如何换药才能保持伤口干燥，这些的确都非常老到。年轻人眼里满是敬佩之意，感谢的话里藏不住赞许。首战告捷，叶桑喜形于色。

不过，和她一起的另一个外科住院医生彼得·罗斯运气就不如她，手术失误的压力把他弄得心灰意懒，第二年刚开始他就脱了白大褂，去法学院重新当个学生了。

31

那是彼得·罗斯在外科当住院医生大约五个月的一个周末冬夜。那几天气温很低，虽然没有雨，也没有雪，但风很大，刮得手术室的窗户玻璃沙沙作响。罗斯身穿无菌手术衣，用戴着手套的手用力拉钩。他在给主治医生和第一助手打下手。病人是个少年，与人械斗，肚子挨了一刀。主治医生在耐心修补少年被割破的肠子。

这时，罗斯腰间的呼叫器响了，手术室一个台下护士帮他看了看说："外伤，3分钟后到。"

护士的话音刚落，就已经听到救护车的尖锐笛声由远而近。当天，罗斯在急诊室值班，由于人手不够，被叫上手术台帮忙。现在急诊室来了病人，他必须在场。他从手术台退下，刚才在他对面递器械的护士马上换到了他的位置。接下去的手术就由这两个主治医生和手术室护士接着完成。

褪去沾着血迹的手术衣和手套，迅速洗洗手，罗斯就穿着洗手衣往急诊室跑。

在台上的两位医生，一个是主治医生，另一个是总住院医生。住院医生训练结束后就是主治医生，而住院医生训练的最后一年，就可以担任总住院医生。平时，如果是一般的外伤手术，这两位经验丰富的医生是不需要同时在一个手术台上的，他们只要在台下监督、指导、协助就够了。但今晚因为急诊手术的病人太多，医生短缺，而这个少年的伤情危重，最后他们两个只好都上了这个手术台。

罗斯离开手术室准备去接诊时，主治医生抬起头来对他说："万一遇到麻烦还是叫一下，我们两个还能抽一个出来援助你的。"

主治医生似乎未卜先知。罗斯果然遇到了大麻烦。

罗斯一路小跑来到急诊室，推开旋转门进去，与接待室的护士说了几句，护士伸手朝里头指了指。他便继续往里走，顺着狭小的走廊，小心地避开护士、护理员；再绕过停放在走廊里的担架和临时加的病床；还有一个腿上包着石膏的男子。这位男子坐在轮椅上，一条手臂用绷带吊在胸前，脑袋上缠着厚厚的纱布，看上去头发全部被剃光了，面部肌肉扭曲着，腿上洁白无瑕的石膏在灯光下白得非常刺目。不管怎么说，虽然他看上去让人同情，但还算是已经被妥善处理好的，还有那些等待中的重病人，他们把急诊室里挤满了。罗斯从他们痛苦的表情和呻吟声里可以感到那种无助和挣扎。

终于，罗斯看到他的病人，一位中年妇女，还在担架上。显然他们刚刚把她从救护车上抬下来。中年妇女一动不动，两眼紧闭，脸色和嘴唇都十分苍白。鲜红的血一直从鼻孔里流出来。

"第一外伤室。"罗斯对护士吩咐。

132

第一外伤室的设备和手术室无异，无影灯、各种监视器，必要的时候也有可供移动 X 光机操作的空间。也就是说，如果需要立刻手术，病人不需要送到手术室，在这里当场就可以进行。

罗斯和急诊室护士合力把病人移到检查床上。罗斯动手检查。一个护士用剪刀剪开中年女病人的衣服，准备导尿；另一个在量血压、测脉搏，然后小心寻找手臂上的血管，准备上点滴。这条静脉线太重要了，接下去的抢救，所有的药物都得从此进入病人的身体。

今晚，急诊室值班的是在这里干了半辈子的、约有50来岁的主治医生，本来这种情况下，抢救工作由他来负责，罗斯打打下手就可以了。可惜，这位经验丰富的主治医生不是外科拿刀的，所以，现在所有外科方面的操作都得由罗斯来做。而他，此刻只能把手臂抱在自己的胸前，冷眼旁观。

"病人是怎么受伤的？"罗斯问

跟着救护车一路到此的救护人员非常专业地报告："白人女性，年龄姓名职业不详；车子超速翻倒；身体自车内甩出，落到离出事地点5、6码处；病人对疼痛刺激无反应；脉搏110、血压收缩压90、舒张压50，自主呼吸，每分钟34次……"

任何一个外伤病人，无论病人是枪伤、烫伤、车祸、跳楼、服药、溺水，急救处理的第一步都是一样的：检查呼吸道。罗斯用戴着手套的手指探探她的口腔，咽部没有发现堵塞物。用听诊器听诊，肺部呼吸音清晰。

中年女病人呼吸浅快。罗斯了给氧，并且开足流量。可是她手指上夹的血氧饱和度测定仪显示她的血氧偏低，只有90%，正常在95%以上。

"血氧太低。"罗斯语气平稳、表情淡定，就像一个见过世面的老手。他随手拿过一个带阀门的氧气囊，连上病人的给氧面罩，使劲往里挤压。这种氧气囊，每次挤压就可以把一公升的氧气送进病人的呼吸道。

一分钟以后病人的血氧浓度上升到了98%。罗斯很满意，这个处理是正确的。

"准备插管。"罗斯又说。

病人呼吸有问题，给氧只是临时的对症处理。现在需要给病人做气管插管，才能保证呼吸道通畅，必要的时候还可以连上呼吸器。

"插管吧。"急诊室的主治医生也这么说。

罗斯拿来 L 型的金属喉镜撑开病人的嘴巴，让咽喉部暴露出来，然后用一块略带弯曲像鞋拔一样的金属片插入病人的咽部深处，直达喉头。然后，他将喉镜的把手慢慢往上提，拨开舌头，让喉部暴露更清楚，看到三角帆形状的声带了。但不知道为什么，反复尝试，管子就是插不进去。这时病人还是没有疼痛反应，没有呕吐反应，什么感觉也没有。

"插不进去，我什么都看不到。"罗斯说。

"用抽吸器看看。"主治医生给罗斯递了抽吸器。

抽出来一杯左右的血和血块。这时病人的血氧浓度直线下跌。嘴唇发紫。

"只有70%了。"护士报告。

"60%。"护士接着又叫。

"请麻醉师吧。"主治医生说。

他们把器械从病人的咽喉部拔出，然后重新给她戴上氧气罩。病人的血氧浓度很快又升上来了。在等麻醉师期间，主治医生建议罗斯再试一次气管插管。罗斯又像刚才那样把着喉镜插管，结果比划来比划去，还是插不进去。病人的血氧浓度又掉到60%。他们只好作罢，只能做静脉点滴，开化验单、X光检查单等常规的诊治。

"准备气管切开包。"麻醉师来了，像罗斯刚才的操作很快做了一遍。行不通。马上下这道命令。

一听到麻醉师的吩咐，罗斯马上明白了，气管插管从喉头老是插不进去的原因，一定是呼吸道堵塞。他在心里直骂自己。"怎么就没有想到呢？要是发现从口腔插不进去，马上改从颈部切开插管。竟然耽误了这么长的时间，缺氧近5分钟，即使病人不死，大脑也会因此受到永久性的损伤。这下彻底搞砸了。"

"请第18手术室的主治医生下来一趟。"麻醉师又吩咐下去。

第18手术室，就是刚才罗斯他们抢救严重刀伤少年的那间手术室。罗斯离开的时候，主治医生还对他说："万一遇到麻烦还是叫一下。"

麻醉师沉着地下一道道命令，大家随后东奔西跑，一阵忙乱。

这时候护士大叫："血氧测不到了，呼吸心跳停止……"

罗斯一听，脑袋嗡地一声就炸了。完了完了，病人死在自己手上了。那个救命的主治医生怎么还没见人影。

"你来吧，快点。等不了了。"麻醉师朝罗斯喊了一声。

罗斯只得打开气管切开包，接下去的动作他已经没有记忆了，反正还是切来切去进不去。他想，一切都完了。她死了。但他还是按常规给中年女病人做心脏按压。

终于，主治医生来了，从穿无菌衣到动刀子不到半分钟。主治医生在气管上头探探，然后像是自言自语，又像是对罗斯说："上面的不行了，从下面进。"

几乎同时，他高兴地说："好了，进去啦！"

气管切开成功，连上呼吸器，大功告成。

罗斯埋头专心做心脏按压，不敢抬头看一屋子人。很快，病人的心跳呼吸恢复，血氧也上来了。虽然这个中年女病人最后奇迹般康复出院，对医生千恩万谢。但那些过失已经给罗斯留下了深深的伤害，伤害了他一辈子悬壶济世的信心和胆量。一年之后他改读法律去了，永远离开了治病救人的岗位。

32

　　像罗斯这样改行的同伴不是罕见的偶尔一个。在叶桑完成整整 8 年外科训练之后她发现，当初第一年一起训练的那批外科住院医生，能坚持 8 年外科满师的还不到四分之一。其中有自己改到内科、小儿科、麻醉科等其他科室的，还有就是像罗斯这样改行到法律的。这些中途改道儿的医生中有的是自愿的，有的是被淘汰的。拿手术刀的医生在训练中，淘汰率最大，呈非常明显的金字塔型。

　　完成 8 年外科训练之后，叶桑有种感觉，外科医生不是超人，和其他的医生资质其实差不多，只不过心理素质强点，承受得了挫折，几年坚持下来动手练习的机会多了，最后必能修成正果。重要的还是练习，不能仅靠天资。

　　当初，叶桑申请安德森医生的整形专科医生训练时，安德森医生就对她说过，你知道为什么我在两百多名申请者中只挑了你一个？适合拿刀的医生虽然不常遇到，但 2、3 年总还是会出现一两个，这不稀奇。任何手术刀法，再怎么复杂，多学几次也能拿下来。我心里的好医生标准是，不但会顾全大局，还能用心于细枝末节。当然，还有勤奋与不屈不挠的精神。

烧伤外科主任也曾经对叶桑说过类似的话。他原本希望叶桑会做烧伤专科医生。他说，干外科这行的我们最欣赏能吃苦耐劳、踏实本分的医生：细致、认真、努力……像呆子一样日日夜夜、年年月月训练这一套技巧和本领。还有一个外科教授在给住院医生讲课的时候打了个比喻，他说："如果有两个人让我选，一个是不厌其烦整日复制基因的博士；另一个是天才雕塑家，你们猜猜我会选哪个当徒弟？"住院医生们几乎都说是天才雕塑家。可教授的答案是博士，有一千次选择的机会，他一千次都会选博士。天才雕塑家的手虽然适合做手术，可呆博士实在，学得到扎扎实实的功夫。

本来叶桑以为，七八年住院医生训练出来，各种手术技巧基本掌握，到了十五六年，不说炉火纯青，也可以达到圆熟。然后，持续到退休前几年开始走下坡路，这基本上是一个外科医生的事业生涯走向。可实际上却不是这样的，美国的医学更新很快，除了医药、医疗，手术的技术和方式都在不断改进。当你对一种手术技术开始驾轻就熟时，也差不多要过时了。一个拿刀十五六年的医生，他所做的手术，有四分之三在住院医生训练中从来没有学过。

所有的医生都需要练习，住院医生得到的机会比较难一些。很多病人有自己的主治医生，轮不到住院医生动手。有的病人直接告诉你，我不要住院医生给我手术。叶桑记得在国内实习的时候，在妇产科，女病人一见诊室里有男医生转身就走，哪怕挂了号花了时间排长队也不在乎。无计可施，带教老师只得叫男实习医生躲在检查室里，白帽子压得低低的，口罩拉到几乎遮住了眼睛。等外面的女医生给病人问了诊、写了病历，再带进来检查时，事情就好办多了。即使这时候发现有男实习医生在场，女病人也不好提了裤子就跑。当然也有僵在那里不上不下尴尬的场面。这种时候，女病人尴尬，带教医生尴

刀锋下的盲点

137

尬，男实习医生尴尬，女实习医生也尴尬。

可在美国不能这么做，说好谁主刀单子上写了就是法律，主治医生也不敢乱给住院医生开绿灯。所以，住院医生主刀的对象多数是穷苦的、没有医疗保险的、醉汉、无家可归者、痴呆症等社会底层的病人。这就是美国医学界常常面临的矛盾，一方面要给病人最佳的医疗，另一方面医生新手需要练刀的机会。而在司法界呢？美国人似乎也是常常面临着矛盾，一方面要让全体公民在法律面前人人平等，另一方面很多特权又无孔不入。而在法院，审判台上，正义女神手里握着象征法律威严的利剑，那剑锋下又有多少冤假错案？

33

　　清晨，这个城市还没有开始一天的热闹喧哗，阳光、空气、树木、建筑物都十分恬静，使人愉快。一个看似寻常的工作日。市长办公室里，秘书按下咖啡炉的开关，准备新一天的工作。

　　市长这位女秘书是个高个儿的女孩，皮肤晒成浅棕色，身体比例十分匀称。虽然年轻，但性格开朗又不失稳重；言行亲切、热情又不失市长秘书的身份，这年头，年轻美丽的女孩子很多，有智慧、办事得体的却不多见。许多时候，她成了市长人际关系的润滑剂。此刻，她正迈着有经验太空人的那种轻松、踮着脚尖的大步，在来回忙碌着。

　　电话铃响了。

　　"早上好，市长办公室。"

　　"我是验尸办公室的，请问市长在吗？"

　　"市长出城开会去了，请您打他的手机。"女秘书不动声色地报了市长的手机号码。

　　这个男子阴沉的声音使女秘书不寒而栗，她直觉事情重大，没想到今天第一个电话就让她手心出汗。

　　另一个城市，一间豪华酒店里，市长的手机响了。昨晚的会议进行到深夜，此刻他的睡意还未全消。

　　"哈罗。"

　　"市长，是我，丹……"

　　这下，市长的倦意全消了："结果出来了？怎么样？"

　　"夫人是心、肺功能衰竭而死……还有其他的发现，电话里不好说。"

　　"好。那就这样，等明天我回去后再说。"

　　有什么其他的发现？市长穿着睡衣在房间里来回踱着。刚才验尸官的语气里明显藏着危机，令他烦躁不安。以他敏锐的嗅觉，"其他的发现"一定不是什么好事。可是，珍娜一直是个上进安分的女性，会有什么"电话里不好说"的事呢？

　　他不由自主地朝卧室门外、紧挨着客厅的小吧台走去。平时他很少喝酒，无论是睡前还是醒来，任何时候，他一向都很自律，绝不贪杯。"酗酒误事"，这是千真万确的至理名言。他看过多少不该发生的事都发生在酒后，酒精可以使一颗聪明、理性的脑袋变得不可思议地糊涂。可糟糕的是，现在他正需要这种荒唐的饮料。一种从未有过的心悸袭来，他恐慌莫名。多年来，他也曾有过这种濒临失控的惊惧，但都没有这次来得强烈，几乎可以说是天裂地陷。他不知道是因为自己失去了珍娜，变得空前的脆弱，还是此事与珍娜有关而使他格外心虚、胆怯。或者两者兼而有之。

　　随手从酒柜上取下一瓶詹姆森牌的爱尔兰威士忌，他倒了大半杯，仰头一饮而尽。一股热辣辣的气流从咽部直窜到腹部，呛得他两眼泪花闪烁。他甩甩头，希望像甩掉隔夜的噩梦般甩去这通电话留给他的这些后遗症。

　　一手持酒瓶，一手握酒杯，他像一个十足的酒鬼，踱到黎明的窗前。窗外是个美好的清晨，晨光初显，蓝天白云正在混

140

沌的背景上渐渐清晰。宽阔的马路上车辆还不多，路面潮湿而光滑，这是昨夜的雨水，反射着尚未熄灭的街灯。不一会儿，窗户玻璃上留下他喘息的水雾，外面的景物顿时一派迷茫。这时，他感到威士忌给他带来的温暖了，心神稍稍安定。难怪失意的人都愿意沉湎于杯中之物，他想，原来，它的好处也像个好女人，可以使人的心肠变得温暖，有依靠。

34

市长回来的第二天就开始紧锣密鼓地筹办市长夫人的葬礼。纳尔逊夫人的葬礼被安排在市郊著名的圣安东尼教堂举行。这里的墓园又要添加一位新的长眠者了。

教堂周围绿坪千尺，大树参天，松鼠和不知名的鸟在草地上悠闲地徘徊。如果不是在四周徘徊着好些面无表情、西装墨镜的保镖，那么这个葬礼只不过是个普通、安详的追思和告别。

早晨10点左右，一辆辆奔驰、宝马接二连三无声地驶进圣安东尼教堂的前后停车场。来宾们男士一律深色西装，女士黑色套裙，有的还罩着黑面纱。他们不动声色地步入教堂，彼此之间没有多余的交谈。这是最早的一批入场者，其中包括市长和市长夫人双边的亲属。接着是市政府的要员、市长夫人原来所在《生活》杂志的社长、总编辑等。

教堂里黑色的三脚钢琴上飘起了忧伤的乐曲，曲子舒缓地缭绕着满屋的百合与玫瑰；十字架上的耶稣；做工考究黑亮的灵柩；以及陆续就座的宾客们。金色、红色、亚麻色、黑色的头发下面，一双双蓝、绿、棕、黑色的眼睛彼此交换着忧伤和关切。

上了邀请名单的贵宾们被教堂的执事一一领到预先安排好的座位上。这些时常在当地媒体上露面的贵宾们，不是家世显赫，就是名流富豪。他们大约占了整个教堂里三分之一的座位。当他们全部落座之后，执事拉开教堂的大门，对公众开放。

叶桑和人群一起步入这个古老、庄严的教堂。

从前，叶桑是喜欢教堂的，喜欢那股熏香的气味，喜欢牧师的长袍，喜欢双手合十的祷告，喜欢奇迹出现的期待……

今天的教堂里，肃穆的气氛压抑着忧伤，呼吸着混杂着鲜花、香水、天鹅绒、木料和些许灰尘的空气，人们自觉地轻轻迈步，缓缓入座，尽量不弄出一点声响，像是怕惊醒逝去的人。狭长的过道上有许多小灯泡亮在移动的脚边。叶桑希望找到比较靠近前面的座位，她想再仔细看看灵柩里的纳尔逊夫人。此时的叶桑心里有一种说不出的歉疚，出事以来她都不曾真正感觉到纳尔逊夫人的死去。不知道是否因为她不愿意接受这个对她自己、对纳尔逊夫人都极其意外，也极其残忍的现实。

"纳尔逊夫人真的死了，真的死了……"叶桑就这样不停地对自己说。

纳尔逊夫人就在离自己不到几尺的棺木里。她再也不会到诊所里对自己说：叶医生，最近我感觉两边乳房下垂得很厉害，我想让它们变得挺拔一些，你能帮助我吗？

叶桑的泪水悄悄地从墨镜后面滑到下巴，然后一滴一滴掉在自己黑色的西装裙上。她不敢想象如果在座的死者亲属和民众发现了她也在场，会有什么样的反应。她在自己头上悬个十字架，矛盾重重地挣扎在感情与理性之间。

市长比平时苍老多了，与电视里那个接受访谈的市长判若

143

两人。今天教堂里的纳尔逊先生是个中年丧妻的悲伤男人，没有权势的光环，也没有不可一世的嚣张。他在回顾夫妻一场的种种恩爱吗？他在怨恨那个使他的妻子丧生的医生吗？无论如何，那个爱美的女人不应该无声无息地被困在棺材里。

叶桑几乎相信自己是有罪的了，是她杀了纳尔逊夫人，是她使这个男人成了鳏夫。

"但愿你的灵魂得以安息！"叶桑低头默诵。

参加过几次美国人的葬礼，叶桑也知道大概的规矩和仪式。一般情况下，摆在雕饰精致、华贵的圣坛上的灵柩的盖子都是开着的，以便来宾们瞻仰逝者的遗容。可是奇怪，纳尔逊夫人的棺木却紧紧地闭着，仿佛她不愿、或不忍再看到这个多变的尘世与至爱亲朋，即使这次是最后一面了。这个发现使叶桑不安，直觉告诉她，有什么不对了。一想到这儿，她已经无心关注追思会的程序，牧师和唱诗班交替着做弥撒、唱歌。她变得近似于鹰一般的目光从黑色镜片后射出，全身的肌肉都紧张地收缩着，并且微微颤抖。

教堂里追思会结束了，接下去，牧师公布葬礼的仪式只允许死者亲属参加，不对外公开。人们自觉地分成两拨，一拨跟着棺木慢慢移动，出了教堂，向墓地而去。另一拨人出了教堂的门就四散去了。

就在这散去的人流中，叶桑看到一个熟悉的身影。他怎么会在这儿？叶桑小心地避开可能认识自己的人向他靠拢。

"大卫。"叶桑在他背后轻唤一声。

男人转过身，惊讶地张开嘴。大卫也戴着墨镜。

叶桑看到的是他挺拔的鼻梁和棱角分明、饱满厚实的双唇。

大卫竖起食指贴在唇上做个"嘘"的手势，然后用手托着叶桑肘部快步离开人群。

"你来干什么？"大卫有点生气，"要是被他们看到，尤其是那些无孔不入的媒体记者，会给你带来多大麻烦你知道吗？他们要的就是这样仇人相见的戏剧性新闻。快回去。"

　　"我要找线索。你也来这里干什么？"

　　"你先回去，我有其他的事，回头再跟你说。等我电话。"说完王大卫匆匆转身消失在人群中。

35

来参加葬礼、熟悉市长纳尔逊先生的人都感觉到他的巨变。

以往，纳尔逊市长无论是在电视屏幕上，还是真实的生活里，都是极其风光的那种人：意气风发、前呼后拥。他自己也特别喜欢这样的时刻和场面，摄像机的镜头不是对着他自信地穿过市政府走廊；就是对着他在某个重要会议上决定性的发言；或者各种平易近人的亲民活动现场。现在的他与前些年大不相同了。对记者的提问可答可不答，身边常有助手相伴，替他打发那些不值得回答的问题。

从律师走上从政的道路，这是好几任美国总统的足迹。纳尔逊市长想，当初自己去法学院攻读法律不就是为了这个么？所以，一出道他就专门接各种能引起大众和媒体注意的案子，或者找名气大的委托人，然后进行声势浩大的辩护。除了法庭这个舞台，他还喜欢在报刊杂志上开专栏，排忧解难答疑，吸引大众的目光。他追求珍娜并使她成为自己的妻子，也是为了这个目的。她人缘好，写名家专栏，关系网四通八达，和各媒体之间友好密切，这些都是他非常需要的。婚后，他们夫唱妇随，慢慢变得富裕、有成就，在社交界、慈善活动、乡村俱乐部，只要能说得出名堂的地方，都有他们夫妇的名字和报道。然后，有更多的俱乐部、社团组织、社会机构的委员会需要他们的名字出现在顾问或者赞助人的名单上。

夜深人静，市长常常一个人打开录像机，欣赏自己和随行人员急急忙忙、走进走出各种重要事件发生的第一现场、市政府、联邦大厦和记者招待会等。当然，他还会留意自己的表情是否诚恳可亲；自己的步履是否完美无缺；自己的言辞是否无懈可击。因为他希望自己看起来是个显赫的要人。事实上他已经是了，大众和他自己都习惯了在聚光灯下的纳尔逊市长的形象。甚至，为了配合媒体工作的需要，他拿出一间办公室，改装成摄影室，里面聚光灯、音响系统样样俱全。不过，他把他的化妆品放在一个柜子里，上了锁。他的很多私人物品都上锁，也许是律师出身，看了太多的案件，知道任何好事都是败在一些不为人注意的细节上，他万分小心，他对自己隐私的保护不遗余力。

毫无疑问，纳尔逊市长已经做好竞选州长的准备了，并且他的企图心亲近的人无一不晓。媒体为此磨拳擦掌，报道一篇篇、社论连篇累牍，越炒越热。现任州长已经做过两任，而纳尔逊又是他一手栽培的，接掌州政府大权似乎天经地义。甚至他的部下都有意无意唤他"我们的头"。

可眼下，在妻子的葬礼上，市长让人感慨万千：一对恩爱夫妻就此天人永隔，可怜的男人以后怎么过日子？怎么服务大众？他们恨死那个可恶的整形医生了。而只有市长先生自己心里明白，在丧妻之痛的背后，有着深深的疑问和难堪，这才是让他一蹶不振的原因。

那天市长约了验尸官丹·福克斯在一家僻静的咖啡馆见面。丹告诉他，纳尔逊夫人——他的爱妻很可能是自杀。尸体

解剖，死者的胃内有大量苯巴比妥类的安眠药。血样品有毒性
反应。这就是说，自己心目中正派、纯洁、上进、勤奋的珍娜
可能有两张面孔，不为人知的另一面是瘾君子、消极、厌
世……而这一面他是如此陌生，同床共枕半辈子的珍娜有他不
了解、甚至永远都无法了解的秘密，这个秘密不可告人。他感
觉妻子离他如此之遥远，比死亡还遥远，他为此沮丧、恐惧。
他的仕途、他的命运、他抵达目标的步伐，第一次被他所不能
控制的力量威胁着。

"报告里不写这些可以吗？就说是心肺衰竭。"市长阴沉着
一张脸问验尸官丹·福克斯。

"纳尔逊先生？"丹大吃一惊，脸色骤变，"这是犯法的
呀！先生，我不能这么做。"

"我知道。但可以写得模糊一点。"

"好吧。"丹低头沉吟半晌，终于答应了："不一定要报毒
性反应，那个不是必需要查的，就写胃内容物发现苯巴比妥类
的安眠药。"

"就这样！谢谢你！"市长仿佛抓住了一根救命稻草。他在
丹·福克斯的肩膀上重重拍了两下。

"纳尔逊先生……"临别时丹欲言又止。

"有什么话请直说，兄弟。"市长对眼前的男人有一种无力
的顺从和依赖。他记得从前自己不是这样一个软弱无主张
的人。

"我想说，夫人最好尽快下葬……火化是万无一失的选择，
任何做丈夫的都不希望自己妻子的遗体有一天会被重新开棺检
查。"丹的声音轻得只有他们两个能听见，落在市长耳朵里却
是一个惊雷。

市长盯着丹看了良久，对方眼里的冷静、理智和某种威严
使他屈服了。

148

丹走后，纳尔逊先生把脸埋在自己的手掌中，他感觉手心和面部之间有一团温热的潮湿，随后冷了，接着又是一阵潮湿。成年以后，他几乎忘了自己还会流泪。

36

"你发现了什么线索？"王大卫问叶桑。纳尔逊夫人葬礼的第二天，他们约了共进晚餐。

叶桑茫然地摇头，用叉子随意地点一片青菜沙拉放进嘴里。

"你呢？你觉得葬礼有什么可疑的？"

"有。这个葬礼太可疑了。首先，你注意到没有，纳尔逊夫人的棺木始终没有打开……"

"这个我也纳闷，又不是严重车祸，面部重创，为什么不给人瞻仰遗容呢？再说了，我是看着纳尔逊夫人故去的，她的面部表情非常平静、安详，就像睡熟的样子。"

"我怀疑灵柩里根本就没有人，怎么给人瞻仰遗容？"

"啊？你怎么知道？"叶桑瞠目结舌。她无论如何都无法想象，在这样隆重的市长夫人葬礼上，市长竟然放一具空棺材做样子。

"你仔细观察过没有，追思会结束后，死者亲属跟在市长夫人的棺木后面走出教堂。他们移动的速度太正常了，我是说，一般前面抬着沉重的棺木，队伍不可能移动太快的，而我一直是用正常的步行速度跟在他们后面。由于职业关系，我参加过太多的丧礼，对每个细节都很熟悉。如果灵柩里有人，又放了必要的衣物、陪葬品、防腐材料，棺木的重量应该是空棺的一倍。抬棺人的行走速度一定是比正常行走慢。尤其是当他们走下阶梯的时候，手臂、腰背的动作也不可能像他们那么轻松。"

"为什么棺木里不放遗体呢？"叶桑疑问，"这事是有点反常。前几天我打电话到尸检办公室，他们说报告还没有出来，然后就突然举行了葬礼，没有发新闻头条；跑郊区去开追思会；很多保镖还有警察在阻止媒体靠近……是有问题呀，好像在偷偷摸摸地做见不得人的事。按市长张扬的性格和他打官司的决心，这个葬礼办得轰轰烈烈才合逻辑，不应该这么低调，是不是？"

"对。疑点就在这里。我的推测是他们已经知道验尸结果了，这个结果对他们很不利。所以马上举行葬礼，不让证据落入他人之手……对了，如果要让证据永远销毁，桑妮，你猜他们会把尸体如何处理？"

"照现在的化验技术，怎么处理都可以查出来，除非火化。"

"我的上帝，桑妮，你说得一点儿没错。市长先生肯定用这招儿了。一劳永逸。那么，棺木里也只能是空的了。"

"这么说，我们就这么赢了？市长会不会主动撤诉？"叶桑简直不敢相信事情的发展这么顺利、乐观。

"不，姑娘，你太天真了。一个政客，他是不会轻易放弃可以给他仕途添加砝码的机会的，这场官司，或许就是他竞选的重头戏。他会借这个机会，来做所谓顺从民意的医疗改革，博取民众的同情和支持，获取他们的选票。我们的官司只会更棘手。老奸巨猾的市长大人一定会警觉地销毁所有不利的证

DAOFENGXIADEMANGDIAN

DAOFNGXIADEMANGDIAN

刀锋下的盲点

据。我们要抓紧时间了。"

"你是说，他还会继续打官司？我这就去看验尸报告。我不相信验尸官有那么大的胆子，如果有什么证据，他们敢一手遮天，歪曲事实？"

"同样的事实，写法可以有很多种。法律比医学狡猾得多，你慢慢会知道的。"

叶桑端起杯子，把最后一口咖啡喝完，用铺在膝盖上的餐巾在嘴角边轻轻擦拭，然后放在盘子边的桌子上。

"买单。"王大卫招呼侍者。

叶桑若有所思地观察着王大卫掏信用卡签字买单的一系列动作，最后她注视着对方的眼睛，似乎想从这个律师的眼里看出点狡猾来。

"怎么了？这么看着我，我把食物弄脸上去了？"王大卫赶紧用餐巾把嘴角、双颊仔细擦一遍。

叶桑摇摇头，心事重重。法律的游戏规则她不懂，还有法律之外的很多事她也不懂。大卫靠得住吗？他也没有背景，和自己一样是靠自己打拼出来的华人，在白人的社会里，两个东方人究竟如何出头？搞不好两个人都要身败名裂。

"走吧，我送你回去。住哪儿？"王大卫把汽车钥匙从裤兜里掏出，用食指套在钥匙圈里快速地转了几圈，仿佛漫不经心地随便问问。

37

到了叶桑的公寓楼下，她只好礼貌性地邀请王大卫上去喝茶。

王大卫欣然答应，像是早就准备好了似的。

叶桑倒有些犹豫不决了。同屋的急诊科大夫凯茜·派克今晚不在，她觉得自己和大卫还没有熟悉到可以在这么小空间里独处，但事到如今也只好这么办了。

把大卫让进客厅，叶桑说去泡茶，她按下电视遥控，随手把遥控器交给他，让他先坐在客厅看电视。

大卫把遥控器放回沙发前的茶几上，在客厅里来回转悠。这是两室一厅的公寓，摆设简洁大方，看上去很中性。两间卧室的门都关着。他踱到厨房门口问叶桑："这里环境不错哦，黄金地段，去哪里都方便，尤其上班只要坐两站地铁。租金很贵吗？"

"还好。我和派克大夫合租。"叶桑埋头把茶叶放到紫沙壶里，再从咖啡炉里把烧开的水倒进去。

"派克大夫？也是你们市立医院的医生？"

"是。她是急诊科大夫。"

大卫和叶桑有个没有约定的习惯，在谈医学、法律等专业话题时，用英语对话，因为他们自己也不太清楚有些名词对应的中文是什么。而在闲谈时，就用中文。叶桑感觉这样比较放松。可是，用中文交谈有时候会发生指代性别不清的问题。就像刚才。叶桑说"她是急诊科大夫"。中文里"她"和"他"发音一样。

喝着茶，大卫很兴奋，好像喝的是酒。说他小时候就熟悉茶的香味，父母从台湾来美国后在大学里读书教书，常常熬夜，他们不习惯喝咖啡，总喝茶。枕着茶香入睡特别安稳。上大学时，母亲还特地从台湾给他订做了一个茶叶芯的枕头，所以，无论白天多么紧张或无聊，夜里枕着茶香就有一个踏实、安宁的梦乡。

说着喝着大卫手里的一杯茶就见底了，叶桑起身为他续杯，他好像忽然想起来什么便问道："那个急诊科大夫？那他一定很忙……晚上不在？"大卫有些夸张地说起英文来。他把男性代词"He"说得特别突兀。

"是女的。叫凯茜，今晚夜班。"叶桑把茶递过去的时候这么回了一句。

大卫如释重负，喜笑颜开。叶桑恍然大悟，原来大卫以为她和一个男医生同居。心下想，他在意这个？

"要不要介绍你认识凯茜，她人很好，也很漂亮。"叶桑接过话题也来个试探。

"好啊，不过，我从小到大都在白人的环境里长大，倒是没有什么机会认识像你这样背景的中国女孩。"

"你是 ABC，土生土长，是不是心里认为自己就是白人？即使我在美国生活一辈子，我都不会这样想，我永远都是'芒果'，外黄内也黄。或许这就是我们之间的差别。"在叶桑眼里，ABC 就是人们常称呼的"香蕉"，外黄内白。

"华人的认同和同化是个非常微妙而复杂的事情。"大卫收起笑容正色道："把 ABC 称为'香蕉'，就认为他们变成白人了？不是那么简单的。"

　　大卫解释说，"虽然小时候我也困惑过，不知道究竟该把自己当作像父母那样的中国人，还是我同学那样的白人。青春少年时期，我模仿过白人同伴的各种生活方式，包括语气、服饰、发型、待人接物……我也很在乎自己在他们心里的评价。可是，我从来都没有要求任何人把我当作白人。我知道自己不是真的白人，我是说，我没有白皮肤，我的祖先也没有白皮肤。我的肤色是黄的，父母的肤色是黄的，祖辈都是黄皮肤的中国人。可是，在这个国家，事实又不得不让人承认，第二代的华人，也就是华裔美国人，和其他的亚裔美国人一样，都被当作了白人。你能理解这种奇特的身份吗？真正的白人把我们看成'荣誉白人'，而在其他的亚裔，譬如你的眼里，我们是'香蕉'。"

　　听到这里叶桑有些难为情地笑笑，没想到自己随便一句话，却勾起"香蕉"的某种委屈。一直以为委屈的是自己这样的第一代华人，"香蕉"们已经没有小圈心理，从小被同化了，自由地生活在美国的中心，成为主流，而自己则仍然处在边缘地带，这之间是一道看不见的鸿沟。即使将来自己归化成为美国人，也不同于这些土生土长的华人。

　　"其实，在这个移民的国家，大家都差不多，只不过有的人是生为白人；有的人是学做白人；有的人则是不自觉地成为白人。白人越来越成为一种象征，或者说白人文化也成。"大卫站了起来，在客厅里边走边说："桑妮，我们之间的距离并不如你想象的那么大。我也走过你正在走的路，熟悉西方的人文、西方的游戏规则，之所以我成为'香蕉'，那是因为我的父母是第一代移民，他们代替我走了一些路，我的同化是在我出生以前就开始了。对我们来说最难的是什么，你知道吗？桑妮。"

叶桑坐在沙发上仰望着他，无言地等待他自问自答。

"移民到这个国家，我们命运就注定了，一方面以少数族裔者的身份去攀社会阶梯，注定被某些人冷嘲热讽；另一方面注定要被同胞们看作是背叛，背叛了同类、传统，被同化的人一定是有背叛的，从一种文化游移到另一种文化，得到的同时，一定有东西要失去。只不过每个人所游移的程度不同而已。"

"其实我也迷失、困惑、失落过，"大卫说，"你不要以为'香蕉'和'芒果'是两种东西，它们会变化的。"

大卫告诉叶桑，小时候他也很"芒果"，毕竟家里是中国文化的土壤，和华人的繁文缛节相似，白人也有他们的一套礼仪，即使对家人也一样："请"、"谢谢"常挂在嘴边，而中国人认为这是客套，在家里用显得疏远，很假。他说，我的女同学都是白人，她们常常说我可爱、聪明，但我却失去很多恋爱机会，或许就是因为我是华人，那些女孩排斥我，她们犯不着冒险，找一个让父母朋友不认同的异族男人，不同种族很难真正地交流，我是说抵达心灵的那种。当然，也许这也不是真正的原因，不论种族，她们本来就不喜欢我。换句话说，我不讨她们喜欢。如此而已。

本来叶桑对同化也只是很朦胧的一个概念，被大卫这么一说，开了天窗似的亮堂了，原来沉郁的心情，豁然开朗。是没有本质的区别，50 步和 100 步而已。这么想着，感觉和大卫也亲近了不少。

38

叶桑一早就打电话找怀特院长，她知道院长手里肯定有那份验尸报告。院长告诉她，验尸报告没有什么特别的东西，除了死者的胃内容物里发现苯巴比妥类的安眠药。术前病人为了好睡眠，服安眠药也是正常的。院长的语气里难掩失望和担忧。叶桑明白，如果没有更有力的证据来证明自己无罪，这场官司要打起来，医院和自己这边都会相当被动了。

挂了怀特院长的电话，叶桑马上拨王大卫的手机号码，关机，打办公室电话，秘书说他今天有事不在本市。叶桑留了自己的手机号码，交代秘书尽快让他打回来。

在卧室到客厅的弹丸之地，叶桑做困兽般徘徊。恐惧感几乎淹没了她。而不屈服的个性又驱使她奋力抗争，企图摆脱这种困境。她又打了电话问怀特院长，问清验尸官的名字和电话号码。

电话拨通，叶桑问："请问验尸官丹·福克斯先生在吗？"

"我就是。"一个冷冰冰、拒人千里的声音。

叶桑一下子僵住了，原先准备好讨好的话一句都说不出口。她只好也用公事公办的口吻说："我是叶医生，想了解我的病人珍娜·纳尔逊夫人的验尸情况……"

"我们的验尸结果已经发出去了，不要再打电话来问，我忙得很。"丹·福克斯极不耐烦，好像随时都有可能摔电话。

"对不起！福克斯先生，"叶桑赶紧好言好语，"你知道作为死者的医生，我现在的心情和处境，都是做这行的，我相信你是个富有同情心的人。我不是不相信你的检查结果，而是希望你能给我一些帮助，人命关天，医生要负很大的责任……我非常需要有力的证据来证明我的清白，这个证据只能从你这里获得……否则……或者我这辈子永远都不能再穿白大褂拿手术刀了。"说着说着，叶桑忽然忍不住流泪了。她伤感，自己刚才说的这些话不再是遥远的假设，也许明天就变成现实。

对方没有回答，也没有挂电话。叶桑感觉到验尸官在犹豫，他的呼吸声清晰地传过来，那必然自己的轻泣也会准确地传过去。

"福克斯先生，我不是想为自己的罪行开脱，如果我真的有罪的话。可是，纳尔逊夫人的死亡实在是太蹊跷……"

"你是医生，"丹·福克斯终于又开口了，语气缓和了许多，"你比我清楚。纳尔逊夫人的胃内容物里有苯巴比妥类的安眠药。这个是不是你说的蹊跷的原因？"

"还有其他的发现么？"

"没有了……"

不知为什么，叶桑觉得对方说话有所保留。她只好直截了当再问："你有没有做毒性化验？"

"没有。"

"为什么？"

"因为那不是必需的，我是说，如果没有明显的迹象表明死者使用毒品，我们一般不会做。"

"怎么没有关系？用了毒品以后再麻醉，肯定导致药物过敏引起心肺衰竭死亡。没有人告诉你有这个可能吗?"叶桑压住恼火。

良久,对方没有回音。

"万一官司打起来需要进一步验证,开棺验尸还能查出死者使用过毒品的痕迹吗?"叶桑只好退一步,"你知道,现在只有你可以帮助我……这对我很重要……"

"不……"

"为什么?"叶桑着急了,"时间不会过太久,现代的检验技术应该没有问题呀。"

"不是技术的问题。因为尸体已经不存在了。我刚做完尸体解剖,火葬场的灵车就来把纳尔逊夫人的遗体运去火化了。"

"啊……"叶桑没有想到自己和大卫的猜测都变成事实。彻底的绝望,使叶桑顿时手脚冰冷,四肢无力,电话筒滑落到桌子上。依稀还听得见验尸官在电话那头飘忽地说:"叶医生,我很同情你的遭遇,希望你能渡过这个难关,保住行医的资格。"

收线以后,丹一直无法集中精力完成手上的工作。耳边总在回响着那个可怜女医生带着哭声的请求。现在,躺在他面前操作台上的是一个死因不详的中年男性,怀疑被谋杀。他继续着刚才的工作,戴着手套,用钢锯锯开死者的头颅,希望能查到真正致死的原因。

死者头部的皮肤已经被切开,锋利的锯齿在光滑坚硬的颅骨上来回拉扯。金属与骨头摩擦的声音令他烦躁不安,他甚至突然开始厌倦这个做了半辈子的工作,从来没有像今天这样,感觉这个职业是这样的令人生厌,人生竟然是这样的烦闷。常年和尸体打交道,见过各种各样的死法,解剖尸首这样的活儿早已经驾轻就熟,可今天丹发现自己十分反常,极不顺手,好几回他的锯子不听使唤,差点伤到自己扶着这颗脑袋的左手。

丹知道自己不对劲了。

丹记得还是在医学院的时候，他是如此喜欢解剖，人体的结构太奥妙了，每丛神经、每束肌肉、每块骨骼，他都好奇并且喜欢地牢牢记住。其他的同学上解剖课时往往表现反常，不是面色惨白手脚发软，就是控制不住神经质地发笑，用夸张的笑声来掩饰内心的恐惧和排斥。惹得老师发怒，就像布络德瑞克·克劳福（Broderick Crawford）在电影《别做陌生人》（Not as a Stranger）中演的那样，对着吓坏的学生大吼："死亡一点都不好笑！"然后一把掀开盖在尸体上的白色被单。而那个时候，丹就可以冷静地、细心地比较，挑选合适解剖的尸体：黑人比白人好；瘦子比胖子好；男尸比女尸好；新鲜的比陈年的好……然而有时候、有些事，他是没有选择机会的，就像市长那里的指令。

39

王大卫打电话来的时候，叶桑正陷在沙发里无声地落泪。听到她沙哑、有气无力的声音，大卫就紧张了："怎么了？桑妮，发生了什么事？我已经在回来的路上了，还要两三个小时才能到，你就在家里等我，哪儿也别去。"

王大卫一早去奥斯汀，他的一个委托人突然死亡了，现在还不知道是自杀他杀。这事使他非常纳闷，他的委托人住在达拉斯，却死在奥斯汀。奥斯汀是德州的州府，一个安静、安全的小城。

德克萨斯是美国的第二大州，它有两个大城市，休斯顿和达拉斯，但州府却设在风景秀丽、小巧精致的小城奥斯汀。美国很多州都这样，州府并不设在州里最大、最繁华的城市里，为了开发经济，巩固周边地域的关系，而把州府设在一个无名的小城镇，这样的城镇往往人口不多，经济不发达，生活节奏也不会太快，但注重文化修养。奥斯汀作为州府最出色的人文景观应该算是德州大学奥斯汀分校。

德州大学奥斯汀分校闻名全美，虽然只是分校，却是美国最大的大学之一，学校规模庞大，再加上良好的学术氛围及雄厚的资金支持吸引众多知识渊博的知名专家、教授，其中不乏普利策奖和诺贝尔奖得主，以及美国国家科学院、美国国家工程学院院士等，而优秀的师资又招来德州许多出色的学生。

奥斯汀市名列美国最佳居住城市前 5 位，城市被美丽的山川湖泊环抱，景色宜人，当然，人文环境也很出色，它是美国的政治中心之一。奥斯汀还被誉为美国 IT 业的"硅山"，是全球最大的计算机系统公司戴尔的摇篮。奥斯汀的街头音乐和夜生活也为它在民间赢得"音乐之都"的美名。

就在这样的"音乐之都"夜里，大卫的委托人死在一个僻静公园的山丘后面的灌木深处。这是一个涉嫌贩毒的案子。他的委托人是一家中餐馆老板，39 岁，广东人，移民美国 20 多年了，近 10 多年经营中餐馆很成功，为人老实本分，却被查出在餐馆的厨房里藏有海洛因。当事人一口咬定毒品非他所有，怀疑有人栽赃陷害。因为那一带就数他的餐馆生意最好，前两年一个万圣夜忽然失火，幸好及时发现，没有太大的损失。后被查出有人故意纵火。所以，这次当事人大呼冤枉，大卫也相信是又一起故意陷害事件。

中餐馆老板早年偷渡来美，19 岁离开家乡台山之后就步上了坎坷之路。就偷渡本身而言也比其他人来得曲折。启程那天雾太大，他们一时找不到母船，蛇头便用租来的卡车把他们一起载去了福建，3 天之后在福清的湾口镇和等候在那里的其他偷渡客一起出发。为了掩人耳目、避开边境巡逻队，他们乘着小船，在海上兜兜转转了近 6 小时，未料最后还是被发现，同船的 100 多人全部被巡逻队抓获、关押。3 天之后，蛇头贿赂了官员，他们才得以放行。小船在海上漂流了 7 个多小时，最后才在黄昏时分登上了等候在国际领海上的母船。

从偷渡的全程来说，或许从小船登上大船是最危险的一个经历。他曾对大卫说过，他清楚地记得那种刻骨铭心的恐惧，这是他一生中第一次面临死亡的威胁，并且不到 5 分钟，就亲眼目睹了两个同伴的死别。他说，当时天阴沉沉的像要塌下来，风呼呼地吹，雨点不停地落到脸上和眼睛里，到处都是湿漉漉的。他们在蛇头的催促下奋力从小船往大船上爬，可是，到处都非常滑溜，绳索、船沿，根本抓不牢……左边的一个同伴不小心掉到海里去了。船上的水手试图营救，但是，一个大浪盖过来，顷刻间不见了人影。终于爬上了大船，还没来得及喘口气，距离他不到一米的地方，一个不明的重物从桅杆上掉落，正中一个人的脑袋，这个同伴没有哼一声就永远无声无息了。

中餐馆老板于凌晨 5 点 43 分被一个早起的居民发现，死在自己的车内，右边太阳穴中弹是致命伤，手枪握在他的右手中。得到消息，等大卫赶到现场时，尸体刚刚被救护车移走。一条橙黄色的带子绕过周围的几株大树，围住出事地点。几名警察在死者车子内外仔细检查，其中两名戴着手套，不时往白色的小袋子里装可疑的东西；一名在用白色喷漆细细描出地上可疑的脚印；还有一名在和什么人说话，无线电对讲机叽哩哇啦地响着。一名警察告诉大卫案子的大致情形：发现汽车、尸体、车内物品、枪、伤势、死亡时间等等。这名警察人高马大，或许是通宵值勤，眼里有明显的疲惫和血丝，忙了好一阵子，警服已经不太整洁了，但肩上的枪套、腰间皮带上的手铐与伸缩警棍都还明晃晃得一丝不苟。

大卫从敞开的车门看进去，驾驶座位到车底，一路是中餐馆老板留下的暗红色血迹。血已经凝固，在耀眼的阳光下像油漆一样亮得十分刺目，大卫忍不住把脸别开，他似乎听到他的委托人那一家子的响亮的悲号，看到那个妻子和三个孩子哭红的眼睛。

本来这个案子马上就要审讯，离开庭就剩下一周时间了，证据、证人，一切胜券在握，眼下当事人忽然死亡了，这样耽搁，肯定要延期诉讼。大卫心里着急，一是因为叶桑的案子还有不少案头和取证工作要做。这个意外，肯定要打乱他的工作安排。而中餐馆老板这个案子一拖不知道要多久，有些马拉松的案子，一拖好多年。一般担心案子拖得太长的都是委托人，因为诉讼期越长，所付的律师费就越多。可大卫不是一个心里只盘算钱的律师，他更希望早日给他的当事人一个公道。

大卫还去了奥斯汀市检察官办公区，它在法院三楼东侧，这个区除了两位检察官以外，还有 36 名助理检察官，75 位侦察员，25 个秘书。由于工作性质都是攸关性命，整个工作区显得忙碌而又沉重。就像大卫此刻的心情。他把该办的事都办完了，就已经归心似箭。

行驶在宽敞、笔直的高速公路上，两边开阔的牧场和田园风光没有让大卫心情舒畅、开朗，他牵挂着叶桑。从情理上讲，中餐馆老板不可能自杀，官司明显会赢。那么是他杀？有人想拖延时间？委托人的突然死亡，让一向沉着镇定的大卫烦躁不安。

想到这里，大卫马上戴上蓝牙耳机，迫不及待地按下他都能够倒背如流的叶桑的电话号码："桑妮，是我……"这时候他最想听到叶桑的声音，他需要知道他的委托人是不是安全，并且希望马上就能见到她。

叶桑告诉大卫她与验尸官的对话："他们果然销尸灭迹了，我们怎么办？"

"这说明其中确实有鬼，而且一定和毒品有关。"王大卫若有所思，"葬礼那天我看到一个人，很可疑，他为什么会出现在那个场合？"

"谁？"叶桑跳起来，恨不得马上抓住罪证，人赃俱获。

"一个以前在其他案子里认识的毒贩。"

"哪个？长什么样？"

"我不知道你有没有注意到，在教堂里，坐在靠钢琴那头，最后一排被邀请的座位上。个子大概有六尺左右、黑脸膛、长头发、朋克打扮……"

"我记得。但不是在教堂里。灵柩抬出教堂时，他和玛丽走在一起。"叶桑很肯定地说。

"谁是玛丽？"

"纳尔逊夫人最亲近、最信任的女佣。"

"哦。这实在太有戏剧性了。你和玛丽熟吗？找她探探深浅，说不定线索就在她手里。"大卫眼睛发亮，鹰犬一般。

"纳尔逊夫人来诊所时经常带着她，手术那天也是由她陪着来的。夫人去世，她哭了很久。她们的感情应该不错。"

"太好了！桑妮，明天你就去找玛丽。你有她的联系方式吗？"

"诊所里应该有记录，我去找找。"

挂了电话，大卫的心思又回到中餐馆老板这一案子上来。委托人这一死，等于又多了一案，接下去自杀他杀、有没有遗书、是否向亲朋好友交代过遗言或者委托物件、目击证人的证词、从达拉斯到奥斯汀沿途有没有留下蛛丝马迹……这些线索即使有，对案子又有多少帮助？许多时候这些都不过是死胡同，走不通。这些路都走不通的话，该怎么办？无数的问题在大卫的脑子里飞速旋转。这不过是许多案子中的一个而已，而这种麻烦的案子大卫不是第一次碰到，当然，也不可能是最后一个。

在大卫离开的时候，联邦调查局的人也赶到了，警察把这个案子移交给联邦调查局。特工人员和警察在交谈，一个指纹专家在车上撒粉，寻找所有可疑的指纹。

在中餐馆老板出事的现场，大卫还看到一个人在转悠，他

165

就是《达拉斯晨报》的资深记者库克。库克手上那支笔比警察的枪还准。说库克是记者，他却兼有警察、特工人员的本领；说他是警察或特工人员吧，他手上确实只有一支笔。

库克年过半百，相貌平平，中等身材，中学没有毕业就离开了学校，谁也不知道他是怎么干上这一行的，他专门采访警察办案，在《达拉斯晨报》上报道犯罪，以及追踪警方办案的情形已经有 30 多年的历史。他有两个前妻，三个孩子，几个不确定的女朋友，这些都不是他的生活重点，他的生活重点是跟罪犯打交道。毒贩子、皮条客、杀手几乎没有他不认识的。深夜，他喜欢到上空酒吧这种地方喝啤酒，在通宵服务的小餐厅随便和人闲聊，然而这些聊天内容回头都会记录在他的本子里。库克手里这本名人录里有吧女的毒枭情人、脱衣舞娘的飞车党男友的名字，还有街头帮派的喽罗们，有了这些名字和线索，再棘手的案子他都有办法进得去，出得来。令人称奇的是，库克一直安全无恙。

库克和警察的关系很密切，几乎每个警察都知道他的大名。他经常和警察们一起喝咖啡，谈天说地，他们打棒球时他在一旁观看，时不时和他们的妻子、女朋友扯上几句。所以，半天下来，他便知道了他们的妻子什么时候准备提出离婚；他们中有谁谁谁在家比在局里还要经常挨训。当然，他的大多数时间还是泡在警察总部，警察们为了省事，就常常把他叫来，于是，被害者的是非恩怨；抢劫案头子的家庭成员状况；甚至一些无头案，警察踢到铁板了，便向库克求助，于是经过库克慷慨地明示、暗示后，无数个疑难案子被解开：汽车盗窃集团被破获；无名尸首的凶手被捉拿归案；国际贩毒集团的毒枭们在一个秘密接头地点被警察人赃俱获。库克熟悉有前科的罪犯，也了解又在重新犯案的人，光凭监视当铺，他就可以发现窝藏赃物的线索。

在达拉斯市区里，库克有一间公寓套房，两室一厅不像是住人的地方，屋里的东西拥挤并且杂乱无章，墙上、桌面上，任何可以粘贴的地方，或贴或钉了许多字迹潦草的便条、各色图片、几款可以乱真的假钞，还有从不同报刊杂志上剪下来大小不等的纸片，便条的内容无非是某些人的电话、地址。图片有的是被害现场，有的是目露凶光、长相疯狂的凶手，还有的是目光专注、相貌端庄的妇女和儿童。看着像警察局里的工作室。而这屋子的讲究，比警察局更甚。靠东的整堵墙上都装了安全扫描器，还有警用无线电。他的车子也同样讲究，各式各样现代化的谍报装置，功能完备胜过警察的巡逻车，就差没装上雷达火箭炮了，不过，他也不想使用那玩意儿，他总是让别人使用真枪实弹，自己就只拿着笔。

库克也是大卫现在着急想面见的人之一。他应该是这起命案掌握内情最多的人。大卫非常需要他的帮助。

从奥斯汀到达拉斯3个小时车程，沿路是一望无际的牧场，平坦、翠绿的原野上没有一点山丘的迹象，视野太宽阔了，除了无边无际的草地和零星的牛羊、树丛、房舍，就再没有其他的景物了。单调而重复的景致，让人觉得好像从未移动过似的，心急的大为不由得加足了油门，车子箭一般地飞奔。

刀锋下的盲点

40

玛丽的电话是市长家的分机。有人接了电话，但不是玛丽。叶桑不敢报出自己的真名，谎称是玛丽的朋友。对方说玛丽已经辞工了，还热心肠地给了叶桑玛丽的新电话号码。叶桑喜出望外，连连感谢对方。

玛丽的新电话区号和原来的一样，看来还住在附近。电话打过去，是玛丽本人接的。她客气地和叶桑寒喧。叶桑本想到她住处去瞧瞧，想想不妥，还是先约她出来比较合适。

她们约了在一家离市中心远一点的中餐馆吃午饭，玛丽对中餐情有独钟。在中餐馆见面，可以避免遇到熟悉她们两个背景的人，叶桑学会了谨慎，像律师一样思维，如侦探一般机敏。

德国现代著名的思想家、美学家和文艺家瓦尔特·本雅明在他未完成的《拱廊设计》一书中，有一个著名的拱廊街计划，被人称为"现代性考古学"或"十九世纪首都巴黎的考古学"。这是他创建的一个微型的世界。拱廊是闲逛者的居所，是集体沉睡的空间。本雅明，既是马克思主义的唯物论者，又是犹太神秘教信徒，这位仁兄有个经典的论述：资本主义的集体意识有如梦境，让人漫步在拱廊街，就像在自己身体的五脏六腑里行走。这句话确切的意思是什么并不重要，重要的是如此生动的意象，让人过目成诵。在自己身体的五脏六腑里行走，那就是掏心掏肺。叶桑现在正需要与玛丽在自己身体的五脏六腑里行走，掏心掏肺，毫无保留。

叶桑选择中餐馆会面还有一层意思，那就是希望玛丽在热气腾腾的东方美食面前，完全放松，满足自己的口欲，同时，也满足对方的要求。在自己熟悉的食物和文化面前，叶桑也多一份自在和自信。试想想，通过中国传统的烹饪工序：煎、煮、熬、炸、炒、蒸、烧、卤、清蒸、挂炉……如此美味的食物怎么可能不多些热度和个性？多些居家的温暖和随意？李安的《饮食男女》和《喜宴》，片中无论是圆山大饭店，还是主人公的私人住宅，李安将人际关系、男女情感、家庭伦理一一罗列：爆炒双脆、大烩乌参、翠盖排翅、龙凤呈祥、红糟鸡、八宝鸭、佛跳墙……

中餐馆比西餐厅温情，更有人情味，叶桑坚信这一点。西餐文明过程中的规范化，使杯盘刀叉、餐桌礼仪，过度地遵循了中产阶级的典范和规则，多了严肃，少了温馨。中餐的食物越丰盛，食客们情绪越高涨，如果还有美酒助兴，那一定是狂欢。而西餐却不同，烹饪手法单调不说，食物越丰盛，越突出庆典繁杂和仪式僵化。人们不难体会到福楼拜的《包法利夫人》，在地下一楼密闭、缺乏明丽阳光和新鲜空气的小餐厅里，天天吃同样的水煮牛排（这里的水煮牛排绝非川味的水煮牛肉）。在如此规范晚餐的束缚中，机械性的动作日复一日，使得艾玛再也无法忍受她的先生夏尔，无法忍受他单调无趣的啃食牛肉的声音。这种贫乏、令人生厌的餐饮绝对是不利的，而叶桑需要让玛丽感到亲切和亲近。

叶桑早到 5 分钟，玛丽见到自己时很自然，叶桑心里一块石头落地。因为纳尔逊大人的死，她怕玛丽对自己怀恨。

"玛丽，没想到你辞工了，我理解你的心情，纳尔逊夫人是个令人想念的人……幸好她们还给我你的电话号码，不然想和你吃饭聊天儿都不可能了。"

"不是我自己愿意离开的，是市长先生把我辞了。"玛丽的脸上阴了下来。

"为什么？你不是市长夫人身边最亲近、可信的人么？"叶桑预感到今天真没白来。

"就是因为与夫人太亲近，知道得太多了。"玛丽的语气里有明显不满。

"知道得太多？夫人有什么秘密瞒着市长吗？"话一出口叶桑便觉得自己太性急，问得太直率了。好在玛丽不觉有异，她沉浸在自己的情绪里，也想一吐为快。

"你不知道，夫人和市长根本不像表面上那么恩爱，夫人有病，市长一点都不体贴，只懂得自己往上爬，政客的妻子是不能做的。"

"夫人有什么病呀？我看她很健康快乐，爱美爱生活。"

"你是整形大夫当然看不出来啦。夫人是心病。"玛丽用食指点点自己的脑袋，又指指自己的胸口，"心理医生才瞧得出来。"玛丽往前探探身子，试图对叶桑耳语："夫人有忧郁症，好多年了，真正疼她的人是安德森医生。"

玛丽这条线索太重要了，叶桑不敢插话，让她自己说下去。

"你不知道夫人发病的时候有多可怜，市长整天到这里开会，到那里开会，都是我守着她。有一次我看她快过不去了，就给她一点白粉……"

"白粉？"叶桑忍不住跳起来，嗓门也跟着高了。

"嘘，小声点儿。"玛丽看看左右没有人注意到这边，又接着说。

"可不是么？有时候大麻、白粉是可以治病的，夫人每年都有一两次无聊得想自杀。这些东西能使她快乐。真的，很管用，过了那个劲夫人就好了。我知道你们医生都恨透了这些东西。"

"夫人的安眠药也是你给买的？"叶桑的脑子里闪过纳尔逊夫人的验尸报告。

"只是最近才开始替她买。夫人说她睡不着，医生给的药都不管用，我就去找我自己的医生开。"

叶桑明白了，纳尔逊夫人或许患有躁狂——抑郁症，估计最近刚经历过一次躁狂发作，夜里睡眠减少，就想法子加大了安眠药的剂量。可是苯巴比妥类的安眠药本身就有导致忧郁发作的副作用，当然，没有医学常识的纳尔逊夫人与玛丽是不会知道这些的。夫人自己的医生是绝对不会使用这类药物的。忧郁发作后，玛丽又提供毒品……最终把生命终结在手术台上。

"我知道，夫人的验尸报告里写了服用你给的那种安眠药。"叶桑把一盘甜酸鸡递过去给玛丽。看得出来她喜欢这道美国化的中国菜。

"玛丽，夫人手术前你也给她买白粉了吗？"叶桑故作随意地问。

玛丽摇摇头，把嘴里的鸡肉咽下去后说："夫人现在用得凶了，吸那玩意儿不够了，要用这个。"她做了一个往手臂打针的动作。又摇摇头，"没想到夫人这么上瘾，有时候我都害怕了。"

"夫人在手术那天也用了那个么？"叶桑也做了一个往手臂打针的动作。

"当然，她害怕手术会痛。"

叶桑早就放下了刀叉，看着玛丽吃得津津有味，心里很不

171

是滋味。原来事实果真如此。纳尔逊夫人手术前自己注射了毒品，还服了过量的安眠药。这样的手术意外却要自己来承担所有的后果，太不公平了。

　　"玛丽，我想你也听说了，夫人意外死亡市长要控告我。你知道，夫人在我手术一半的时候呼吸心跳突然停止，我尽力抢救了，但没有效果。你知道为什么吗？因为夫人用了那种东西，再加上手术的麻醉药，夫人救不回来的，无论多高明的医生都救不回来，这不是我的错。"

　　"我听说了市长要告你，你说你没有做错不就行了？"

　　"法庭上要的是证据和证人。我口说无凭。如果到了那天，你愿意为我做个证明吗？说夫人手术那天用了那种东西。"

　　"做证人？在法庭上吗？"玛丽一听就缩了，"我可不敢去那种地方。"

　　"可是玛丽，只有你能救我。我要是被定罪就不能再当医生了……"叶桑说着说着眼圈就红了，"要一辈子都不能再进手术室了，我会疯的。你知道我多喜欢这份工作，就像你喜欢跟在纳尔逊夫人身边一样。求求你了，玛丽。"

　　"……那好吧，我去。可是，我会有麻烦吗？"玛丽也开始担心自己的处境了。

　　"做证人说实话就没有麻烦，证人是受法律保护的。"

　　"法律是什么呀？还不是市长那些有头有脸的人说了算？你真的觉得我的话有人听？"

　　"当然。在法庭上，律师、陪审员、法官都要听你说这个真正的事实。"

172

41

　　玛丽当然不会忘记那个可怕的凌晨，纳尔逊夫人差点在她的眼皮底下命归黄泉。从那一刻起，她就决心多留意夫人，在痛苦的时候给她尝试可以飘飘欲仙的灵丹妙药，此后，只要夫人需要，她都愿意四处寻去，哪怕三更半夜。当然，有夫人的也有她的，夫人是慷慨的，只要高兴，毒品的费用都常常算在夫人的账上。这也是为什么这些年来，玛丽一直忠实地守在夫人身边的原因之一。

　　在刚刚经历生命中第一次忧郁带来的黑暗之后，纳尔逊夫人就想到了以死的方式来解脱。她不相信死亡比那种黑暗更痛苦，至少在这个时候，她渴望尝试，尝试着寻死，尝试着最终的解脱。从某种意义上来说，这个寻死的过程支撑着她活下去。死亡会是什么样的呢？对她来说也许好奇多于恐惧。从自然科学方面来说，生命终止于死亡，这是真理。她也早已习惯了这个说法。当然，从另一方面来说，她的父母、祖父母、祖父母的祖父母，世世代代上教堂、祷告、朝圣，他们虔诚地相信天堂；相信上帝在倾听着他们的忏悔，关心着他们，最后的时刻，也应该用双手亲自迎接他们。他们相信上帝的恩典无处

刀锋下的盲点

不在。可是，在她的内心深处，依然有所怀疑：如果上帝真的存在呢？几千年来人类的文明，始终视自杀是某种禁忌；是对所有宗教法规的冒犯；人类是为生存而努力，而非为死亡而拼命。而且，人类必须繁衍后代。这是她最激烈的内心交战。接着她又想，如果上帝真的存在，他也应该了解、体谅人类的各种难处，因为人世间所有的一切不幸他也应该承担责任，这些都是他一手造成的，万物万民的创造者上帝，不就是始作俑者吗？

差不多用了半年的时间，纳尔逊夫人做了所有的准备，准备接近死亡和向人生告别。她有意无意地向家人和朋友透露厌世的信息；写好给丈夫和同事的遗书；向朋友和医生抱怨自己晚上无法入睡，于是，很快获得了足够量的安眠药。纳尔逊夫人很自然地选择安眠药。用手枪太残暴；跳楼太难看；上吊和割腕也都不尽理想，不合乎像她这样女子的天性。当女性选择自杀时，多会选择比较浪漫的方式，过程不必太复杂，不要太痛苦，结局也不至于太难看。生命向来是一个等待的过程，死亡应该也是，服用过量安眠药的效果就十分理想，在几个小时、甚至10多个小时的睡眠和梦境中安然而去。

纳尔逊夫人没有像许多寻死的歌星、影星那样，把所有的药片碾碎成粉，就着威士忌大口大口地咽下去。她选择丈夫纳尔逊市长外出开会的空档，深夜里化好晚妆，穿着白天跑新闻的典雅套装，把4盒安眠药从床头柜里取出，一颗一颗用冰水慢慢送服。她给自己留了机会，万一后悔的话，随时可以停止、随时可以回头。连她自己都想不到，每吞下一颗白色药片，她就越笃定走对了路。不到10分钟，4个安眠药瓶都空了。她几乎是满怀期待地躺在床上，多好啊，她现在正在做一件可以一了百了的事，正在耐心地等待最后时刻的到来，小心翼翼地等待着，因为她不知道多长时间以后自己才会失去知觉。

　　她相信她的目的快达到了。她几乎在庆幸一切如此顺利，可是，怎么还这样清醒呢？一点朦胧的睡意都没有。等待久了有些无聊，正琢磨着怎么打发这段无聊的时光，听到有人来敲门，并且她居然起身去开。似乎她只记得自己在等待，而忘却了床头柜上的空药瓶。后来很多次，她和玛丽回忆起这个晚上时，都觉得不可思议，平时 11 点以后玛丽从来不会主动来敲主人的门，即使男主人不在家。需要的时候夫人才会唤人，但夫人不是一个喜欢使唤人的人，尤其是夜深了以后。然而，这个深夜，玛丽睡不着，她知道市长不在家，忽然兴起便来向夫人要两片安眠药。好在夫人还清醒，还能亲自去开门，居然还顺从地让玛丽把她送到一个医生的私人诊所里。因为这时她开始发现安眠药自杀的美感在消失，耳朵里响起一阵阵难以忍受的嗡嗡声，一点不清静；眼前一片令人眩目的光电在游动；胃在剧烈地翻搅，天翻地覆，强烈的呕吐感，她想，怎么会这么痛啊？我要吐出来，太难受了。吐出来是不是就不会死了？

42

似乎所有的当地人都知道，《达拉斯晨报》的资深记者库克是靠摇笔杆子吃饭的，但从来也没有人认为他在卖字维生，或者说，他写那些字不过是个幌子，是买卖成交之后的字据而已。那些新闻头条也不外是字据的某种形式，形式背后的实质往往是最实质、最有趣的东西。这也就是为什么库克有他自己独特的吸引力，不是单一的记者、编辑、警察，或者探长身份，他是它们的综合体。

此时，库克的鼻梁上架一副褐色宽边眼镜，身材本来就不高的他缩着肥硕的颈项，在方向盘后面东张西望。黄昏的斜阳在他油腻的外套的领子上滑来滑去，与新沁出来的汗，油光光地亮成一片。慢行了一段路，最后，他把车拐进一条小街，顺着右边美国银行的牌子，到了停车场。他泊好车，推门出来，右手拎着的公事包顺势一甩，夹在了左边的腋下。

向晚的和风迎面而来，库克感觉十分舒坦，他抽抽鼻子，绷紧的面部肌肉渐渐放松了，几条皱纹一堆便有了些许笑意。虽是临近下班时分，天色犹未晚，至少还有一个小时夕阳才会西沉，但晚霞在天际拖出长长的一道耀眼的金属般的光芒，建筑物的侧影和墙边的一片夹竹桃都已经开始模糊不清，不久，它们将在暮色四合中渐渐隐退，随后，由灯光打出的建筑物造型，又是另一番景致。

他迈开大步朝银行的玻璃门走去。宽敞的玻璃门上立刻出现了一个由远而近的影子，这个影子虽然步伐坚定，但瞧着四肢前后摆动的姿势却有些僵硬。他刚刚放松下来的心又缩紧了。他知道自己这时候没有度假的心情，但他不得不去。

是。库克要去度假。他对自己说。

银行的天花板很高，稍有声息便造成引人注意的回响。这样的设计并不合理，好在没有人抗议。在处理金钱的地方，人们大抵习惯板着面孔，不吭不哼，所以，除了来来回回的人影晃动，整个建筑物犹如一只屏息的巨兽。偶尔，银行职员礼貌的问候，铿锵悦耳，与顾客们低沉、克制、有些躲闪的声音成了鲜明的对比，当然，其中混杂着的用指尖或者机器数钞票的声音最令人安慰。"抱歉让您久等，我能帮您做什么？先生。"

坐在办公桌后面的一位年轻女子微笑着问库克。虽然她的笑容是职业化的，但十分美好而生动。库克没来由地一阵烦躁。不知深浅。他在心里嘀咕了一句，本来想回她一个礼貌性的微笑，但终究找不到笑意，只好作罢。他冷着一张脸，听到自己的声音嗡嗡的，非常不中听。

"请开保险柜。"

年轻女子收敛笑容，不敢怠慢，立刻起身。谁不知道这位《达拉斯晨报》的资深记者库克？平时见到人，他总是笑呵呵的。他一定遇到麻烦了，她想。

进了防盗门，他拿出一把钥匙，一起插进去……啪地一声，锁开了，她迅速退了出去。关上门儿，库克长长地舒了口气。现在，他觉得此地比任何地方都安全，甚至比自己住处更让人放心。银行为什么只有存放贵重物品的保险柜呢？难道生命不比任何珠宝、钱财、房契、证券、毕业证书、出生证什么的更重要吗？人一旦遭遇威胁、感觉危险临近，就非常需要有个这样保证安全的地方。可惜银行里没有这项服务。库克摇摇头，把厚实的背抵住墙壁。

其实，今天库克并没有什么东西要寄存或提取，他只想在这样一个安静、安全的地方待一会儿。他需要理一理头绪。最近自己究竟惹了什么麻烦？他闭眼思索。

今天中午时分，库克收到一封快递，里面没有任何文字，只有一张明天一早飞往牙买加的机票和当地一家酒店的房间钥匙卡。他明白自己一定又惹恼什么人了，有人请他离开本地一阵子。这种情形不是第一次遇到，他明白自己只有一个选择：照办。干这行的人都是提着脑袋过日子，这几十年下来，同道的伙伴们也没剩下几个了。之所以他还能活着，就是因为他识时务。干这行不过是他的兴趣，犯不着拿性命开玩笑。

一张牙买加飞机票，绝对不是库克这大半生中遇到的最糟糕的一件事。从前，他还收到过死猫、子弹、不知名的断指……

牙买加……牙买加。他在心里默默念叨着，竟然有些喜欢。这个加勒比海地区的岛国，有着绵长的海岸线，1494 年哥伦布来过，随后便成为西班牙殖民地，然后又被英国占领。1962 年才宣告独立，成为英联邦的成员国。牙买加与海地相望，北邻古巴，属热带雨林气候，但气温并不高，不如达拉斯干爽但比休士顿舒服。这个加勒比海的第三大岛，十分奇妙地把非洲的浓烈色彩、西班牙的浪漫风情和英国的古典和传统融为一体，当地人热情洋溢、友善好客，再加上优越的地理位置和曼妙瑰丽的自然景观，可谓理想的加勒比海旅游胜地。库克去过几次，但都不似这次的原因。

第一次去是因为自己和第一任妻子的婚礼在那里举行。第二次去是因为朋友和现任妻子的婚礼在那里举行。不知为什么，他们这个圈子里的兄弟婚姻都不牢靠。结了几次，不是最终都以离异为结局，便是自己意外撒手人寰。但无论如何，牙买加的婚礼还是美好的，有风情也有险情。对库克这帮伙计们来说，最令人兴奋、记忆犹新的倒不是汽酒、双层蛋糕、新娘花束、新郎和新娘按摩，而是登上征服牙买加高达 7402 英尺的最高峰，在黑暗中出发，手电筒照亮 7 英里远，向你攀登的山巅挺进。还有远足，当穿越神秘的、几乎令人心跳停止的黑暗岩洞和深水区时，冒险活动几乎使冒险狂热者们尖叫……这种极限的挑战，敢和魔鬼相比。其实人生的乐趣不就是冒险、挑战极限么？危险无处不在，职场、婚姻，哪个不是在冒险？没有危险的事，男人还有兴趣涉足吗？美国总统每年平均要躲避 400 来次被杀的威胁呢，还不是每届都有人玩命出来参加竞选，当一届不够，争着连任。

　　这么一想，库克豁然大悟，先前的烦躁和潜藏的恐惧瞬间消遁。他关好保险柜，给那位久等在门外，满腹狐疑的年轻女职员一个寻常的微笑。这个小妮子挺乖巧的么，库克心想，她有一对浅棕色的眼睛，一张英国型的秀气双唇和亲切、安详的笑容。女职员也笑了，心想，虽然这位老编辑看起来鲁莽、粗俗，但那对蓝眼睛倒是晴朗可人。她明白他的麻烦大抵解决了。

　　回到自己的车里，发动引擎，就在这时，库克突然找到自己被迫去牙买加度假的缘由来了。一定是大卫这小子！一定是大卫这小子接的那个棘手的案子了！上周末大卫找过他，他们在酒吧见面。而他们的会面，一定被躲在某个角落的探子看分明了。失策失策，库克的脑子飞速地回忆当时的情景。大卫最近的案子很麻烦，而自己又愿意助他一臂之力。问题一定出在这里了。库克马上拿出手机约大卫见面，在接通的刹那，他改变主意了。库克说，"大卫，明天一早我有一趟不得不去的旅行，十天半月回不来，你委托的事恐怕要另找高明了……兄弟，你多保重！凡事想开一些，你瞧我不也有身不由己的时候吗？你们中国人喜欢说，退一步海阔天空。好吧，回来我会请你喝酒。我在牙买加为你祷告。"

库克说完不等对方回应就立刻关机。

"兄弟，上帝保佑你……"库克对着屏幕一片黑暗的手机忧心忡忡地嘟囔。

43

达拉斯是个大城市，地大人口也多，十八世纪时原为印第安人的毛皮贸易站，由于地处黑油土草原棉花产区，随着十九世纪 70 年代铁路陆续通达后，发展成为全国主要棉花市场之一。1930 年 9 月 30 日，乔伊纳发现东德克萨斯大油田，又使该市成为石油工业管理中心。城市东、西两大油田所产的原油经输油管汇集市里。炼油、石油化工、石油机械等工业因此发达，市内设有办事处的石油公司多达 600 家左右。第二次世界大战期间和战后，军火、飞机制造、电子等工业兴起，人口激增，城市迅速发展。此后又成为美国西南部地区银行和金融重镇，许多保险公司在此设有总部，大市区有第 11 联邦储备银行等约 100 家银行。

达拉斯被特里尼蒂河分割成两部分，北为商业区，南是居住区。工厂主要沿河流两岸分布。该市以文化生活丰富著称，经常演出歌剧、芭蕾舞、音乐会和交响乐会。著名的达拉斯剧场中心是由著名建筑师富兰克·劳埃德·赖特所设计的，被称为演剧的圣堂。该市还是全国三大会议中心之一。一年一度的德克萨斯州博览会也在此举行。会址就设在美丽公园内，园内还有为纪念德克萨斯州独立一百周年而于 1936 年修建的建筑及棉花馆、植物园、德克萨斯州历史博物馆、水族馆、美术馆等。西南地区 5 家顶级博物馆，其中就有举世闻名的金伯利艺术馆，那里有出自安吉利柯、莫奈和毕加索之手的杰作。

对于喜爱西部历史文化的人来说，国立女牛仔博物馆和名人厅应该是他们的最爱。几英里以外就是国立历史放牧区，在那里人们可以看到牧人每日驱赶着牛群的场面。如果没有品尝过"入口即化"的德州烤肉，就可以说没有来过这座被称为"西部起源"的城市。当地的两家烧烤店最受青睐：一家是安吉洛烧烤店，墙上挂满了动物头骨；另一家名为铁路终点烟熏房，店内供应烟熏排骨和烤肠。

白岩湖位于市区东北部，这里有达拉斯市最葱翠的地区之一——白岩湖上 66 公顷的达拉斯植物园，泉水和参天大树宛若人间仙境。阳光下白岩湖的湖水泛着五彩波光。初夏的周末已经开始热闹起来了，跳水的、潜水的、乘着游艇在波光粼粼的水面上飞翔的，美丽如织。而石油大王和德州的富豪们都在湖畔建有自己的豪华住宅，一副富甲天下的气派，为白岩湖平添不少景致。

德克萨斯人似乎总能抓住一些商机。1927 年，美国德克萨斯州的南方公司首创世界上第一家便利店原型，而后，这样的超级市场在美国如雨后春笋、蓬勃发展，它们就以这种自助式服务、低毛利、低价位作为竞争武器，薄利多销，挑战所有的传统生意。而从 IT 行业来说，达拉斯被称为第二个硅谷，高科技巨子们有了财富以后，也纷纷在此建造豪华巨宅，极尽奢侈堂皇之能事。

市长纳尔逊先生还未从政以前是远近驰名的律师，他曾经历尽艰辛为一个白手起家的犹太商人赢得了官司，近几年，这个发迹的犹太人财富如滚雪球般积累，做地产开发，斥资兴建白岩湖的高尔夫球场与水上游乐场。犹太商人俨然已成为分量十足的公众人物。他对政治献金出手极其大方，对各种慈善机构和团体同样慷慨解囊。当然，他也是纳尔逊先生竞选市长时的主要赞助人之一。他还将在纳尔逊先生明年的州长竞选中扮演重要角色。

今天，犹太商人邀请两位客人来这里玩。这两位客人是保险公司总裁和达拉斯市立医院院长怀特先生。

面对白岩湖高尔夫球场一片葱绿整齐的草地，犹太商人笑笑，对身边两个显得有些拘谨的客人说："不着急谈正事，到球场随意走走，或者玩玩球吧，让我们好好了解了解，先交个朋友。"

两鬓已见少许白发的犹太商人，穿红色短袖运动上衣，奶油色棉织长裤，耐克鞋，信步走着，看上去倒真的像是真心诚意来打高尔夫球。

"天气这么好，风不大不小，咱们打半局球就回来。"犹太商人回头望望两个落在几步之外的两个伙伴。

保险公司总裁与怀特院长彼此交换一下目光，随即跟了上去。

初夏的白岩湖高尔夫球场，充分显示着它度假圣地的迷人魅力。阳光下，几十辆轻便客车整齐地一字排开；严谨、有礼、亲切的看台专业服务人员机敏、伶俐地四处走动；烤热狗、汉堡、玉米棒的混合香味在空气里随意流动；远处小鸟清脆的叫声，五颜六色的盛开的郁金香和美人蕉，营造出十足的温暖、轻松、快乐的夏日气氛。

第一洞，475码，有点偏左的弯度，标准杆5杆，在发球区挥杆时，必须往上打球才能飞越过小山丘。

犹太商人挥杆的姿势在外行人眼里称得上老到，可内行人一看就明白，这是典型的美国周末高尔夫球员的气派，虽然看

刀锋下的盲点

着动作悠闲，却不过是自成的流派，没有什么地方不对，但举手投足有意无意之间，总会摆出奇怪的姿势，没有受过专业严格训练的，没有到位的那种姿势。

保险公司总裁动作还算规范，但不知是因为紧张还是什么心理压力，有点笨拙，他一出手就失误了，球开得太高了。由于挥杆太高，球从坡的斜面回滚 10 多码。他微微笑着，笑得有些苦。这种苦是从心里流出来的，官司的事伤脑筋，弄不好他就要元气大伤。

三个人中，怀特院长最稳重，基本是那种总杆数经常保持在 100 杆以下的老练球员。

接下来又轮到犹太商人，依然是自成一格的挥杆，球以 90 度的弧线几乎窜进小树林，但运气还算不坏，小白球撞到一棵大树后，被弹到前边 130 码处的草地上。

"哇。"三个人几乎同时叫了一声。

怀特院长不巧在关键的时候晃动了球杆，球被打到了女性球座的台上，用 3 号木杆做第二次挥杆也挥空了。表现严重失常。

剩下的 420 码，犹太商人用 PW 杆做第二次挥击，然后每 100 码打一杆，一共 6 杆，最后以一个推杆作结束。

第 2 洞，往下挥杆 342 码，草坪大幅度向右倾斜，难度适中。这种情况，一般的打法是稍往左方开球，让球滚到中央位置，然后用短击的铁杆使之登上果岭。总之，如果球往下，开到草坪右侧斜坡底下的话，便会被草丛掩盖而无法平标准杆。

犹太商人、保险公司总裁和怀特院长三个人已渐渐熟悉，话慢慢就多了起来。兴致勃勃之余，他们开始了与平标准杆这类高尔夫球术语完全不相干的一阵挥击动作。虽然大家都打得乏善可陈，好在他们的兴致已经不在小白球上了。

坐推车往 3 号球洞的途中有一个小卖铺，他们在那里买了啤酒，人手一瓶，然后下坡朝平稳的 3 号短洞前行。178 码的距离不算长，但风势见长，犹太商人已经意兴阑珊，看看远处，他回头对两个球友说，咱们回去如何？保险公司总裁和怀特院长本来心思就不在球上，现在既然犹太老兄开口，自然是举手赞成。他们希望尽快知道这位精明的犹太商人找他们来的真正目的。

收了杆，坐推车回到白岩湖高尔夫球场的高级餐厅里，一笔交易在悄悄进行。犹太富豪愿意拿出 300 万美金给市立医院购买保险的那家保险公司，两家的官司就此私了，保险公司必须拿出一半的钱捐给市立医院做基本建设。这样一来，市长、医院、保险公司都摆脱了一场劳民伤财的对簿公堂，可谓皆大欢喜。唯一仍处于危险境地的是叶桑。因为市长并没有取消举行州委员会的听证会。叶桑将独自面对另一种审判。

一个"商业性决定"就这样成了定局，犹太富豪、保险公司总裁满面春风频频干杯，而市立医院怀特院长则忧喜参半。

医院和人一样讲究名声，都会因为丑闻而丧失名望。所有关于纳尔逊夫人在手术中死亡的报道，包括法庭内外的新闻，都将对市立医院造成极大的伤害和难以估量的损失。为了医院的名誉和全体医护人员的利益，这个"商业性决定"无疑是最明智的。

白岩湖高尔夫球场外围是个自然公园，可以骑马、打猎，幽静的湖面上羽毛斑斓的野鸭成群结队，忽东忽西。西边的大果园里有人工小瀑布，水边的木棉花开得无拘无束。园林深处隐约可见的白房子，是典型西班牙十八世纪的风格，既有巴洛克的浪漫典雅，又有雅利安文化的深邃凝重。可以想象，在这些豪宅里，不会有任何美国现代时尚的轻佻，而是古色古香西班牙贵族式的庄严与华贵。

隔着落地窗玻璃，怀特院长望着无边无际的高尔夫球场思

185

绪纷纷。一方面他不需要再为官司败诉后将面临保险费猛涨的压力而发愁，医院里所有的医生都会对他感激涕零。另一方面他的医生叶桑也将失去了必要的同盟：医院、保险公司，她在这场肮脏的交易中成了牺牲品——敌不过各种利害关系，她被出卖了。今后，可怜的叶医生只能孤军作战。怀特院长的眼睛眯成一条缝，室外的阳光是如此强烈，而他的内心有一种更为强烈、难言的畏惧和歉疚。世间的事祈求两全真的是太难了。

186

44

"大卫。有好消息，电话里不好说，咱们见面再谈。"大卫手机里有叶桑雀跃的留言。

大卫又出庭了，叶桑约了他一起吃晚饭。她迫不及待地要把玛丽说的真相告诉大卫。玛丽肯在法庭上当证人，这是天上掉下来的好事，看来官司未必会输了，叶桑信心大增，天无绝人之路。

离晚餐的时间还早，叶桑想去安德森医生的诊所看看。最近休假，她没去市立医院，也刻意不去接近安德森医生的诊所。她怕影响诊所的生意，那些病人听风就是雨。等官司打赢了再回去，名正言顺重操旧业。

还没到下班时间，诊所外的停车场已经空旷，零星几辆车子，远远望去就好像被哪个顽童遗忘的几件汽车玩具。看得出来原本繁忙的诊所最近也冷清了，也许还是把一些病人吓跑了，毕竟纳尔逊夫人就死在这个诊所里。叶桑的心里隐隐有些痛，是自己把安德森医生给连累了。诊所是他大半生的心血，如果生意因为自己而低落下去，真的过意不去。

记得前些年，叶桑刚刚在安德森医生手下开始整形专科训练，有个女病人因为用硅胶隆胸引起乳腺癌。在还没有提倡用生理盐水袋隆胸之前，几乎所有的整形外科大夫都用硅胶，不是安德森医生一个人的错。可那个病人对安德森医生非常气恼，扬言要起诉他。那天叶桑来诊所帮忙，正好遇到那个中年女病人正对安德森医生发脾气。女病人的丈夫就在她身边，左右为难，一言不发。

女病人指着安德森医生的鼻子，骂安德森医生见钱眼开，骂他草菅人命，还骂他是庸医，该进地狱。当时，这位女病人正坐在检查床上，安德森医生给她做例行检查。

女病人填充在两边乳房的硅胶袋早就去掉了，两个乳房像空空的袋子搭在她肥胖的肚皮上。其中一侧乳房由于做了乳腺癌切除术，看上去一半是塌陷的。非常不美观。安德森医生建议她化疗以后可以再做乳房重建术，用生理盐水袋应该是比较安全的。

"安全?"女病人忽然发怒了，"当初你给我放硅胶袋的时候你说过不安全了吗? 现在又想挣钱了? 你害人生癌了知道不知道? 我恨你! 庸医! 吸血鬼!"

在美国，叶桑还从来没有看到这么凶悍的病人，也从来没有看到如此忧伤的安德森医生。他没有回一句话，只是反复道歉。抱歉她的病痛，抱歉她的坏心情。本来叶桑是想替自己的老师说几句公道话的，可安德森医生用眼神制止了她。过后，安德森医生对叶桑说，在诊所里，任何时候医生或护士和病人争执，诊所里的医务人员都不得参战，想说话也得站在病人那一边。任何时候病人都是对的。

188

叶桑明白了: 顾客是上帝。

那天刚好也是现在的时辰，落日的余辉从窗户斜斜地切进来，把每个人的表情都割得七零八落。叶桑看到安德森医生的无奈和羞愧。作为医生，他不愿看到自己的病人受病痛之苦;

作为整形外科大夫，他更不愿意看到自己的病人变得丑陋不堪。他对叶桑说："我理解她，理解她的心情。她是接受不了自己现在的身体。你看到没有，每一个隆好胸的女性都是对医生充满感激、说不尽的好话，然后带着笑声离开诊所。哪个看到自己丰满的胸脯、迷人的曲线不心花怒放呢？"

刹那间，多年前那个黄昏的心情又回来了。

停好车，推门进去，护士、秘书们都早早走光了，只剩下安德森医生还在自己的办公室里。他静静地靠在摇椅上，背对门口，脸朝着夕阳西下的窗户。叶桑无声地站在他的背后，顺着他的目光望出去，天边的晚霞逐渐褪了颜色，从耀眼的橘红慢慢变成青灰色，透着冷光，接着下去，夜，即将降临。

从门口到安德森医生的办公室，叶桑看着每一处都是熟悉的，包括弥漫在空气里的药水味儿，虽然好些天没有亲近这些屋子、这些检查床、这些手术器械了，但依然熟悉得像是自己的肢体。经过手术室，桑妮很自然地探一下头，昏暗的光线里，一切照旧：对面是高腰窗。左右两边是壁橱，白橡木的，坚固耐用。壁橱分上下两层，上面是柜子，放消过毒的手术包、抢救用品；下面是抽屉，装各色试管、针筒和枕头。台子上的金属盘子里有各种手术器械。无影灯下的手术床依然摆在正中间，和她离开的时候一模一样。恍惚之间，珍娜说话的声音和移动的身影都没有远去……然后，她就到了安德森医生的办公室门口。

安德森医生没有回头，却说："桑妮，来了？坐。我也有话要跟你说。"

安德森医生已经非常熟悉她的一举一动，不用双眼只靠感觉就可以判断她无声地走近，这种默契只能产生于朝夕相处的人、或长期同台合作的伙伴中。看得出来安德森医生有些疲惫，但他依然敏锐，他们的默契如同过去的任何时候一样，她几乎明白他想对她说什么了。

"桑妮，我想和你谈谈珍娜。"安德森医生传过身来，面对着叶桑。由于背光，他的脸比平时多了些皱纹，神色严肃而深刻。

叶桑倒了两杯咖啡，一杯放在安德森医生面前桌上，一杯握在自己的手中。他们隔着一张偌大的办公桌，准备谈谈纳尔逊夫人。

"珍娜是我高中时代的甜心。"安德森医生声音微哑，似乎内心隐藏着太久的秘密，有不习惯忽然说出来的排斥和挣扎。但他望着眼前的咖啡，还是开始叙述他们的故事："当年的珍娜美丽活泼、精力旺盛、有丰富的想象力，她选择写作为职业是正确的。可她选择一个政客当丈夫，却错了……我在外州当住院医生那些年，她被纳尔逊吸引，婚后据说也过了几年开心的日子。可是后来……后来好多年没有联络了，忽然有一天我们在一艘阿拉斯加豪华游轮上不期而遇，接着她就出现在这里。她来诊所要求我给她美容，做面部拉皮手术。那是五年前吧，她刚刚 40 岁。可已经苍老得像五六十岁的妇人。当然，一开始我不知道那是因为长期受疾病的折磨。我给她做了手术，她很满意自己的新面貌，感觉年轻漂亮了，自信也增加了。有空的时候我们见面，像老朋友一样喝咖啡、聊天儿、打网球。她还有从前的影子，但灵魂不一样了，时时让我觉得陌生……甚至……力不从心。"

说到这儿，安德森医生朝叶桑做了一个手势，意思是你明白我想说的是什么吗？

叶桑点点头，虽然她并不太明白。他小心翼翼地端起咖啡喝一口，叶桑看到他的手在暮色中微微颤抖。她又看到多年前那个安德森医生的悲哀。

安德森医生说，再遇的珍娜已经不是原来的那个卓越出色的珍娜了，她很情绪化，变得脆弱、易怒、悲观……她的智能、教养、伶俐、温柔都用不上了，这些统统帮助不了她，唯有药物。可她往往拒绝用药，希望自已能控制，除非完全乱了套才肯低头。虽然你是医生，可你不会知道这是一种什么样的病呵……她告诉我她在看心理医生。她患了躁狂——抑郁症，这令她恐惧，无论她多么才华横溢、事业多么辉煌成功，但她永远捉摸不透自己的疾病，时而激情昂扬、灵感泉涌、精力不绝、欣快亢奋；时而沉默寡言、消极被动、丧失信心、了无生趣。她常常无助而恐惧，我也是，我不知道如何去帮助她、挽救她，甚至我自己也常常被卷入那种情绪的漩涡，无法控制，我怕我自己也病了。这些年来，我们，我和她一起经历了这种疾病所带来的各种磨难，渡过了一个个难关，可是这次，她却没能挺过来。我怀疑她的手术意外与她的忧郁症有关，如果你需要，我可以把她的心理医生的电话号码给你，或许可以找到一些线索，有利于赢得官司。

　　叶桑伸手去接安德森医生递过来的纸条时，手腕上的那串蜜蜡手镯从袖子里滑出来，在暗中闪着淡紫色幽微的光。安德森医生仿佛受了刺激，愣了几秒钟，他的手在空中也停了几秒钟。叶桑用另一只手把手镯推回到袖子里。她知道蜜蜡手镯一定让他想起了珍娜，如今，她的躯体和那串手镯都化成了灰烬。而戴在自己手上的这只手镯这些天似乎又见变化，纹理和色泽都变幻莫测。有什么是不变的呢？有人曾经请教大龙禅师："有形的东西一定会消失，世上有永恒不变的真理吗？"大龙禅师回答："山花开似锦，涧水湛如蓝。"

　　而在一颗颗与主人共同生活着、每天都变化着的蜜蜡珠里，它们的禅意是否就是：所有那些记忆，都生生地长在活着的人的记忆里。或者是：人类的生生死死，一次又一次地重复，直到时间的尽头，直到永恒成为遥远的忘却的记忆，直到

刀锋下

191

死亡没有了意义，而生命成为人类的特征。

接过安德森医生从记事本里抄下来心理医生的电话号码与地址，叶桑问："珍娜这种病情，她的丈夫知道吗？"

"也许知道一点，但肯定不多。珍娜格外好强。再说她丈夫只关心他自己的政绩、选票、民意调查。可怜的珍娜。我们走得很近，像学生时代那样亲近……也像亲人一样互相依靠。"

"所以，你把她变成了我的病人。"叶桑接过话题，同时也解开了心中的谜团。美国医德有规定，医生不允许和自己的病人有私情，如果发生了，就应该终止医患关系。

"我见过玛丽了。"叶桑突然说了一句，她的声音在朦胧的光线里有着某种明亮的锐利。接着她又说："她是纳尔逊夫人的女佣，手术那天就是她陪着来的，她说夫人手术当天注射了毒品……她愿意为我出庭作证。"

事后很久，叶桑自己都不明白这一天为什么会这样单刀直入，把纳尔逊夫人是瘾君子的秘密说给安德森医生听，其实，纳尔逊夫人吸食海洛因对外人或者是最高机密，但是对安德森医生来说，根本就不是什么秘密。就像他一直知道纳尔逊夫人的其他才能一样：社交均衡、人缘好、有艺术天赋、想象力丰富、感情丰富、被许多男士和女士所称道。当然，后来叶桑也慢慢理解了纳尔逊夫人，从某种意义上来说，躁郁症使她遭受的痛苦最深，可有了这个瘾，她的痛苦也最轻。排山倒海的痛苦和灾难来临时，她可以躲藏在毒品里。她可以不必去思索自己如何去死；也不必看着所有关心、爱护她的人如何痛不欲生；或者装着看不见他们花掉大把大把的钞票来试图解救自己。因为所有这些事她都没有能力左右了，她感觉自己不过是被魔鬼之手操纵的傀儡。

天黑了。

他们忽然发现天已经黑透了，两个人都置于浓浓的黑暗中。

不说话的时候，他们周围不仅黑暗，而且冷清、悄然无息。

屋里的光线越来越暗，暗到彼此都看不清对方的五官了，但无论是安德森医生或是叶桑，都不愿去开灯，好像"吧哒"一声开关响后，忽然明亮的空间会切断昨天和今天的延续，会让所有的往事都停留在过去，会让过去了的细节都烟消云散。

"对不起！桑妮。不该是你。真的不该是你来承担这一切，这炼狱般的煎熬和痛苦。我会尽力而为，请相信我。"黑暗中，安德森医生的声音清晰而感性，有某种宗教仪式的虔诚和感动。可他并没有提关于纳尔逊夫人使用毒品的事，虽然看不清他的表情，但叶桑似乎可以感觉到他的心海里波涛汹涌，惊涛拍岸的声音，他矛盾重重，他左右为难，他在自己的学生面前，努力维持着某种尊严和体面，这种尊严和体面包括了纳尔逊夫人的、他自己的以及他们两个人的。

45

　　说起这炼狱般的煎熬和痛苦，安德森医生的和叶桑的又不尽相同。珍娜之死给予安德森医生的似乎更为复杂：爱与恨、喜与悲。失落、惆怅、痛苦中还包含了丝丝解脱的轻松。这些日子，尤其是在工作的时候，他用尽一切办法不去想珍娜、不去想由于珍娜的死引出的官司。但是，他能不想吗？尤其在夜深人静的时候。

　　回想前尘往事，安德森医生逐渐明白珍娜的病症，其实在中学时代就已初见端倪。

　　中学时代的珍娜极易为情绪所左右，她的情感强烈、精力旺盛、标新立异，个性十分鲜明。而她时而忧伤、易怒，时而沉默、逃避都被安德森医生误认为是女性周期引起的。如今想来或许就是轻度躁郁症的症状表现。

　　珍娜有个快乐的童年和少年时代，聪明伶俐、独立坚强、热情活泼，倍受父母、老师和亲友的宠爱。大学即将毕业后那年，她首次经历了忧郁的袭击。起因是她挚爱的母亲在一场车祸中意外丧生。有大半年的时间，她几乎无法每天早晨按时起床上课。一改故辙，拒绝所有的社交活动，家里不再高朋满座，与昔日的朋友也不来往，离群索居。她的开朗、笑声、热情都不见了，取而代之的是愤怒、绝望、疲倦、冷漠和退缩，做任何事都无法集中精力，都要花去成倍的时间。她感觉人生毫无意义，与其苟活不如自己了断……那年安德森医生正好在外州做住院医生。他们的生活从这里开始走岔了。

后来，当了空姐，她又恢复了积极和热情。一扫失去母亲的悲痛和阴郁不安的情绪。热情洋溢，彻夜不眠，夜间飞行之后她仍然精力旺盛。每到一个国家、一个城市，购物是她的最爱，从书籍、礼品到时装，无所不及，毫无节制地疯狂采购，结果常常是信用卡刷爆。空姐的薪水本不低，可她总是入不敷出。后来当了报社记者，珍娜与年轻有为的律师纳尔逊结识，此后她堕入情网直至出嫁都可以理解了。毕竟在适婚年龄，珍娜也像所有的女性一样，心中充满对家庭、事业、子女的渴望。

可惜，这桩众人艳羡的婚姻，没有多久就失去了光彩。纳尔逊从政以后的忙碌和珍娜越来越频繁发作的躁郁都是致命的伤害。或许对纳尔逊来说，他并不认为自己有什么可指责的，男人一心一意在政坛上冲杀，必定没有过多的精力和时间去感受婚姻生活的变化。

在安德森医生那里，珍娜找到了避风港。他的一往情深与高超的整容技术给了她十分美妙的体验。她又像中学时代一样深深迷恋着安德森医生。这种迷恋比从前又多了依赖与信任。无论如何不愿面对现实，珍娜还是从种种迹象中，发觉大事不妙，自己真的病了。与自己亲近的人脸上常常挂着关切、担忧、甚至害怕。而她自己却循环在无休止的亢奋、欣悦、痛苦和孤独之中。尤其在躁狂时，她知道自己彻底疯了、失控了。疾病带来的亢奋和欣悦使她整日意气风发、想象力丰富、灵感源源不断如奔流的溪水；思维与情感都飘忽多变如流星划过夜空，难以捕捉与追寻；性情热烈豪放、口若悬河、胸有成竹、具有充足的吸引人的力量；春情荡漾、渴望异性、无法节制地沉溺于各种诱惑，以及拥抱、接吻和性爱之中。

对珍娜病态的躁动不安、诡异与疯狂，因为爱，安德森医生给予极大的宽容。他怕她情急之中乱投医惹人笑话和闲话，再疯狂的劲头他都无言地用自己的身躯抵挡了，无论何时何地。他永远都忘不了久别重逢后第一次见识她的痴狂和缠绵。可是，到了后来，他开始害怕她躁狂时那种兴致勃勃，那种不可阻挡的充沛激情和永不劳累的躯体。有一次，自己实在是筋疲力竭了，珍娜还处于巅峰状态。最后，她在酒店的停车场快速奔跑了3个多小时才安静下来。当她笑容满面、汗流浃背地回来，安静地淋浴时，安德森医生的眼睛湿润了。从此，他决意也随着她一起快乐和痛苦，循环反复，一直到生命的终结。

在珍娜心里，安德森医生给她的感觉总是英俊、聪敏、宽容、体贴，最让她感激的是他对她的病没有任何恐惧、怨言和嫌弃。

以一个专业医生来说，安德森医生希望保持冷静和理智，或是维持某种专业的道德。可是，几十年的有素训练居然如此不堪一击，无论堡垒还是外壳都土崩瓦解，他陷入了赤裸裸的真实中。或许每一个生命都需要为自己找出口吧。他唯一能做的就是解除自己与珍娜的医患关系。但作为丈夫，自己的婚姻呢？他常常为此陷入混乱之中。他知道自己还爱着妻子和孩子，对珍娜，到后来是同情和不忍。可是，那种病，即使再多的爱也无济于事。

医生，从当学生开始就要做很多选择题，但究竟有多少选择题有标准答案？安德森医生曾经为许多选择题苦恼、困惑过。他对一幅题为《正在阅读的老夫人》的名画记忆深刻，那是17世纪荷兰著名画家林布兰的作品。画中一个风烛残年的

刀锋的盲点下

老妪在专心地阅读一本书。画面颜色很深，大概是冬夜吧，烛光照亮女主人公的厚实的大衣、绒绒的帽和书。这本书看不清封面，也不知道写的是什么内容。看得分明的是老妇人专注、坚定、满足、虔诚的神情。

安德森医生对这幅画的注意是因一首诗引起的。美国当代著名女诗人琳妲·派斯坦在1971年出版过一本诗集，其中有一首诗叫"伦理学"，知名度很高。在诗中，诗人回忆自己读小学上伦理课，老师问学生：如果博物馆失火了，一幅林布兰的画，一个来日无多的老妇人，二者只能取一，你们选择救哪个？安德森医生从来就没有做出过任何选择。

刀锋下的盲点

46

达拉斯是个牛仔城，虽然真正的牛仔，是远离都市丛林，在城市边缘的牧场上放牧牛马的人。但这不妨碍人们喜欢牛仔，喜欢牛仔的服饰和文化：牛仔衬衫、牛仔皮靴、牛仔领饰，外加一顶边缘翘起在西部灼热的太阳下光鲜坚挺的牛仔帽。这就是一种牛仔都市的标志和时尚。平时在办公室里厌倦了西装、领带、长裙的上班族，下班后，也喜欢牛仔一把，换上全套牛仔行头，摇着肩膀，蹭着皮靴跨进酒吧里去，要一瓶啤酒，听一晚吉他手吟唱的西部民谣。

这是个很牛仔的餐厅，屋顶和窗饰像艺术展览馆一样，陈列着美国西北部出色艺术家的作品，空气里流动的是一首上个世纪三十年代红极一时的西部歌曲《我想成为牛仔的心上人》。

美国的乡村音乐过去曾被叫做民间音乐、旧式音乐、山地音乐、乡村与西部歌曲等，目前流行于全世界。1930 年，乡村音乐加入了西部的味道。歌唱牛仔的如 Gene Autry 那时开始风行，他的经典歌曲是《Back in the Saddle Again 》和《Tumbling Tumbleweeds》；在德克萨斯州，颇具创新的 Bob Wills 参与创作了一种时尚的崭新的舞曲叫做"西部摇摆" （wersten swing），他的代表歌曲有《San Antonio Rose》、《Smoke on the Water》。而 Patsy Montana 则以一曲《我想成为牛仔的心上人》（I Want To Be a Cowboy's Sweetheart）红透半边天。随着有声电影出现，西部影片日趋没落，后来出现了会唱歌的牛仔，牛仔歌曲轻而易举地大获成功，牛仔服装成为乡村音乐表演中的标准着装，乡村民歌后被改称为乡村与西部音乐。

晕黄的灯光，多情的西部乐曲，到处弥漫着舒适的旧日情调。安静靠墙的双人座儿，一株高大的仙人掌把其他的人影和人声都挡在两个人的世界外面去。出事以来，叶桑从来没有像此刻这么开心过。晚上她化了淡妆，细细的眼线使秀气的眼睛更加明亮，唇膏涂得很讲究，唇形饱满、色彩柔和，她的气色看上去非常之好，加上喜色，一双水亮的眸子盈盈如歌，流转之间处处是风情。

餐桌是颇有年头的原木制作，光滑的现代感中透着古朴。与仙人掌同色的桌巾、餐巾，以及同色系的绿色玻璃器皿仿佛让人置身于美丽的仙人掌园。桌上的几道主菜都是墨西哥食品。用玉米、碎肉、胡椒一起烹饪的"特玛里"最显眼，它的味道甜中带辣，不熟悉的人吞噬太快常常会被呛到；还有菜豆与黑豆都已经被调好了味道，只要用玉蜀黍饼把它们舀起来就可以生吃……这些墨西哥菜，在德州、新墨西哥州、亚历山大州是美食中的主流。

远处舞台上抱着吉他弹唱的四个男士很投入，但并不喧闹，容貌娇好的年轻舞娘踩着节奏分明的音乐轻快踢踏。她们四个不时撩起色彩鲜艳的宽大圆裙旋转，在灯光下，层层叠叠的裙摆翻飞如一个个绚丽的漩涡。有些薄醉的顾客们忍不住从座位上站起来，就在座椅之间的方寸之地快乐地摇摆扭动。

叶桑隔着高脚酒杯向大卫倾过身去："我们有证人了，你相信吗？这是真的。玛丽愿意作证，纳尔逊夫人手术那天早晨用过毒品。我们胜利在望。"叶桑说着便伸出手，握住大卫的手，使劲摇晃。

随后，她从自己的手提包里取出一张小纸条放在大卫面前，说："这是珍娜的心理医生的电话号码，必要时我们可以去她那里找线索，就说是安德森医生介绍的。"

看看大卫若有所思，她又说："大卫，我觉得安德森医生知道的内情肯定比我们想象的多。不明白他在顾虑什么，他是知道珍娜吸毒的。"

一下子获得了这么多信息，叶桑快乐得说个不停。但她也注意到大卫似乎没有自己想象的那样雀跃，她不明白为什么，大卫不如自己这般兴奋和快乐，反而比平时更加少言寡语，只是怔怔地注视着自己。

"大卫，你说，安德森医生手里会不会有我们需要的证据？"叶桑注视着大卫，希望他来回答这个问题。大卫还是不响，自顾喝着冰水。

大卫没有作声，他心里在琢磨着还有谁可以提供关于毒品贩子的消息。当然，他第一个想到的人就是库克，《达拉斯晨报》的资深记者库克。但是刚对库克提出此事，库克已经受牵连遭到威胁，不得不离开达拉斯。还有谁呢？谁可以提供有力的证据？

大卫没有作声，还因为他非常不习惯在这种情调和气氛中谈论案情。他希望今天晚上只有他和叶桑两个，就他们俩，没有纳尔逊夫人、没有玛丽、没有官司、也没有库克、更不去考虑官司的输赢。可事实上却不可能。

"我感觉安德森医生有秘密瞒着我们，他们俩的关系那么密切……他却要我们自己去找心理医生，万一心理医生也不给呢？这不公平，我觉得他太祖护珍娜了。可是珍娜已经不在了啊，那些证据对她不会再有什么影响，但他是知道的，这对我来说是多么重要。"叶桑的失落感明显地写在脸上。

"人去了，情谊还在。也许这些证据和安德森医生自己也有关系，拿出来的话，会彻底毁掉他的名誉和事业。有些事勉强不来，如果他不愿意的话。我们得靠我们自己来努力。"

"你知道吗？我真希望自己从来就没有过珍娜这个病人，如果安德森医生不把她介绍给我，我就不会有这种麻烦了。"

"可你不能改变事实，对吧？桑妮。事情已经发生了。不是么？好了，咱们先不谈这些，来点龙舌兰酒吧，桑妮，最近你太紧张了，需要放松一下，现在我们暂时不谈官司的事，好么？第一次看到如此快乐的你，我不希望有任何东西破坏了你的情绪。"大卫轻松地微笑着，但也掩藏不住心事重重。

"很抱歉，这只能怪你，你是律师，所以总是有不好的事情发生了才来找你。以前的我几乎每天都是这么自信而快乐的。"叶桑愉快地说笑，看大卫又要斟酒，她忙制止。

"好了，好了，不能再多了，我的酒量很浅……拿手术刀的医生最忌喝酒，酒精会破坏神经的敏感性，久而久之对肌肉的控制力就差了，手抖拿不好手术刀，尤其像整形外科这样精细的手术。"

"虽然这是一种墨西哥烈酒，但喝一点点没有关系的，最近你又不用上手术台。来吧，微醺的感觉很好。"大卫也给自己满上，两人干杯。

边饮酒边聊天儿，不觉几个小时飞逝，周围的桌子都空了。大卫掏出钱包要结账，叶桑拦住了他，笑眯眯地说："我来，这次我请客。"

大卫沉吟片刻就笑了，说，"好。这餐饭你请我，就算你交了第一笔律师费，一旦你付了费，我就是你的律师了，我们两个人，律师和委托人的关系今晚就这么确定下来了。"

叶桑听了嘻嘻直笑，没有说什么。

　　两个人结完账出来，在旋转门边，叶桑身子一晃，大卫连忙靠近，自然而礼貌地轻轻托住她的腰。

　　出了餐馆，外面的夜色已经很浓。叶桑用手背轻轻探一下面颊，感觉烫手，她笑了，说："大卫，我真的喝醉了，脸这么热。"

　　"你的脸很热吗？我瞧瞧。"大卫作势要伏下头，用自己的脸去贴叶桑的。叶桑笑着躲开，又一晃，差点儿跌倒。大卫赶紧揽住她的腰，她感到他的手臂和他的目光一样，完全透露了想保护她的心意。他们两人心里都十分清楚，彼此之间流露出来的关切和温情，已经明显超出了一名律师和客户的情感界限，只不过他们都不愿承认罢了。

　　"你是有点醉意了，到我那里喝点咖啡吧，酒劲很快会过去的。"大卫想等叶桑的酒劲退去以后谈点正事。时间紧迫，情势严峻，他的当事人需要很快进入状态。

　　"又到周末了吗？明天你不上班？这日子我过糊涂了。"叶桑觉得自己的眼皮直往下掉，朦胧的睡意漫上来，好久没有睡个饱觉了，官司的事烦人。

　　"不是周末，但我明天没其他的安排。"大卫稍稍用了点力气，叶桑就靠在他的怀里了。他低头嗅到她头发中散发出果香的洗发液气味，再探下去一点，便是诱人的体香。大卫冲动地想深深地吻一下怀里的女人，可他忍住了，现在还不是时候，不能坏了大事。

47

大卫的家比想象的干净，井井有条。当律师嘛，要是屋里
乱成一团，那么就不可能会是一个条理分明、严谨、成功的律
师了，叶桑带着醉意这么想着四处走动。大卫手脚利索地跟着
开灯、随手收拾不够整洁的地方。

这也是两室一厅的格局，房间门都开着，一间是卧室，床
上被子凌乱，还是早晨起床时的现场。看来律师也有偷懒的时
候。另一间是书房，一张巨大的书桌，上面山一样摞着各种文
件；高高的书架贴着三面墙耸立，多是和法律有关的书，精装
的居多。书架的中间那层摆满大大小小的镜框，那些是大卫不
同时期的 10 多帧照片，有和父母的合影，也有和同学老师们
的，很温馨。照片中的大卫总是一本正经、不苟言笑的样子。
其中有一张特别吸引人，那是大卫作为学校橄榄球队队员的照
片，威武极了，难怪他看上去就像个运动员。瞧了一会儿，叶
桑感觉灯光晃眼，搓搓眼皮走回客厅。

大卫在厨房里煮咖啡，抽空还顺手洗洗碗槽里的杯盘。简
洁的料理台上一字排开的小家电有：果汁机、搅拌器、微波
炉、磨咖啡机、咖啡炉。虽然单身，生活却不马虎啊，叶桑不

禁对大卫敬佩起来，相比之下，自己的单身生活倒过得简单、潦草。

显然，叶桑的到来令他兴奋又措手不及。他不时探出头来关照一下叶桑，有一搭没一搭地和她说话，他看出来她是醉了，没想到真的这么量浅，一杯都不到呢。不过，这样的薄醉使叶桑摆脱了长期职业训练出来的冷峻，显露出女性温柔、慵懒、娇媚的一面。

咖啡煮好端出来，大卫发现叶桑已经在沙发上睡着了。可怜的女孩！大卫一阵心痛，到卧室抱出一条毛毯轻轻盖在她身上。大卫把客厅里的灯光调暗，自己回到书房开始为叶桑的辩护做必要的案头准备工作。

大卫接到了州里听证会的传票了。看来市长已经提出投诉。同时，他也收到来自自己律师事务所头子的警告，他说希望大卫不要插手这个案子，否则后果自负。

后果会是什么？大卫不免思忖。他预感到市长或市长的幕僚给律师界施加压力了。但不管是什么后果，他都不会对叶桑见死不救。

"你是个前途无量的律师，年轻有为，大家都看好你。为什么要这样固执呢？"律师事务所的头子不解地问。

那天下班后，他约了大卫在酒吧里见面，在僻静的角落里，他把董事会的这个决定转告大卫。

"我知道，你在读书时就参与编辑《耶鲁法学杂志》（Yale Law Journal），成为一名成功的律师应该是你的愿望吧？这些年，你的才能和努力大家都看到了，有好的机会，你也总是第一人选。你应该了解我们对你的期望。"

天下的律师事务所都一样，你按他们的规定办事，那么一定回报丰厚，名气见长，一旦有冲突又不服从，还犯忌，那么开路走人的几率就很大。大卫望着眼前自己的老板，不是没有犹豫过，他心里清楚自己将来的路。德州有 2、3 个年事已高，接近 70 岁退休年龄的法官，他们将来空缺的位置需要有人来填补。老板是德州议员，他可以在州长面前提名大卫。虽然法官的薪水远不如律师事务所的待遇，但那个职位所代表的名望和成就，远非民间律师所能相提并论的。虽然大卫眼下还没有那种迫切的期待，但他也明白，如果将来要出人头地，就必须处理好与议员、州长、以及其间相关人物千丝万缕的关系。但问题是，叶桑在他心里的位置已经不是普通的委托人了，他不能按常规的逻辑来思考和抉择。

作为律师，大卫也希望自己没有律师事务所的约束，可以尽情地驰骋在司法疆场。当年刚出道的市长不也是这样不畏权势、雷厉风行的吗？这个年轻的律师，他心中自由的律师应该是，昨天可以为银行大亨、富商、政客辩护，今天也可以为无权无势的平民、穷极潦倒的流浪汉出头。他相信，一般情况下，美国任何一个检察官都应该是秉公办事的。然而，他也明白，无论是原告或者被告，只要有钱有势，一切又不同了。

"你已经接近功成名就，不久前还上了《法律评论》（Law Review）排行榜，多少人梦寐以求的殊荣。这些你都不珍惜、不考虑了吗？"

"对不起！我想我有自己的考量和取舍……"大卫依然不肯退一步。

"你是不是爱上你的当事人了？"

"是。"

"我最担心的事果然发生了。"

年纪可以做大卫父亲的律师事务所负责人，兄弟一样狠狠捶了一下人卫的肩膀，居然笑了，说："不错，有时候真爱比什么都难遇到。或许你的选择是对的。老弟，你可要好好抓住有力证据哦。赢了官司，你肯定也赢了那个女人的心。"

"我明白。"大卫也笑了,心下想,官司的输赢倒在其次,现在他已经决定了,无论如何都要得到叶桑,哪怕她不能再当医生,他都要给她最好的生活。

接下去他们俩不再提起任何有关案子的事,两个人单纯喝酒、谈笑、取乐,直到酒吧打烊。

这位律师事务所负责人、也是最大的股东,无论是人品、法律素养、做事的效率,都让大卫折服,在他的手下做事很稳当,也很有成就感,唯一让大卫觉得不是太合理的是,他让好几个无意中犯错,而十分有才华的年轻律师走路。他可不是一个喜欢宽待手下的老板。

把头埋在一堆文字资料中了,大卫的耳朵却在捕捉外面女性熟睡以后轻柔、匀称的呼吸声。他几乎无法像往常那样专心地工作,时间在一分一秒地飞逝,他什么事都没有做。在和叶桑越来越多的交流中,他意识到自己和她在情感上的变化,他不否认,自己深陷在一种亲昵的感觉中,这对律师和当事人来说都不是一件好事,这种情感暗藏着某种危机。他记得在法学院上审判课时,教授对他们说过:千万不要把私人的感情带到案子里,尤其是对当事人掺杂了个人情感,那就很可能会失去理智,失去客观的分析力和判断力,以及必要的警觉性。大卫心里很清楚,如果他控制不了自己的感情,他的感情将可能影响到他对案子的判断,那么,他知道自己只有一条路走:把案子转给其他更适合的律师来处理。

对于证人来说,律师在法庭上最难防的就是自己的当事人捅娄子。这些没有法庭经验的当事人,他们往往会在你步步为营、胜利在望时,给你个措手不及的败笔,让对方握住把柄轻而易举地占上风。所以,即使对你自己的当事人和证人,也要像对待敌方的一样严谨、警惕,质疑每一句话、每一个细节。对叶桑和叶桑提供的证人玛丽,他都要细心核实佐证。包括决定听证会的 3 名州职业医疗行为委员会的成员人选。

美国法律规定，听证会的 3 名成员两名必须是专业人士，一个内科，一个外科。这两个成员得从 127 名州委员会专业成员中挑选。第三位委员的职业则不能与医学领域有关，从 29 名非医学专业成员中选择。可是，这个非医学专业成员一般都是经过州长直接任命，州长多把这种机会分配给那些政治上的同盟者或赞助者，这是一个没有什么实质性工作的头衔，一种荣誉。

州长手里的这张牌怎么打，大卫没有把握能左右他的取舍。但医学专业人士方面，大卫决定全力以赴。安德森医生属于外科医生，应该是十分理想的听证会成员之一。另一个成员必须是内科医生。大卫心里理想的人选是盖奇医生。

盖奇医生在美国南方是个传奇人物，享有相当的盛誉。他把当初小小诊所发展成一家规模巨大的医院，医院设备齐全，病房装修分 3 挡，适合各个社会阶层的患者，极受欢迎，业务蒸蒸日上。盖奇医生摇身一变也成为令人瞩目的企业管理英才，同时他还成立了盖奇医务管理协会。这是个由医生们组成的团体，而这个团体有权对医生做出的诊断展开调查。眼下，盖奇医务管理中心正在争取州政府的许可，好将其他小型的医务管理组织一起合并。如果合并成功，盖奇的股值可就要飙长了。但也有传言，美国国家保险公司也正打相同的主意，弄不好，连盖奇自己都有可能成为被吞并的目标。

大卫估摸，如果盖奇医生想扩大自己在医学界的影响，他应该不会拒绝为医生做事，乐于为听证会效劳。况且，大卫自己刚出道时曾经为盖奇医院成功审理过一个医疗纠纷案，也算为这个企业管理英才出过力。

48

叶桑曾经答应大卫，来法庭听他为他的当事人辩护。这是增长法律知识和庭上经验的好机会。在有意无意错过了几次以后她终于来了。

大卫说，什么都可以熟能生巧，包括法庭上的各种程序和技巧。医生在执业以前为什么要经过见习和当住院医生的训练？无非就是在各种病例中学到经验。大卫曾经在他的住处模拟法庭给叶桑讲解和演绎。他一会儿当原告律师，一会儿当辩护律师。无论充当什么角色，他都同样犀利，甚至咄咄逼人。不得不承认，大卫的确如他自己所言，在法庭上，他是个好导演、好演员。

在大卫扮演的"原告律师"严厉盘问之下，叶桑委屈地哭了。她说，大卫，我恨你！你把我当成杀人越货、谎话连篇的那路坏人了。我受不了，我不干了。大卫听后没有心软，他知道这时候一定要磨练她的意志力和心理素质。一定得逼她坚强，逼她面对现实。法庭上的战斗是心理战，她需要强化心理训练，将来才能应对任何不利的场面。大卫告诫自己，不能心疼她，绝对不能心疼她，一定要她进入角色。哪怕以后用一百倍的爱和体贴来补偿她。现在，也要逼她。

　　法院大楼从外观上看有点像剧院，仿古的大门和窗户都颇讲究。但整个建筑物给人沉闷压抑的感觉。也许是自己心情沉重吧，看所有的东西都轻快不起来。叶桑这么想着，把目光投向拱形屋脊上白色与灰色的鸽子。它们无忧无虑、自由自在、旁若无人地叽叽咕咕奔跑、追逐，成群结队地起落觅食。

　　位于第4层的法庭，有点像自己当学生时熟悉的梯形教室。只是四壁和屋顶都镶了暗色的硬木，透着庄严。从天花板上垂下来的吊灯也是仿古的，黑铁架子沉重得叫人担心它们随时都有掉下来的危险。叶桑开始不安起来了。她在听众席粗实笨重的长条板凳上轻轻坐下。听众席的最前面竖着高高的木栏，将这边的听众区和那边的审判区隔开来。坐在这排木栏后面，给人的感觉是置身于赛马场或者角斗场，木栏把所有场内混战的危险都挡住了。

　　听众席的正对面，便是法官的审判台。虽然法官尚未到场，那个台子不过是块木头疙瘩，但是，叶桑忽然有种不敢正视的心虚。那台子高大结实，台身褐色，台面被磨得发亮。叶桑心下想，不知有多少案子在这个台子上决定了胜负生死。远远望着审判台，仿佛那是一堵攻不破、溅满血泪、无情的老城墙。

　　审判台后面的墙上，是正义女神的标志。正义女神的左手拿着象征平等权利的秤，右手握着象征法律威严的利剑。审判台的左面还有两排木制板凳，前边也设了高高的护栏，这就是陪审团的座位。像戏院里的包厢。陪审团的座席下边有个小讲台似的斜面方桌，那是给检察官预备的。当然，如果律师们要对听众和陪审员发表煽动性的演说，也可以用这个讲台。

　　叶桑边观察四周环境和摆设，边回忆大卫对她的详尽描述，一一对号入座。这时候，听众席上的位置慢慢被填满了，估摸开庭的时间近了。听众席护栏下面有两排长桌，大约相距5、6码，桌子后面是窄窄的板凳。据大卫说，那里是留给原告、被告和双方律师的。眼下那两条长板凳上也有人落座了。叶桑的目光在那里久久徘徊，她在心里问自己，以后我就坐在那里吗？想着想着打了一个寒战，不觉得腿都软了，赶忙把目光移开。

可是没多久，叶桑还是忍不住再次把目光往长桌那边扫描，只是尽量装着漫不经心。从左到右，从右到左，扫过几张没有表情的脸，忽然叶桑遭遇两束寒光，不由得心头紧缩。叶桑并非不习惯正视陌生人的目光，此刻却逼着自己不能躲避。几秒钟后，那两束倔强、较量的目光终于先移开了。两束目光的主人有一张挺英俊的脸，青色的光头，淡蓝色竖条纹衬衣下，可以看出非常健壮年轻男性的身架子。他就是这个凶杀案的主角。

叶桑的视线越过主角，看到了坐在另一张长桌后面的检察官。他是个高瘦严肃男人，狭长的脸上架着小圆镜片眼镜。虽然不算难看，可那张脸无论怎么看都不讨人喜欢。他是这里很多人的克星，他的工作就是使人成为被告。在被告中，有的有罪，有的却是清白的。为什么在美国死刑一直是个争议的问题，曾经取消，后又恢复，其中很重要的原因是希望给罪人悔过自新的机会。有些被陪审员定罪，被法官判刑的人，若干年后才被发现，竟然是冤案。

医生的手术刀下有冤魂。正义女神的利剑之下，同样也有冤魂。

以叶桑眼下的心境自然对检察官排斥。她心里琢磨，那个被告认为自己有罪吗？为什么目光如此锐利、冰冷？叶桑想从那两束目光中再多读出一些讯息来。可这次她没有成功，他已经低下头，顺服地倾听着他的辩护律师在他耳边说着什么。

这个凶杀案主角的辩护律师正是王大卫。

大卫今天穿着一套拉尔夫·劳伦牌子的深灰色西装，打着同色系的斜纹领带。头发整齐，两腮的胡子刚刚被刮去，留下青青的一片。他的脸上没有特殊的表情，但专注、自信的神情给人一种安全感。他是这样智慧、可靠、有力。叶桑的心里顿时生起一股暖潮。她想，不管前面等待她的是什么样的命运，即使原来的世界不存在了，有他在身边，自己就能好好活下去。这个时刻，她觉得自己是多么需要这样的一个男人。

10 点整，陪审员出来了，三男二女，入座。接着，法官一身黑袍从法官席后面的小门里走出来。接下去的你来我往，唇枪舌剑把叶桑看糊涂了，吓出一身冷汗。她只记得先是检察官发言，做报告似地滔滔不绝、抑扬顿挫。叶桑只听清他最后几句话："女士们、先生们，今天需要你们做出公正的裁决，这是一件人命案子。一个美国公民就这么被轻易地杀害了，一个活生生的人在这个世界上消失了。而这个凶手，却一直逍遥法外。今天，对他进行审判的日子到了。法律需要通过你们之手来伸张正义。我们要让民众懂得，不管是什么人，不管出于什么动机，对人类生命的无端残害是绝对不能容忍的。"

叶桑开始头昏眼花耳鸣，接下去的法庭辩论她已经无心再听下去，指控者对质，交叉盘问……只见律师、法官、证人轮番交战、轰炸……她想立刻逃出这个地方。

刀锋下的盲点

49

法庭上真枪实弹是经验的来源，从美国的电影里也同样可以领略到美国司法的大概。大卫曾经租了几部美国官司的经典片子和她一起看，边看边解释那些只有内行人才看得破的一招一式。

影片《黑暗里的哭泣》（A Cry in the Dark），看得她心惊肉跳、泪流满面。她一直喜欢被影评人誉为"一代只出一个"的影坛常青树的女演员梅丽尔·斯特里普。梅丽尔演一个澳大利亚妇女琳迪在参加野营的时候，出生不满 10 个月的女儿被澳洲野狗叼走，她被指控谋杀并判了终身监禁，虽然最后终获平反昭雪，但已经是在服刑 3 年半以后。女主人公被释放的理由是当局对她的怜悯，而实际上是在宣判之后经法医测试，对于检方所出示的一系列证据提出强烈的质疑。

影片中，贝克尔检察官在法庭上展示血迹斑斑的小睡衣的镜头，叶桑还历历在目。令她震惊的是，贝克尔检察官在没有目击证人、没有女婴尸体、甚至无法说出那位母亲琳迪犯罪动机的情形下，只靠各路司法界专家们的证词就把这场官司撑起来，还像模像样地审判了。就是因为他们在血迹斑斑的小睡衣上没有发现野狗的唾液。琳迪的证词里解释，她看到一只野狗晃着脑袋从他们的帐篷里钻出来，但不能确定孩子肯定是让野狗给叼走了。她还说孩子的睡衣外面罩了一件小外套，所以睡衣就有可能没有野狗的唾液。但由于一直没有找到这件小外套，琳迪只好去服刑。后来，当地的搜索队在寻找一位失足跌落的攀岩者时，意外地发现了这个最关键的证物——死去女婴的小外套。琳迪和她的丈夫终于被法官重判无罪，可那已经是小女婴死后的第8个年头了。

"你知道为什么陪审团会误判吗？"大卫问叶桑。

叶桑摇头，但她马上发感慨："我怎么只觉得那些检察官、法界专家、法官都是一丘之貉？陪审团没大脑，琳迪只好受冤屈。"

大卫说，你说得很对。检察官贝克尔四处招来的专家们，把可怜的陪审员们弄得晕头转向了。所以，有些法官会对容易受蒙蔽的陪审员们事先发出警告："并非专家的话都无懈可击，他们也可能把地球说成是扁的、宇宙是方的、或者天地不过是两条平行线……"但大多数法官缺乏这个基本概念，甚至他们自己都被检察官或律师们绕晕了。事实上，法官们甚至比陪审员更迷信所谓的"专家意见"。但这个片子里，许多条控方列举的"专家证词"都被辩护律师成功地瓦解了。譬如，三位"动物学家"一度坚持认为，除非下颚撕裂，否则一只野狗的嘴根本不可能衔住婴儿的脑袋把她叼走。直到辩护律师给他们看一张野狗咬着同样大小洋娃娃头部的照片时，这三位先生立刻改变了学术立场。所以说……

"所以说，掌握有力证据是最最关键的。"叶桑没等大卫说完就接下去了。

大卫笑着望着她。眼里有一种亲昵的欣赏。

"你知道吗？在听取证人出庭作证的当天，真正为这个案

213

子的判决定下'有罪'基调的是谁吗？"大卫不慌不忙地接着提问。

"检察官？"叶桑很快回答。

"不，就是被告琳迪本人，她自己在法庭上的言谈举止。"

"啊？为什么？"叶桑吃惊地张大了嘴巴。

"你在看片子的时候有没有发现，被告琳迪坐在证人席上，陈述事情发生的来龙去脉时过分冷静？当她说到失去小女婴时并没有像大多数母亲那样悲伤得痛哭流涕；也没有在陪审团面前低声下气，做出令人堪怜的哀绝凄婉的姿态。恰恰相反，她在回答检察官贝克尔的提问时，表现出倔强、顽抗的一面；而在描述自己女儿身上伤口时的语气又过于冷静、理智，像个外科大夫，甚至法医。陪审员对这样冷血的母亲是最反感的。而且，他们很可能就把这种个人的情感因素，掺入到对证据评估的判断之中。他们很有理由认为，正是这样冷酷、狠毒的女人，最有可能亲手杀害了自己 10 个月的小女婴。"

大卫见叶桑不响了，就进一步开导她："这就是为什么纳尔逊市长要在电视上做那个专访，他在争取市民们的同情，你也知道，陪审员都来自这些市民，虽然法官在挑选陪审员时，排除有明显倾向性的，但人总有情感，没有受过专业训练的人，掺入判断的情感成分只会更多。同样，这也就是为什么我阻止你去和市长对抗，反对你在媒体上曝光。对当事人来说，辩护律师总喜欢告诉他们：沉默是金。"

50

虽然那天玛丽答应了叶桑出庭作证，但叶桑也看出玛丽的胆怯和犹豫，她想和玛丽再聊聊，加深情谊，必要时她才愿意站在法庭上为她做个重要的证人。在那之前，她还要替大卫约见玛丽。大卫告诉她，他必须和玛丽就证词一事做个深谈，否则他无法确定玛丽是否可以出庭作证。

在约玛丽一起午餐之后的第三天，叶桑已经联系不到玛丽了。她按图索骥试图从玛丽留给她的地址找到玛丽的住处。这一带是达拉斯南边低收入家庭的住宅区，街道两旁低矮的平房，失修的草坪和马路上衣冠不整、成群结队嬉闹的孩子们都让叶桑有一种心虚和恐惧，在电影里常常看到，在这样的街道上可以发生各种暴力事件，包括毒贩彼此之间的枪击案。

年久失修的公寓，敲门进去，没有见到玛丽。一位壮硕的黑人妇女正在厨房忙碌，自称是玛丽的房东太太，说话有明显的南方口音。她看上去年纪在 50 到 55 岁之间，嘴角衔着一支烧了一半的劣质香烟，头上的卷发器还没有取下来，湿漉漉的一双手正在做奶油鸡，洋葱、芹菜以及混合的调味料，被这双肥胖的手毫不留情地一把把塞入鸡的肚子里去。放眼望去，厨房里的家具廉价而破旧，墙根全是裂缝，还有不少烟灰和泥巴的痕迹，整面墙就像一块被丢弃的、肮脏的舞台布景。倒是房东太太满脸油亮，一身睡衣簇新、鲜艳，像个客串女主角滑稽的女佣。

叶桑对房东太太这样的黑人妇女并不陌生，在外科做住院医生的时候就有过不少这样的病人：肥胖，喜吃油腻食品，40、50岁的光景，反复胆囊炎、胆石症发作需要手术取石，或者切除胆囊。她们很小的时候就开始学会抽烟，50多岁吸烟史可以长达近40年；很少完成12年的义务教育，刚刚发育不久便怀孕生子，几个孩子分别属于不同的父亲，而他们却没有要娶她的意思，或者婚后很快又离婚，半生靠着一笔收入不错的救济金悠闲地养育几个孩子。也许她们并不满足于做这样的单亲母亲，她们也企盼着有一个有责任心、能扛得起家的男人相伴一生，可惜一路行来虽有各种尝试却一一失败，当年华老去以后，也就失去了那份期待，变得认命而豁达起来。这位房东太太有自己的房子，尽管这样的房子很廉价，但还能收到房客的租金应该算是有不错的营生了。

玛丽的房东太太告诉叶桑他们刚刚搬走，非常匆忙，房间都来不及打扫干净。说话时，她嘴里的烟头不停地抖动，上面的灰烬纷纷散落下来，像胡椒粉那样洒在鸡的肚子上，她却丝毫不在意。

"他们？"叶桑问女房东那个男的是不是有6尺多身高、黑脸膛、长头发、朋克打扮……

"不是他还有谁？"没等叶桑说完女房东就翻个白眼，语气很是不满。大概她对这样不负责任的房客厌恶透顶："你知道，我不是一个好打听房客私事的房东太太……也许以后我真要多打听一些，省得被房客当傻瓜。"

"我可不可以进他们的房间看看？"叶桑小心翼翼地问，女房东看上去不太友善。

"你是他们的朋友？"女房东斜了叶桑一眼。

"……是。"

"如果你能顺手把房间打扫干净的话，我同意。"

"没问题。"叶桑没想到得来全不费功夫。

叶桑深深吸一口气，从女房东手里接过扫把，借清扫房间仔细寻找蛛丝马迹。

这一房一厅相当狭小、简陋，正对门口的卧室墙上，色彩沉闷的墙纸已经一片片剥脱，由于褪色，并被烟熏过，几乎看不清上面的底色，就连图案也是模模糊糊的一片潦草。另两面墙上凌乱地贴着从杂志上剪下来的色情明显的图片。床前小小的梳妆台上什么也没有，抽屉都敞开着，也是空空如洗。再低头瞧瞧，床上和地下被他们丢弃的衣物也差不多都是垃圾。玛丽跟随市长夫人多年，按理说不应该是这样的经济处境，唯一的解释是吸毒的开销太大，再多的收入都填不了这个无底洞。

忙了一个多小时，从卧室到客厅都焕然一新。女房东的脸上挂着笑意，叶桑却失望而归。除了找到几支用过的注射器，和一张丢弃在地板上的什么酒吧的名片，没有什么有价值的发现。

51

外科主任来自中东，从前是叶桑的带教，现在是马克的上级。他们正在手术台上忙碌，一个乳腺癌切除手术。

马克跟随中东主任经年，从中东主任那里学到最可贵的医生素质便是：从不放弃。甚至病人看起来已经是晚期，毫无希望了，他依然不轻言放弃，总是尽最大的努力，使病人有起色。

美国女性需要手术切除的癌症里，乳腺癌占第一位。一般乳腺癌患者做了手术之后，接着放疗或化疗，体力恢复之后就考虑做乳房重建手术了。需要做乳房重建手术的病人，自然就推荐给整形外科的医生。他们这所医院在达拉斯东边，规模不大，没有整形外科，有此类病人，他们一般都推荐给达拉斯市立医院。而远近最著名的整形外科医生便是安德森医生。

当地有一位著名的钢琴家，在酒店里弹钢琴，十多年前也是中东主任给做的乳腺癌切除术，后来又由安德森医生做了乳房重建，效果很好，钢琴家非常满意。出于由衷的感激，每年总要邀请这两位救命恩人来酒店休假一周，为他们演奏钢琴名曲，陪他们喝酒聊天儿。

马克与中东主任因病人需要乳房重建而谈起了市长夫人手术意外的案子。

马克问中东主任，最近有没有关于这个案子的最新消息。医院首脑们开会，案子有什么进展，作为普通外科的头目，中东主任一定是知道的。

中东主任说，是好消息也是坏消息。

马克又问，怎么说好消息与坏消息。

中东主任回答，对市立医院和医生来说，因祸得福。可是，对叶医生来说，恐怕难有翻身机会了……可惜啊，这么多年的辛苦训练，就这么给毁了。

在外科这个圈子里，女人要出头真的太难了，更何况一个东方面孔、纤小的柔弱女子。

中东主任一边小心剥离乳腺周围的癌组织，一边说，你瞧瞧，我这么大块头，满脸胡子，看上去就是拿刀的好材料，但那几年是怎么走过来的？一句话，真不是人过的日子。你呢？你一张白人面孔容易得多吧？中东主任等着马克钳夹止血的当儿，不无调侃地问。

马可哼一声，你在开我玩笑吧？这几年我在你手下干活，不也是连跑带喘的跟牲口似地干活？如果我运气好，那也是您老人家高抬贵手了啊，马克也半认真半调侃地发牢骚。

不瞒你说，叶医生刚到我手下当住院医生的时候，可真老实，是我教她怎么 Fight back（反击）的，中东主任如是说。有一次遇到一个很疙瘩的胃癌病人，广泛转移，病人送走以后，我对叶医生详细解说手术的关键步骤，你知道，一个第一年的住院医生，遇到这样的病例，即使是做了助手，也不一定看得出来门道。正说得起劲，手术护士开始赶人。"你们能不能换个地方说话？"我给叶医生一个眼色，让她别理护士。你不厉害一点，护士都想支使你。要知道，这帮长得像天使的姑娘们，她们玩起医生来够呛，搞不好就耽误事，出人命。

有一次我们值夜班，急诊室送来车祸病人，我们准备洗手上台。一个护士靠近叶医生耳语，我没注意，一转眼人不见了，好半天才看见她满头大汗、急促喘息着跑来，把手里拎着的三个单位的血交给那个护士。我问她，病人都休克了，你不尽快洗手上台跑哪儿去了？她说护士告诉她，病人现在最需要的是输血，她手头忙，让她跑一趟血库。我忍不住训她，叶医生，你要知道，你是个医生，在病人流血快死的时候，你楼上楼下瞎跑什么？告诉你，这时候必须待在病人身边，其他事你要打发别人去做。明白吗？

唉，真不容易，一个什么也不懂的小丫头，训练成一把刀，说毁就毁了……不过，这次叶医生遇到的麻烦可不是一般的麻烦，换成别的人，同样不知道如何善终。中东主任最后说了这么一句，把纱布蒙在缝合得整整齐齐的手术刀口上。伸直脊背，重重地叹了口气。

手术结束的时候接近下班时间了，刚把病人送进病房，带血的手术衣还没换下，马克就给凯茜打电话。

午后，急诊室里有一小段安静的时间，凯茜向住院医生交代了几句，便上了2楼的妇科病房。她要去探望一位出色的女医生，一个曾经多次获奖，公认的好医生。可惜，眼下她正走向死亡。203房间住的就是这位垂危的卵巢肿瘤晚期患者、一个女大夫、急诊科中年女大夫。她年长凯茜10岁，同事了三年。中年女大夫极度虚弱，平躺在病床上，被单微微隆起。凯茜安静地立在她的床前，她没有任何知觉，呼吸微弱得几乎难以觉察。可是，凯茜知道她还活着。就在前几天她还对凯茜说，当医生真好。不管怎么说，她已经实现了自己儿时想当医生的梦想，这个世界上，忙忙碌碌的芸芸众生，能满意自己选择的职业，并终其一生都热爱无减的并不多。

见到奄奄一息的中年女大夫，凯茜有说不出的忧伤，这位女大夫结过一次婚，但没有孩子。由于工作太投入了，她最终没有保住自己的婚姻，也没有挽留住至今还爱着的男人。可她的男人说她只爱自己、爱自己的事业。也许男人是对的，但她也是对的。双方都忠实于自己的信念。凯茜敬重这位女同事，也希望能像她那样敬业、出色，但10年之后，自己会不会也步她的后尘呢？事业、家庭……凯茜的内心里，还是很期待好好嫁人，做个好妻子、好母亲，可对一个女人来说，既当好医生，又做好妻子、好母亲，这可能吗？一想到这儿，凯茜就烦躁不已。

没多久，住院医生一个电话把凯茜叫回到急诊室里，一个戴镣铐的女犯人血淋淋地躺在急救床上，床边和门口分别有警察守着。据说是女犯之间群殴，这个怀孕的女囚成了众矢之的。纠纷的原因大致是因为她有孕在身，受到一些特别的待遇，再加上年轻貌美，遭同狱人的嫉妒，日积月累，终于爆发了这场殴斗。孕妇的外伤倒不重，可是，腹中的胎儿却早产了，生在救护车上，不到8个月的妊期。麻烦的是，这个年轻的母亲是艾滋病毒携带者，所有被血液、羊水污染过的地方都必须严格消毒。

处理完产妇，两个警察靠前来询问了凯茜一些情况，又安静地退回到他们原先站立的地方。凯茜唤个男护士过来，交代了口头医嘱，男护士立刻把新生儿送往小儿科病房。凯茜回到急诊室自己的办公室里，对着录音笔讲述刚才这个病人的处理经过。

一接到马克的电话，她的脸就白了。好不容易捱到接班医生来，凯茜匆匆把录音笔交给护士去打字，自己赶紧回住处找叶桑商量对策。

52

经过大半天的折腾，回到自己的寓所，天已经黑了。窗外是一片茫茫黑夜，以及被黑夜紧密笼罩着的同样疲惫不堪的城市。叶桑无力地瘫坐在客厅的沙发上，目光空洞而呆滞、无目的地投在对面的墙上。怎么办啊？所有的线索都断了。什么法律，明明是坑人的把戏！叶桑越想越是心灰意冷。脑子里一片空白，内心却有细细烧灼的无助和恐惧。

"桑妮，你怎么了？出了什么事？"向来处事不惊的急诊科大夫凯茜·派克，见面无血色的叶桑大惊失色。

"我没事。"叶桑垂下酸涩的眼皮，一串泪珠儿掉下来。

"哦，桑妮，别这样，还没有到世界的末日。我们会有办法的。你知道么？最近医院里的年轻医生都开始关注这个官司了，他们也明白，每个人都会有这种时候的，如果运气不好的话……我是说运气不好的话，而不是医术不好。他们都表示如果需要，他们会联名筹款的。你是我们中的一员，不该被抛弃。"

有人愿意拿出 300 万给市立医院购买保险的那家保险公司，两家的官司就此私了。医院、保险公司与市长终于可以摆脱了将面临的一场劳民伤财的对簿公堂。这个"商业性决定"已经传遍整个医院，医院上下皆大欢喜。凯茜自然是听说了，蒙在鼓里的是叶桑。叶桑将独自面对听证会的另一种审判。医生们都对她表示同情，当然，多数只是声援，真的愿意为叶桑出力的恐怕只有凯茜。

事到如今凯茜觉得不能再耽误了。她应该把市长、院方和保险公司三方达成的"商业性决定"告诉叶桑。

凯茜把关于官司大致的情况对叶桑说了。临了她问："桑妮，你那位中国律师答应了给你做辩护吗？"

"他说了他要当我的律师呀，可我一直没有付钱给他……我一直犹豫。"

"你真糊涂！"凯茜有些生气，"这么重要的事怎么可以这样？你没有付钱给他，他根本就不是你的律师。嘴巴上说说都靠不住，也不算数。法律需要程序，这是他们的行规。"

叶桑愣了半晌，突然说："有一次吃饭我付账，他说这就算付他第一笔律师费了。算不算啊？"

"当然算了。你付一块钱都算，只要你们两个人都承认这是付律师费。这样他对你就有法律责任了。"

"当时我还以为他在开玩笑呢。"叶桑有一种说不上来的有依靠的感觉在心底蔓延。

"但他也可以提出结束这种关系。"凯茜又说，"现在这种情况下很多律师事务所的律师都不敢接这类案子。即使当初答应了，事到如今变卦也不是不可能，你得盯紧点儿。如果他也不愿意了，你打算怎么办？要赶快找人啊。"

凯茜习惯在叶桑面前把大卫叫做"你那位中国律师"，叶桑不太明白为什么她这么称呼大卫，也许她习惯把华人都归成了一家？或许她们在说私房话时，凯茜已经认定大卫和自己感情非同寻常？

刀锋下的盲点

53

凯茜那一句"你那位中国律师",让叶桑顿时没有了主意。最近大卫和自己的确有意疏远了,她一直以为那是他们那行的禁忌:"律师不能和委托人太亲热。"她也理解,一名优秀的律师,服务于他的委托人时必须怀有同情心,但又不能过于亲密。关系太亲近了,律师便会丧失对委托人所持的客观态度,就会丧失对其描述的事实经过保持一种健康的怀疑主义精神的思考。如此一来,这名律师很可能无法称职地完成本职工作。

叶桑记得曾经看过几部类似的电影:《锯齿边缘》(Jagged Edge)里,律师陷入了委托人设下的浪漫陷阱,温柔乡里不知归;《大控诉》(The Music Box)里,女儿过于信赖她那位老纳粹父亲;《信》(The Letter)中,一味维护私人情谊,导致律师误入歧途;《帕拉丁案件》(The Paradine Case)中,律师完全相信他的委托人清白无辜。

还有一部影片叫《惊心诱惑》(Guilty As Sin),也是说律师和委托人关系的故事。一名非常成功的美丽的女律师,对一位被指控谋杀的男委托人既迷恋又憎恨,吃不准是要帮他无罪开释;还是让他罪有应得。结果,她一并实现了这两个愿望。

这位刑事辩护律师詹妮弗·海恩斯事业颇有建树，她的客户从黑白两道通吃的犯罪集团头子，到隐姓埋名双手沾满血污的冷血杀手。在一个为黑社会成员辩护，使之当场无罪释放的审判现场，她被人盯上了。这个人便是性感迷人的男性恶棍戴维·格林希尔，他对才貌双全的海恩斯产生了浓厚的兴趣。

格林希尔隔日拜访了海恩斯宽敞豪华的律师事务所，并把自己的故事告诉她。他说他被指控杀害了自己的妻子瑞塔，这纯属子虚乌有。虽然聪敏的海恩斯从他的言谈举止中，一眼就看出他是个极端自我的花花公子。但她宁愿相信这个英俊的男人清白无瑕，当即就同意为他出庭辩护。海恩斯这一点头，无异于引狼入室。格林希尔逐渐把手伸向她生活的每一个角落：为她买东西，跑腿办事，甚至拜访她的男朋友和家人。他想造成一个表象，让所有的人都认为他们的关系亲密。对于他的骚扰，她曾经试图拒绝过再担任他的辩护律师，她对他既迷恋又厌恶，却摆脱不掉。在一次交谈中，他无意中说起曾经杀害过其他的女性，海恩斯这才意识到眼前这个人是什么样的狠角色，她开始为自己的生命安全担忧了。

狡猾的格林希尔做了很多假证，包括妻子被杀那天不在现场的伪证，陪审团最终无法达成一致的意见，只得将格林希尔暂时开释。就在这天夜里，海恩斯的调查员摩伊向她汇报了多方收集到的格林希尔确凿犯罪证据。海恩斯终于鼓足勇气决定不惜泄露客户个人隐私，冒着被取消律师资格的代价，向警方递交这些调查材料。不料这当儿，早已隐伏在室内的格林希尔突然出现，恼羞成怒的他当场开枪打死了摩伊，并一把火烧掉了所有的证据。接着，他打算用他的拿手好戏对付海恩斯——将她从阳台推下去。在激烈的挣扎搏斗中，两人同时失足摔出去，跌下阳台。好在这会儿他没有故作姿态让女士优先，而是自己抢先跌下去摔个稀巴烂，海恩斯晚一步，刚好落在他的尸体上，侥幸保住了性命。

在看这部《惊心诱惑》的时候，叶桑紧张得手心出汗，心里一直在想，当律师未必就像罗斯所说的那样安全啊。律师和医生同样有名誉和生命的威胁与伤害；律师和医生同样需要为被服务那方保守秘密，可是，医生要保守的秘密单纯多了，不像律师，知道歹徒、毒贩、政客各式各样的隐私，但永远不能说：谁贿赂警察；谁威胁陪审员；谁的巨款是怎么来的；谁和谁姘居；某人的尸首被藏在什么地方……他们需要维护律师和当事人的特权。还有，医生在工作的时候心中是神圣的，是在救死扶伤，而不会像律师那样，在为有罪的当事人辩护时，心里要承担着正义与非正义的较量，良心与公正的压力。律师改行的也不少，万念俱灰自杀的也不罕见。此刻，叶桑甚至为老同事罗斯担忧，律师还有可能被自己心狠手辣、无恶不做的当事人谋杀。

当然，叶桑心里清楚，自己和大卫不可能是电影里委托人和律师的那几种关系，可她思忖，如果真是作为律师的职业需要，大卫因此拉开了和委托人的距离，那还好。可万一不是呢，而是不想蹚浑水，自己该怎么办？况且，即使大卫愿意帮自己的忙，他们的律师事务所也会给他施加压力。如果大卫面临被辞退，自己该不该让他再继续当自己的辩护律师？思前想后，依然不得要领。

54

大卫所在的那个律师事务所，曾经为一位叫苏珊的华裔女医生赢得了官司，辩护律师就是大卫。案子被炒得沸沸扬扬，在市民们中的知名度仅次于克林顿总统的绯闻。一波刚平另一波又起，这个案子结束不到半年，叶桑的案子又成了大众的舆论中心。

那个华裔女医生苏珊来自台湾，报纸上的图片档案照看起来十分年轻、纤细，眼里还有与年龄不相称的无邪和无知。她和叶桑的经历差不多，在美国通过艰难的笔试和口试，拿到医生执照，她当了内科住院医生。刚完成住院医生训练成为主治医生，同样很幸运地，她在一家私人诊所找到一份工作。

诊所的老板是个看上去颇为体面的中东人，虽然他没有美国的医生执照，但法律允许他出资开诊所。他让苏珊专门看病，为了让诊所多盈利，他雇了市场揽客开发各种病人来源，还申请了政府的医疗保险金来支付诊所的一切开销，包括他自己、员工和市场揽客的薪水。

诊所坐落在城市的北边，病人多来自于穷困的南边，很多人没有自己的汽车，为了让他们能顺利就诊，市场揽客要自己开车负责来回接送。可这些身无分文的病人又如何来支付这些医疗费用呢？原来精明的中东老板，看出美国医疗制度里仁慈的好处，替病人申请到政府给贫困公民的医疗补助。这些从政府获得的补助，就是他的收入。老板不是医生，但他可以用苏珊的医生执照号码去申请。

对于苏珊来说，刚出道就在高尚的白人区开业，生意红火。而她只负责看病，诊所的经营都不需要她操心，自己也庆幸遇到了得力的合作人。她专心业务，精益求精，仁心仁术得到病人的赞誉。诊所上下从老板到员工都当她是宝贝，她更是心无旁骛，埋头苦干，就这样把一天又一天的青春都耗在无穷无尽的忙碌中。一周 7 天，她每天和穷苦患者在一起，没有多余的精力和时间去约会，去享受这个年龄的女孩子应该享受的事：听音乐会、跳舞、吃烛光晚餐、和情人花前月下……

这么稳当而知足地过了一阵子，中东老板又教她生财妙计。他说因为他有其他的生意要照顾，不能再为诊所操心了。他提议苏珊自己做老板。再笨的人也明白当老板的好处，可以除去被中东老板挣去的那一大笔，以诊所目前的盈利情况，收入只能是越来越多。苏珊虽忠厚，但也不傻，她当然乐于接受这个建议。况且，如何申请政府的医疗保险金；如何开发病人来源；如何管账和经营都有专门的负责人，不需要她操心就可以收入加倍，自己还可以安心做个好医生。她只要加入私人投资，用钱生钱就好了。

于是，在所有美国和台湾的亲友之间一阵忙碌筹钱之后，诊所终于从中东老板那里盘过来了。苏珊接手诊所自己当老板以后生意更火了，她给市场掮客和员工的工资优厚，又从不拖欠，原来的员工不但没有因诊所的管理人员变化而跳槽，反而更死心塌地地为这个华裔医生效劳。不少其他诊所的市场掮客闻风跳槽过来，接着带来了更多数量的病人。

铜板有两面，好事常常变坏事。树大招风、病人太多，招惹同行眼红。病人多得无法照应，难免出现各种问题。这些病人多数是低收入的黑人、墨西哥人，远道而来，诊所里等得久了就在诊所外面的停车场吃热狗、汉堡，喧哗，甚至随地小便，严重破坏了白人区的优雅和整洁。邻居和周围的商家忍无可忍联名上告，结果惊动了警察，可怜的苏珊被铐着带走了，发财的美梦破碎，医生的尊严丧失，被搜查后的诊所像飓风扫过一般遍地狼藉，连美国护照也被缴了。原来他们怕她潜逃回台湾，所以在没有弄清事实真相之前先抓人关押。

第一代移民创业的艰辛常常是赔上了健康，移民美国近20年，寒窗苦读加上诊所卖命，苏珊早染上了严重的肾病，每天需要按时服药，否则全身浮肿。然而，她在夜间自己的寓所里被带走时，仓皇间只穿着睡衣，什么也来不及多带，包括救命的药。年迈的父母多方奔走，凑了120万美金才得以保释，暂且保住小命。多年的辛苦，顷刻之间散尽钱财，请律师的费用也像流水一样哗哗而去。可这位辩护律师却要故意把这场官司败给同僚。这是苏珊的母亲在法院等待提审消息时，亲耳所闻，估计他们没有料到这位华裔老太太如此警觉而用心地倾听所有的声音。两个检察官聊天中，无意中说到一定要让那个中国女医生败诉入狱，否则议员那里不好交代之类的话。并且其中一个检察官还被威胁将被远调，他说："到那个没有多少人烟的穷乡僻壤，我太太肯定要和我离婚。我们只能这么办了，把那个中国女医生送进监狱。"

苏珊的母亲听后大惊失色。自己的女儿原来变成了他们手上的这等筹码。

像苏珊这样的小医生，年轻、女性、弱小族裔、没有政治背景和经济实力的新移民，很容易沦为一些政客的政治工具。他们为了连任或其他目的，便采取牺牲小医生这样的案子，而换取大众的口碑，争取选票。

　　苏珊的父母实在不敢想象，苍白病弱的女儿再次被戴上手铐、脚镣关在狱中的情形，救女心切，但由于前一个律师狮子大开口，要去了大笔律师费，老两口再无力聘请高价律师。万般无奈，经人推荐，他们求到这家为华裔服务的律师事务所名下。结果说是由一位王姓华裔律师接手了苏珊的案子，他弹劾了法官，重新找有力证人证据，结果发现那个中东人虽然离开了诊所，依然在用苏珊的医生执照号码，向政府申请补助，诈骗巨额医疗保险金，更有甚者，中东人背后的犯罪集团也陆续曝光，他们才是真正需要伏罪的人。

　　结果自然是大快华裔人心。新法官是个善良公正的白人女性，她给苏珊定个无关痛痒的小罪，罚款两百美金。最让苏珊的老父母宽心的是，幸运的女儿连一天大牢也不用坐了。

　　苏珊案子的成功，曾经使叶桑心存侥幸，这个为华裔出头的律师事务所会有能力帮助她的。谁知命运似乎又想再一次抛弃她。

55

"凯茜……"这个消息对叶桑来说来得太突然了,她忍不住伏在凯茜的肩头失声恸哭。大卫从来没有对自己说过要放弃对她的辩护,而他一定是早就知道了这个商业勾当。如此说来,他是否已经做好了鸡蛋碰石头的准备?

"不!"叶桑心里喊:"这对大卫不公平,他自己的事业也才开始,没有必要为自己这个案子断送大好前程。"

"亲爱的,哭吧。你压抑得太久了。我们这是干什么?这么作践自己?不学其他女孩子早早嫁人,我们把多少青春美妙的时光花在病人身上,推迟结婚,推迟做母亲……到头来却是这样的报答。我们何苦来?"凯茜劝着劝着也悲从中来,和叶桑抱头痛哭。

凯茜的未婚夫马克,在一家医院当外科医生,远在城市的另一头,平时两人忙于工作难得见面,只有遇到两人都休息的那天,才是小两口子的幸福日子。凯茜自己是急诊科医生,工作强度大,精神紧张,病人状告医生的事常常发生。最近就有两例病人家属起诉急诊科医生,凯茜被传去当证人,在法庭那种气氛中,即使自己不是当事人,都极受折磨,以致夜深人静的时候，几次三番叩问自己的内心，究竟值得不值得？值得不值得在医生这个行业受这份罪？这次是叶桑运气不好，下一次很难说坏运气就不会落到她自己头上。同在一条船上生死相依的感觉此刻格外强烈，凯茜对未来的担忧也随之而来。因此她非常同情叶桑，最近，叶桑在隔壁屋里辗转反侧，她也陪着彻夜未眠。

每一个怀着梦想的华人医生，都经历了熬到开诊所的那段艰苦历程。暂且不论那些在美国经过普通大学本科 4 年的学习，再就读四年医学院的本土或半本土学生。来自美国以外的医生，尤其是来自中国这样的国家，英语不是官方语言，来美之后往往要先选修部分医学课程，苦攻英语。他们中间，有的人来美国前就已经联系了医院的助理研究员身份或是选修了导师、教授的硕士或博士课程，也有的人因为其他原因来美国，甚至还要在选修医学课程的同时，一边打工，一边准备考试。每个医生都必须先经过了 board exam（一共有三个 steps）的考试。通过了 MCAT（Medical School Admission Test）考试，才可以当上了美国的住院医生（intern/residency）。对华人来说，这已经是一个艰苦的过程。首先是语言的不通，要用准确的英语表述已经成熟的医疗技术术语，就已经有一定的难度，还有文化背景和医疗、伦理道德、人文心理的差异。幸运的医生，一次就通过了考试，这只是凤毛麟角。而更多的人用了好几年时间来完成这三门考试。

三四年的住院医生是艰苦的，而叶桑选择的外科训练时间最长，长达 6 年。这期间没有固定的工作时间、没有节假日、身上带着 beeper 随时 on - call，住院医生连续在医院待上 40 个小时不回家是常事，在手术台上有的住院医生都站到休克。有个医生说他当住院医生时，病人非常多，一次在医院 on - call，三天后回家时给太太买了一束花以表歉意，可就在太太把鲜花放进花瓶转过身来的工夫，这位做先生的就已经倒在沙发上面呼呼睡着了。

而像凯茜这样的美国土生土长的医生，除了语言优势，其他的训练过程和时间都没有特别的照顾，一样要经过水与火的淬炼。很多还在做着美国医生梦的年轻人常常会受到忠告，你是否了解并准备好了？是否准备好要比别人少了休息、娱乐，甚至恋爱的时间？你的家人是否愿意和能够承受这样压力大、有风险的生活方式？而当住院医生的年薪，根据地区不同，是3～5万美元左右。没有计时补贴，也没有加班费。自己开业后，诊所要当作一门生意来做，是赚是赔就看个人的造化了。

一个医生好不容易熬到持照开业了，可开业前几年极为艰苦，一旦开业后代价也不小。不少医生在开业的头三、五年里，都是在花"家底"的钱，一个字"赔"。有的医生甚至苦笑："谁能保证我有安稳的高薪工作，下了班可以有自己的好日子，我就愿意给谁打工。"

自己不开业，受雇于医院，也不等于进了保险柜，万一有什么风吹草动，譬如经济不景气，医院人员缩减，每一个人都有可能被医院解雇。像凯茜，在急诊科当医生，不但忙碌，压力和责任都十分重大，曾经有过几次恋爱，但都以失败而告终，对方实在受不了与这样机器一样运转的医生一起生活。

当然，与其他行业相比，医生富有是不争的事实。美国的医生几乎无一例外都是百万富翁，其中有些专科的医生，比如心血管外科医生则可能是千万级的富翁。而他们居住的社区一般都是富丽堂皇的高档住宅区，高大茂盛的乔木掩着小桥流水的庭院里点缀着各地的珍奇花草，而精巧设计的独立洋房也是气势恢宏。他们根本不用担心失业，既受人尊敬又有丰厚收入。但并非每个医生都能够熬到这样的好日子。那一路的坎坷和艰辛和意外磨难，还不知道怎么才能拨云见日熬出头。

哭了一阵，不觉天色已晚，周围一片混沌。两个年轻女医生的愤怒和委屈发泄得差不多了，便慢慢收住泪，冷静以后忽然觉得难为情，彼此笑笑一起到卫生间梳洗。

凯茜起身的时候随手按下沙发边上的音响和壁上的电灯开关，CD 上还是昨天的《稍许的蓝色》，迈尔斯·戴维斯那纯正的音乐在空间低回，渐渐冲淡客厅里残留的不愉快。柔和的灯光打在落地窗和窗帘上，外面一方天空更显得深远，犹如一池湛蓝的水。白天阳台上的太阳和阴影都退尽了，一豆豆星光时隐时现。

"你先来。"在浴室门口凯茜让叶桑先行一步。叶桑不敢看镜子里自己红肿的双眸，埋下头用双手捧着冷水敷眼睛。

凯茜也用双手捧着自己的两腮，被泪水浸过的皮肤有些涩。她轻轻合上同样涩涩的眼皮，心里酸酸的，自进入医学院到现在，这样的情形也经历过好几回了。自小凯茜想当作家，后来也进了一所名校读英文系，不料自己的写作风格屡遭严厉批评，交上去的作业都是"C"，几乎没有拿过"A"和"B"。她不知道问题出在哪里，是自己的还是指导老师的。当然，她更愿意相信是老师的迂腐。还是小学生就在地方晨报上发表过豆腐干文章的凯茜，当年对自己的文笔相当自负，创作是不需要学习和被指导的，她相信自己以后可以继续拿笔。从英文系改修医学预科后，她又发现自己踏上了更艰难的不归路：曲折、冷酷、理性、充满激烈的竞争……虽然成绩很值得骄傲，几乎全"A"。

234

被"同行陷害"这种事常常发生在竞争激烈的医学领域。凯茜印象最深的一次是在她修预科最关键的课程：Chem 20（有机化学）时，患流行性感冒，头昏脑胀，错过了老师的几句话。她询问邻座的同学，回答似是而非，凑过去看笔记，笔记本悄然合上。当然，这还不是最惨的遭遇，据说有的同学有意被告知错误的答案。仿佛要在这行求生存，天生就要对同学或同事抱持怀疑、敌意，甚至偏执的态度。在如此讲究人道、充满关怀的专业里，发生这样的事，给初入此门的凯茜兜头一盆冷水，此后，她变得谨慎，也懂得戒备和保护自己。

"今天去找玛丽不顺利？"轮到凯茜站在镜子前收拾被泪水弄花化妆的脸蛋。

"是。忽然搬走了，什么也没有留下。就这样失去一个重要的证人。到时候开庭我怎么办啊？"叶桑倚着门，望着镜子里的凯茜，长长地叹了口气。

"搬走了？没有留下联络方式？"

"走得很仓促，估计是怕出庭作证才跑的，看样子她不希望被我们找到。房东也不知道她去哪儿了，为了找线索，我还帮他们清扫了乱糟糟的屋子……哦，对了，有一张名片你帮我看看是什么地方的酒吧。"叶桑把在清理玛丽的房间时拾到的那张名片递给凯茜。

"反正不是有名的酒吧，没听说过，我帮你去查查。"凯茜捏着纸片到自己卧室的电脑前坐下。

叶桑跟在后面寸步不离。她已经打定主意，不再连累大卫。既然美国有法律，为什么不能凭事实判决？为什么一定要通过律师？报纸上的新闻不是常有报道，冤屈入狱的人自己在狱中还可以写上诉书，并获得重新审判的机会，甚至可以让最高法院重新开庭。只要自己坚持不懈，只要自己掌握了有力证据，律师不一定是输赢的关键。叶桑咬着牙发誓一定要尽快找到证据，自己一个人去面对州委员们的裁决。

这天夜里，叶桑睡得很不踏实，从梦里惊醒好几回。在梦里，她被五官模糊不清的人追赶，仓皇中，手足并用十分费劲地爬上一道陡峭的山坡，不知怎么一脚踩空跌下了山崖，耳边是呼呼的风声，眼前是漆黑的四周，脚底是无底的深渊。她绝望地大声喊叫:"不,不要,我不想死……"

叶桑就把自己从梦中喊醒了,直挺挺地从床上坐起来,眼睛在黑暗中睁得溜圆,脸上和手心都湿漉漉的,虚汗直冒,累得人四肢酸软,心咚咚地猛跳,一副魂不附体的样子。她打开床头柜上的台灯,骤然明亮的灯光刺激着她,她赶紧把眼睛眯成很小的缝隙。那光也令她害怕,就像那些幸灾乐祸的记者的镁光灯。

颓然躺下,叶桑睡意全无,睁着眼睛有些神经质地盯着天花板,感觉胸、背、四肢渐渐冰冷,由于刚才的噩梦,睡衣全汗湿了,她在犹豫要不要起身去冲个澡。夜这么深了,她怕淋浴的声音和自己的响动会吵醒隔壁屋的凯茜,美国的房子隔音都很差,尤其夜深人静,一点点声响都被放大好几倍,传到四处。

"叮铃铃……"就在这时,电话铃声忽然响了,又吓人一跳。都半夜了,会是谁的电话呢?叶桑犹豫着把电话拿起来,ID 显示的号码是陌生的,她慢慢把听筒贴向自己的耳朵。

"哈罗。"

"叶桑?是叶桑吗?"对方的声音很熟悉,但又有些陌生。

午夜梦回,还没完全醒透的叶桑糊里糊涂地问:"是大卫吗?"

"我是健明,陆健明啊。"声音清晰得就像在身边。

"陆健明?陆健明?"叶桑机械地重复着,有些恍惚,一时不知道自己身在何处,今夕何夕。

"桑桑,你忘了我吗?我是陆健明。"陆健明着急地喊。

"健明,怎么会是你?你怎么会有我的电话?你现在在哪里?"叶桑语无伦次。

"我在哪里?我在中国啊。你好不好?最近是不是有麻烦了?"

"哦……你怎么知道的？听谁说的？"久违的声音，这个声音和以前一样，一点没变，叶桑忽然想哭。

"我做媒体的，什么消息没有。快告诉我是怎么回事？"

"没……没什么事。"叶桑想还是算了，什么也别说，他在那么远，告诉他只会让他更着急。于事无补。再说了，两个人早已经没有先前的关系了，一下子也不知从何说起。

"桑桑，要用钱的话一定要告诉我，告诉我你的账号，我马上可以转到你的户头上。"

"不，我不要。"叶桑嘴上说得冷静，可心里感动，泪水一下子就朦胧了双眼。

"桑桑，你还是那么要强……当初我真不该放你出去。我以为放手了，你就可以自由地去走你自己要走的路，过更好的日子。"

"……"

"现在中国和你走的时候已经不一样了，在外面过得不顺心就回来。现在国内的整形外科非常吃香。我可以帮你找投资，你回来马上就可以自己开一家医院。怎么样？桑桑，干脆回来吧。"

"……"

"桑桑，你在听吗？你听得见我说的话吗？"

"嗯……"叶桑边听边用手轻轻摩挲电话，仿佛这个手势可以使自己平静，也可以让早已冷去的往事和模糊的泪水，在这样的夜里，慢慢清晰、暖和回来。

"桑桑，你怎么了？别哭别哭噢……"陆健明隐约听到一阵细细的抽泣声，心里非常难过，声音也哑了。

"现在我还不能回去。健明，谢谢你！我挺好。小道消息不一定准确，你别瞎猜。我真的没什么。过一阵子我会回去，你自己保重。"

叶桑慌忙挂了电话，她不想让陆健明为自己操心，现在他已经有自己的家庭，没有义务为自己排忧解难。再一想，官司的事传得真快啊，现在互联网四通八达，太可怕了，啥事都瞒不住。

56

这是一个很温馨的心理诊所，像一位很有品位的主妇布置出来的美丽而舒适的客厅。

办公室里没有皮革制品。墙纸是一种鲜花的色调，淡淡的玫瑰红与桃红相间的条纹，这些明朗的印花图案与深色樱桃木家具非常协调、怡人。地毯一角放一张玻璃桌子，桌子腿镀过铬，干净无尘，桌上一束经过干燥处理过的玫瑰和满天星。四把椅子雅致时髦，椅面是法国勃艮第的丝绒面料。四周雪白的蕾丝窗帘如处女一般宁静而文雅，座椅的扶手上都铺着白色的钩花垫子，处处显得干净、清爽、安逸。

可是，和大卫对面而坐的却是一位呆板的中年妇女，表情淡漠，言谈举止缺乏生气，好像是服用某种药物之后引起的副作用。她就是纳尔逊夫人的心理医生。无论大卫怎么旁敲侧击，对纳尔逊夫人的病情她始终守口如瓶。当然，这是她作为医生的职责。若不是因为大卫报出安德森医生的大名，再加上是律师的身份，她才不会耐着性子，而没有把问题一箩筐的大卫给轰出去。

这许多年来，只要没有特别的事情，纳尔逊夫人几乎每周

刀锋下

239

三都会来诊所见自己的心理医生。在这里，她可以敞开心扉，毫无顾忌地诉说所有在外面不能说的心事和隐秘发生的事实。她可以把自己犹如碎片般的思维和生活，统统交给自己的心理医生，让心理医生一点一点帮自己整理、修补。她的灵魂需要一个真正的家，而这里正是。在这里，她没有恐惧、没有压力，不需要躲躲藏藏、编尽谎话自圆其说。与自己的心理医生交谈不受任何干扰，也绝对安全。

"法律规定，我们不能泄露病人的所有私人资料。"心理医生坚决不肯松口。

大卫当然知道，这是病人、委托人、忏悔者的特权，绝对保密。无论病人向医生诉说过什么病情和隐情；委托人向律师坦白过任何有关案件的事实；忏悔者向牧师忏悔的话等等，所有的谈话内容都应该是保密的，任何情况下都绝对不准泄露出去。

"可这个病人的情形和其他人的不同，她已经和法律扯上关系了，在法庭上什么都瞒不住的，包括需要传您上庭作证的话，你也拒绝吗？除了遵守医生的道德，我们还有公民的道德，在法律面前我们每个人都有权力和义务揭示事情的真相。你说对不对？"

心理医生在大卫执著、坦率、坚毅的直视下开始软化，法律和法庭意味着什么她心里自然是清楚的。这个法律说来其实很简单：每个公民对社会都负有为协助执行法律而作证的义务。并且，每个证人都不得借口害怕遭受威胁，或者危及他家人的生命安全而拒绝作证。这是多年来由数百名法官和最高法院大法官们所立下的法律，好比圣经里说：摩西刻在石头上的十戒。谁也不例外，谁也不能豁免。

作为心理医生，需要了解各种心理活动，许多有关这类知识的书，自然是不会被放过。她还读过一本叫《不情愿的证人》。书中论述的心理和法理都相当明确：每个证人均有义务站出来，协助那些刑事调查。她明白，用不了多久，只要法院方面认为需要，她就会收到传票，作为证人出庭。如果她拒绝在大陪审团面前作证，那么，将会由法官迅速举行一次听证会。这时候，法官无疑会命令她回答所有相关的问题。如果她再次拒绝，她就会犯下藐视法庭罪而受到法庭严厉的惩罚。

沉吟片刻，心理医生说："纳尔逊夫人的确患躁郁症。可她并不希望她的丈夫知道，所以，部分医药费她没有通过保险公司，而是自己付账，她还有一个朋友，也经常替她付。据她本人说，在躁狂发作的时候，控制不了购买欲，信用卡刷爆了，也是这位朋友解救她渡过难关。这个人是一个牧场主，姓查普曼，这是他的名片，在他那里你或许可以找到在法庭上需要的证据。"

大卫接过心理医生递过来的名片，小心收好，道了谢就告辞出来。

大卫走后，心理医生还坐在那里。现在离下午一点半的第一个就诊病人还有两个多小时的时间。她在这段时间里需要完成的事是吃个午饭，翻阅一下下午几个病人的病历。

那个叫王大卫的律师给她施加了压力，使她很不自在，即使现在他走了，她还感觉到一种压力在胁迫着自己。从冰箱里拿出一块三明治和一个苹果，她边吃边回忆刚才和律师的对话。也许是心理医生的职业习惯，她总是这样像一头很有耐性的老牛，稳稳地卧在自己的棚子里，细致地反刍先前囫囵咽下的一把把草料。

三明治在不知不觉中吃完了，一个苹果也在不知不觉中吃完了，心理医生忽然明白过来，这个使人心头发紧的压力并非来自律师，而是纳尔逊夫人。准确地说，是来自纳尔逊夫人的死亡。其实心理医生对这种压力应该是熟悉的，每当自己的病人走的时候，她都会感到类似压力的存在。帮助她解除压力最好的办法是，小心地把他们的病历抽出来，从头到尾阅读一遍，回顾他们的一生和自己的医疗体会，这样的仪式，就相当于和遗体告别，然后她就会坦然心安地开始做下一件事，面对下一个病人。

她几乎不参加任何一个病人的葬礼，这已经成了她心理医生工作的一个守则。她知道，她的病人不会愿意她在这样的场合出现，包括他们的家人和朋友。尤其是患躁郁症的患者，他们生命的终点大半是自杀。这样的结局很难避免，作为心理医生，她所付出的努力便是把这个结局的时限尽量延长。

纳尔逊夫人在她这里就诊有 7 年的时间了，开始的时候断断续续地，没有定期。最近两三年情况比较严重，躁郁发作越来越频繁才开始认真就诊、服药。她曾忠告："锂盐是对这种病最有效的药物，你的血液中必须有这种东西存在，你的安定情绪才存在。再多的心理治疗、教育、劝说，甚至强制，都无法发挥锂盐这样的理想效果。"作为心理医生，她看过太多失败的例子，不坚持服药的病人，家庭治疗帮不上忙，住院治疗也只能是暂时的，接着是人际关系破裂、财务灾难、失去工作能力、甚至触犯法律。一个优秀的，受过良好教育的病人，应该可以配合治疗。她不希望纳尔逊夫人走上不归路，虽然说这种病本身就是不归路。

可纳尔逊夫人对她说，她相信锂盐对自己的病可以产生出人意料的良好效果，可是，每当纷乱的幻觉和绝望的恐惧消失以后，自己就忍不住停止服药，结果躁狂不久就再次发作：思绪像脱缰之马，完全失去了控制。但在这之前，也就是思路超常敏捷到完全混乱之间那个过程却是非常欣快、美妙的。当一个人在这样精神亢奋的时候，行为和情感变得飘忽不定，自信心极度膨胀，言谈举止夸张且不知羞耻为何物，连平时感到最无趣的人和事，这时候都变得别有风味。心中春情荡漾，渴望放荡形骸……无论是感情、能力、金钱使用起来都没有了节制，或者这时候，他们的字典里根本就没有"节制"二字。

心理医生，需要的是感知、理解、包容别人的生活、痛苦、甚至一些不科学、不明智的选择。他们不仅要帮助那些有精神疾患的人，还有那些有心理偏差的人、心灵受创的人、孤独的人、长期受躯体疾病折磨的人、濒死的人。这些生命如何在生理、心理、社会之间寻求平衡与安逸。

一个完全发作的躁狂症，不可避免地是随之而来的漫长的、令人饱受折磨的黑暗——自杀性忧郁症。纳尔逊夫人的忧郁症有一次长达一年半。那段时间，从早到晚她几乎淹没在黑暗和痛苦之中，没有一点快乐的感觉，也没有任何兴趣做任何事，因为，每个思考，每说一句话，每个行动都异乎寻常地费劲。原来可以令自己很有激情的事情，也都变得平淡无奇，索然无味。然后，她觉得自己也十分乏味、能力不足、思路不清、反应迟钝、无精打采、毫无生机……她会反复问自己：这样活下去有什么意义？

她曾经告诉自己的心理医生说，奇怪，"死亡"这个词老是在我的脑子里盘旋不去。我眼睛看到的，脑袋里想的也都是与死亡有关的东西：包裹尸体的床单、死人脚趾头上挂的小牌子、尸首袋……还有电影和新闻上看到的各种与死亡有关的画面都一一闪过，我每天就被这些东西包围着，感觉到自己好像已经破碎，我也想尝试着去死。

心理医生总是对她说："这些都是暂时的，一切都会过去，你一定会好起来的。在你难过的时候你一定要给我打电话，或者给朋友，把心情说出来。甚至写日记都可以，避开那些念头。总之，过了那个最黑暗的时期，你就赢了。"

当然，心理医生也告诉她，如果实在摆脱不了，或者再度出现这样严重的忧郁发作时，她会和精神科医生配合，他们准备让她接受电击痉挛疗法，这是目前治疗躁郁症最佳的疗法。大概就在这样的时候，纳尔逊夫人开始尝试毒品。她害怕住院，更害怕所谓的电击痉挛疗法。

　　查普曼是南美洲印第安人的后裔。著名的阿兹特克联盟是由最早的三个部落组成的，即阿兹特克部（或称墨西哥部）、特兹库坎部和特拉科潘部。

　　位于墨西哥峡谷的印第安村落曾经是一派繁荣的古代社会情景。人们对于墨西哥的土著和西班牙人的征服活动所写的著作，比起对其他进步水平相同的民族或对其他重要性相等的事件所写的著作要多出十多倍。至今，那些令人惊异的景象依然能够燃起人们幻想的火焰，传奇式的故事到处流传，而且一直保留到今天。就像查普曼这个姓氏的留传。

　　在达拉斯城市里，他们中许多人都很牛仔。每个人都有好几条牛仔裤，还有牛仔衬衫、牛仔皮靴、牛仔领饰、三角丝巾，外加一顶边缘翘起在西部大太阳下光鲜坚挺的牛仔帽。牛仔服饰以其经典、古朴、自由、率意个性的独特服饰风格，历经了一个多世纪之久仍然经久不衰，已成为当今人们服饰生活中的一支主流。上班族平常穿西装、打领带、西服长裙，礼貌周全。可是下了班，人们也喜欢牛仔一把，换上全套牛仔行头，摇着肩膀跨进酒吧里去，要一大杯冒着气泡的冰啤酒……

可是，实际上他们的生活和思想离真正牛仔却很遥远。

　　牛仔，是远离都市丛林在牧场上放牧牛马的人。牛仔这个行业起源于中世纪的西班牙，在十六世纪时传入美洲，自墨西哥北上进入美国，在西部传播开来。美国的德克萨斯州气候温和，草原辽阔，是理想的放牧地，到了十九世纪 60 年代南北战争结束时，这里的草原上大约放养了 500 万头牛。南方牛肉供应过剩，而北方牛肉供不应求，所以，把牛贩卖到北方便成了非常有利可图的生意。

　　经过几次南牛北运的尝试，德克萨斯人逐步摸索出了长途贩运牛群的最佳方式。赶牛上路，一群牛最理想的数目是 2500 头左右。赶这么多牛大约需要 12 个牛仔，其中一人是负责指挥的领路人。牛群一出发，就拉成一英里的长阵。走在前面的是两名牛仔，叫"向导"，任务是保证方向不要弄错；两侧还有几个牛仔，分别叫"巡回员"和"侧卫"，任务是不让牛群走散；走在牛群后面的 3 个是"殿后"，任务是驱赶掉队的牛。赶牛是件苦差事，由于牛群前进缓慢，1000 英里的路程要走 2、3 个月。牛仔们到达目的地，拿到工钱后，就会跑到最近的酒馆去寻欢作乐，尽情享受。他们大把地花钱，使得酒馆主人、赌场老板和不检点的女人大发横财。在目的地的小镇上，闲着没事的牛仔还特别喜欢动武，一言不合往往就会拔枪对射，故有人形容德州牛仔是，"说话慢吞吞，拔枪快如风"。在北方居民的眼中，被牧场主雇用的牛仔都是些有传奇色彩的人物。

　　牛仔的生活是艰苦的。他们放牧牛马、兼做简单的兽医。牛马长大以后，又是牛仔们赶着它们送上市场。平时空闲下来，他们又成了木匠小工，在牧场上做一些修补维护的活计。在一家一户的小牧场里，牛仔通常就是家庭成员。在大牧场里，牛仔就是雇工。据统计，美国在 2003 年有牛仔 9000 多人，平均年收入 19000 美元。牛仔们通常文化不高，牧场里的孩子，中学毕业以后，有的离开家乡和亲人，出外谋生。敲着主人家的门，问有没有活干，常常就这样留下来了，干著活，挣一份工资，然后在星期六晚上把钱花到酒精和女人身上。在马背上一春一秋，转眼就是一生。

西部著名的牛仔竞技大赛，当地人称为"Rodeo"。"Rodeo"一词来自于西班牙文，意思为"围捕牛群"，以往，每位专业的牛仔都必须掌握套牛及驯服牛马等技能，否则便无法拴住需要烙印或医治的牛马；如今，牛仔竞技已经演变成一种轻松的职业性娱乐比赛，也是牛仔一展神乎其技的时刻，据说为了怕人及动物因为活动太过剧烈而有损健康，参赛者所有骑乘时间都不能超过 8 秒。通常牛仔竞技项目共有 8 种，包括：有马鞍骑乘、无马鞍骑乘、骑野马、骑公牛、套小牛、追牛扳倒、团体套绳、女牛仔速度赛马等等。

骑公牛是一个相当危险的项目，牛仔通常需骑在重达 600 公斤的公牛背上，这也是他们在放牧中必须具备的技能。最初，因为牧草丰盛，野牛群聚于美国西北部的蒙大拿，当印第安人猎尽野牛，并且退居到印第安保留区后，丰盛的草原上开始出现大量牛畜，吸引从美国东部及德克萨斯州的牧人们，络绎不绝地赶赴蒙大拿。直到南北战争爆发以后，牛肉的需求量上升，有两位年轻的牛仔开始跋山涉水，将大量牛群赶往更北的州郡贩买，大赚了一笔，然后在蒙大拿建起了牧场，为蒙大拿畜牧业奠定了基础。于是，蒙大拿便继德克萨斯州之后，成为牛仔们的另一个大本营。此后，许多人纷纷效法，赶着大批牛群到集市上贩买。于是，这样的牛仔赶集活动一直持续了 30 年之久，如今每年都会举办娱乐性的赶集活动，纪念当时的盛况。那里的 Rodeo 也同样让观众们看得热血沸腾。

纳尔逊夫人和牧场主查普曼先生相识，就是在这样一次牛

刀锋下的盲点

仔竞技大赛之后，她为他做了一次人物专访。查普曼以全能冠军的风姿走进纳尔逊夫人的镜头和笔下。从此结下了不解之缘。至今，查普曼对那天的牛仔竞技大赛、赛前柴可夫斯基雄浑激越的《一八一二序曲》、以及面对纳尔逊夫人的镜头都有一种特别的感触。

在认识纳尔逊夫人以前，查普曼先生不过是个普通的德州牧场主，成千上万个牛仔中的一个，后来由于纳尔逊夫人的介绍和专题报道，他走到媒体和大众面前，成了一个明星牛仔。查普曼牧场的名字也不胫而走，牛肉和皮毛生意做得特别红火，不仅在美国有广大的市场，还远销欧洲各国。查普曼先生对纳尔逊夫人深怀知遇之恩。当有一天，纳尔逊夫人走投无路上门求告时，查普曼自然是没有二话地伸出援手。

58

查普曼牧场在德州与俄克拉荷马州的交界处，俄克拉荷马州，名字来自印第安语，其意为"红种人"。此州最早是印第安人游牧部落生活的地方，至今仍是美国印第安人聚居的一个州。它的特征有二：一是州的轮廓很像长柄锅，锅柄向西。二是石油与天然气产量均富。俄州北界堪萨斯及科罗拉多两州，东邻密苏里及阿肯色两州，南隔红河与德克萨斯州相望，西连德克萨斯州及新墨西哥。

当大卫驱车到达查普曼牧场时，太阳已经西沉，天空布满红色、橘色与紫色的霞晕。牧场坐落于西边的峡谷地带，麓丘陵地，丰富的水源、食物和天然遮蔽，是牛群与马群得以生息的理想之地。这里原来是印第安人的部落，后来渐渐衰落。一眼望去，一条平静的河流从西往东，弯弯曲曲穿过牧场，在阳光下闪着粼光。这条河缓缓流过德州的东北角，然后向南而去，沿路经过阿肯色州肥沃的田野，最后归入海湾。这就是印第安人生活与爱情传说中，充满神秘和浪漫色彩的红河谷。

沿着河水四周生长的水牛草、矮松、小橡树、仙人掌交错成一片密林，远处无边的沙漠弥漫着洁净、干涩的气味，西北边大漠的尽头是高耸入云、绵延起伏的紫色山脉。漫步林间，马上就可以感到厚重的、年代久远的花草树木的芳香。

这样一个开阔的空间和这样一种壮丽之美，是属于男人的那种自由、骠勇和狂野不羁。世世代代的牛仔们选择了自己的生活道路与方式，始终无怨无悔。不管现代牛仔文化如何变异，总有一群真正的牛仔们，在西部的大地上策马飞奔。德州牧场上牛仔们从小学习骑马、套绳、追击、狩猎和射击。在查普曼牧场，映入大卫眼帘的完全就是一幅牛仔放牧的画面，宛若典型的西部影片：马蹄、风尘、人声交织，浩瀚的沙漠上众骑狂奔。强烈的尘土、鼠尾草和马骚味扑鼻而来。

牧场主人查普曼先生有着超过 6 英尺的魁梧身躯，头上压着黑色牛仔帽，白衬衫、黑背心，黑色牛仔靴上银马刺前端的小齿轮闪着犀利的光芒，宛若著名服装设计师的精妙搭配。随着他的步伐，足下便发出有节奏的叮铃铃的脆响。

一身牛仔打扮的查普曼不是很健谈，但很机智，帽子下面压着一张线条分明、骨架突出的脸庞，眉心川字纹路深刻，由于长期暴露在炽热的阳光下，他的皮肤成为褐色犹如皮革一般。不说话时，嘴唇和下巴的线条异常坚毅，甚至固执。一双明亮的眼睛，在谈到纳尔逊夫人时像熄火一样暗淡下去。他以自己的方式在尽力帮她脱离困境，却没有想到最终她是这样解脱了。

查普曼倒是个通情达理的人，当大卫告诉他，由于纳尔逊夫人用了毒品，使自己在手术中不幸丧生，也使那个年轻的主刀医生受到连累，如果没有确实的证据，这个女医生也许要被定罪，也许就此毁掉刚刚开始的医生生涯时，他便把纳尔逊夫人以往的借据交给大卫。从这些借据上可以看到，纳尔逊夫人在不能自控的躁狂状态下，购买了多少昂贵而无用的东西；在忧郁袭击下，她企图用毒品挽救自己消沉的意志，结果只能带来更加低落的情绪。虽然这些借据无法直接证明手术那天纳尔逊夫人使用了毒品，但至少可以说明她用过。

　　回到城里已是黄昏，大卫急忙寻找叶桑，叶桑关了手机，他有些不安了，好在打到住处，凯茜接了电话，她说叶桑去了郊外的一个酒吧，那里或许可以找到证人玛丽的踪迹。

刀锋下的盲点

59

　　燥热的傍晚，虽然下了一场暴雨，地面的温度降低了，可空气里混杂着尘土、雨水、某种肉类烧烤的气味，使人更加闷热不安。叶桑边开车边看手里凯茜从电脑打下的地图和酒吧地址，沿路寻找。陌生的街道两旁布满低矮失修的房屋，生锈的广告牌圈上的霓虹灯，兀自在黑暗中闪闪烁烁。几家昼夜营业的低档小餐厅、小酒店亮着灯，从门口望进去灯光昏暗，人影晃动，声音嘈杂，在这样一个不可知、隐藏着危险的黑夜里，叶桑仿佛置身于某个小说家特意营造的恐怖氛围里：毒品、烈酒、匕首、阴谋、陷阱、情欲、疯狂、死亡……甚至远处暮色里的白色教堂，都使她心生怯意，教堂锋利的尖顶直指灰红的天空，那道晚霞仿佛意外受伤后一道未干的血迹，触目惊心。

　　这个小镇看上去完全是美国西部片中的样子，或者说，在美国西部片中总能看到这样的小镇。一条热闹的主街，两排高高低低的房子，再往外就是牧场，一望无际的草地和矮矮的老树。夜晚深蓝的天空下，让人格外怅然。德州是沙漠气候，入夜之后的风开始一阵比一阵凉了，叶桑没有带外套，她把白衬衫的领子竖起来，冷风从远处刮过来，横过街道，在耳边呼呼作响。叶桑缩一缩脖子想起舒伯特的《冬之旅》，茫茫一片，天地悠悠，脚下是难以预料的艰辛和磨难，前头是未卜的将来，可无论如何都必须走下去。走过一个街区，她暖和一点了，再走过一个街区，她已经没有寒冷的感觉。

酒吧在镇中心，不算偏僻，但因为陌生，叶桑行脚犹豫。

酒吧门前的停车场有很多空位置，进出的是清一色牛仔打扮的男人，没有什么可疑之处。这里看上去不太像黑市交易区，叶桑思忖着，是再观察一阵子呢，还是进酒吧里去，这样斟酌着不觉地在路边左顾右盼，倒像是做某种不正当买卖的人。大街上行色匆匆的路人从身边走过，有的投来好奇的目光，有的冷漠，有的则是愠怒。

一咬牙，叶桑踏进了酒吧的门，里面光线很暗，环顾四周，左手边是长长的吧台，台后摆满琳琅的各色酒瓶，酒保背朝外踮着脚尖在架子上取酒。两个很年轻的女侍，估计不到20岁，好奇地打量着叶桑，忽然来了一个年轻的中国女孩，不是平时熟悉的服务对象，似乎正犹豫着是否过来打招呼。她们有一种挑逗性的活泼，那种轻佻和活泼比身上的紧身牛仔短裙、小号露脐衬衫和亮红色嘴唇的组合更逼人。

吧台前是一排无靠背的高脚圆椅子，那儿坐着两位客人，一个在默默地大口喝酒，另一个杯子空了，百无聊赖，正等着酒保来斟满。右手边靠墙列着五六张火车座儿，灯光昏暗很有些神秘感。房间中央有两张撞球台和一个弹珠游戏桌，低垂的紫色罩灯，把台面和玩球的人照得有些惶惶然。角落里有两架电动游戏机，机器自动闪着画面，没有人在玩。

叶桑不知所措地呆立了一阵子，人们总是会在不熟悉的环境感到不对劲：墙上的史努比海报、窗边笼子里的虎皮鹦鹉……最后叶桑决定走向吧台，她选择了靠角落的位置坐下。

时候还早，叶桑向酒保要了杯啤酒，侧身坐着，她希望这

刀锋下

样的角度可以把酒吧里的大部分人瞧仔细。轻轻啜一口冰啤酒，心神稍定。一支如故乡一般熟悉的曲子不知从哪个角落翩然而起，悠远而令人怀恋：

简直是天堂啊！
西弗吉尼亚，兰岭山，谢纳多阿河。
那里的生命年代久远，
比树木古老，
比群山年轻，
像和风一样慢慢生长。

这是美国乡村音乐史上的奇人约翰·丹佛的代表作《乡村路带我回家》，他也是第一位访问过中国的美国乡村歌曲作者和歌手。在中学时代，叶桑就熟悉这首歌，还拜师学过吉他，自弹自唱过。那个时候，叶桑盼望着自己将来可以走出故乡，想象着有一天离家到远方，歌曲中的深情也这样在心间缓缓流淌。后来大学毕业，出国深造，在异乡每次听到这首歌，叶桑就有他乡遇故知的感动：

我的全部记忆都围绕着她，
矿工的情人，没见过大海的人儿。
天空灰蒙蒙的昏暗一片，
月光朦朦胧胧，我的眼泪汪汪。
乡村路，带我回家，
到我生长的地方——西弗吉尼亚，
山峦妈妈，乡村路，带我回家。

当酒吧里他忧伤的歌声"山峦妈妈，乡村路，带我回家。"

结束在渐弱的吉他声中时，叶桑把脸埋在大大的啤酒杯里，让泪水悄悄滑落。在经历了这些年的漂泊和闯荡后，尤其渴望那份内心的宁静与快乐，那份投身母亲怀抱的温暖。约翰·丹佛也回家了么？如此缠绵悱恻地吟唱，多少人在他的歌声里把曾经的生命过往都慢慢沉积在岁月的底层，成为记忆。

如果大卫在身边多好！她忽然十分想念大卫，习惯了有他在身边的夜晚。大卫去了那个印第安人的牧场，不知道有什么结果。但无论结果如何她都不愿意让他再插手这个案子；她没有理由因为自己而牺牲掉这个年轻律师的前程。

这样思索着，再回头环顾酒吧，不知道什么时候已经来了一群人，有男有女。

音乐换成重金属摇滚，震耳欲聋。屋里开了旋转灯，一道道五颜六色的光闪电般扫来扫去，原先没有注意到，吧台另一头有个圆圆的高台，探照灯式的强光下，两个半裸的舞娘在不停地扭动，彼此挑逗，引来台下男人们的口哨、嘘声和怪叫。满屋的体味、烟草味、酒气混合着各种香水味，非常刺鼻。

"我坏"、"我坏"，叶桑想起 HBO 音乐节目里，麦克·杰克逊的热门曲目《我坏》（I'm bad）。麦克的音乐充满着变化和力度，把不羁、嘲讽、自甘放逐的反传统的"坏"表达得淋漓而震撼。"谁坏？""我坏。"麦克的歌声仿佛就在耳边，他不断地自问自答，音乐画面是纽约地铁车站背景上扑朔迷离的灯光，充满着迷醉和迷惘。

在如此灯光与音乐都令人迷惘的酒吧里，叶桑四处张望，期待着玛丽的出现。在来来去去走动的人里，她一直没有看到期望中的玛丽，甚至没有一张女人的脸看上去像玛丽。倒是看到好几张脸色惨白、目光阴沉、神色迷离，像专在子夜出没的幽灵般的面孔。他们的目光漫无边际地扫来扫去，偶尔在叶桑的脸上稍做停留，叶桑有一种像被红外线瞄准镜上的十字对准的感觉。她隐隐有些不安，此地不宜久留。可是，没有找到玛丽，又心有不甘，白跑一趟不说，失去了有力证人自己可怎么办啊。

正犹豫着是走还是不走，忽然一声沉闷的声响，不知谁开了香槟，接着是女人的尖叫声。这叫声不像庆功的喜悦，而是惊恐万状的惨叫。叶桑警觉地寻找动静的方向，可就这一瞬间酒吧里已经乱成一团，原来的宁静刹那间破碎，喊叫、咒骂、奔跑、杯瓶碎裂和桌椅撞击声四起……远处的警笛声尖锐如刀刃。叶桑仿佛置身西部片拍摄现场。几十秒后她才回过神来，出事了！没有人开香槟，那是枪声。或许是毒枭之间交恶，或许是警匪交战，酒吧已成是非之地，不宜久留。没有玛丽的线索，再不甘也得先避一避了。

叶桑想和众人一起夺门而逃，谁知门口给堵住了。门外不时传来惊叫声、咒骂声、奔跑声，以及急刹车、汽车轮胎与地面摩擦发出尖锐的声音。她和一部分人折回来，试图寻找酒吧的边门，就在这犹如世界末日的混乱中，忽然听到熟悉的声音在耳边喝道："你来这种地方做什么？"冷不防在烟雾弥漫、暗尘浮动的灯光里，一堆声色犬马的残骸中出现了大卫那张英俊的脸，一双熬夜的眼里血丝十分吓人，叶桑从没有见过他如此凶狠的模样，惊得呆立不动了。她当然不知道她是在毒品贩子的地盘，稍不留神就有吃枪子的危险。

不等叶桑做出反应，大卫已经拉着她的手臂朝吧台后面的小门逃去。在经过吧台的时候，一颗子弹正好射中他们前面那一排酒瓶，瓶子应声碎裂，葡萄酒像鲜血一样喷出来，溅了几星在他们的脸上，凉凉的，叶桑用手一抹，湿湿的、黏黏的，带着甜味。忽然，身后一声巨响，他们两个都被气浪掀倒，震落的玻璃碎片在耳边像下雨一样哗啦啦一阵脆响。大卫没出声，伏在地上机敏地观察四周，感觉没有危险了立刻起身，紧紧攥着叶桑的手狂奔。他们绕过警车和人群，在黑暗中朝一个停车场夺路奔去。

慌乱中，叶桑不知被什么东西绊了一下，一个趔趄，差点儿扑倒。大卫马上伸出手去扶了她一把。原来她撞到马路拐角处的报亭了。这是个现代化、日夜营业的销售亭，出售各地报纸、平装书、杂志等等。回头看它那一瞬间，忽然有个念头在叶桑脑子里一闪，如果今晚自己和大卫有什么闪失，明天这里会出售什么样标题和图片的报纸？也许是："年轻有为的律师和他的女性委托人双双惨死枪口下"，尤其是那个《达拉斯晨报》的资深记者库克，写这样的报道最拿手。自己在他的笔下会被描写成什么样的可怖惨状？如果真的一命呜呼，无论什么样子恐怕都再也看不见了。这么一想，叶桑的腿都软了，要不是靠大卫半扶半搂着，她一步都迈不动了。

车前两道雪亮的光柱探着夜路，车里安静得几乎没有一点声息，只有簇新的黑色皮座椅安然接受着两个人的体重。仪表盘上闪闪烁烁的幽柔绿光，映着叶桑一双惊魂甫定的双眸。大卫白色的宝马开出去很远了，叶桑这才想起来："哦，我的车还停在镇上。"

"隔天再回来取。"大卫双唇紧抿、目不斜视，专注地打着方向盘，偶尔警觉地瞥一眼后视镜。他握住方向盘的手非常使劲，骨节突出，手背上的青筋看起来好像要胀破了似的。

车里静得吓人，叶桑用眼角的余光瞥着大卫冷峻的、毫无表情的脸，不知该不该说些什么来打破这种可怕的沉默。她知道他也许生气了，他担心她的安全。忽然，车子一晃，大卫把车开到路边紧急停车的地方，咬着牙对叶桑说："桑妮，你来帮我包扎一下，路还远。"

"啊，你受伤了？"这时候叶桑才注意到大卫左边手臂的衬衫，被划破了很长的一道口子，袖子全湿了，鲜血不停地往下滴落。她立刻撕下自己的衬衫下摆帮大卫包扎。

"我来开车。"叶桑两手沾着鲜血，微微颤抖，心里说不出的内疚。

"还是我来吧，一只右手足够了。"大卫又瞧瞧后视镜，确定没有发现什么，无声地笑了，露出一口整齐的白牙。好像为了证实自己的正确性，大卫用受伤的左手轻轻托着方向盘，右手去揿 CD 的按钮，贝多芬的 F 大调，第六号交响曲《田园》顷刻间充满了两个人之间的所有空间，这套立体声音响效果非常好，听着就像在影院里的回廊式效果。

写《田园》交响曲时贝多芬的双耳已经完全失聪，这部作品正表现了他在这种情境下对大自然的依恋之情，是一部体现回忆的作品。这部作品 1808 年在维也纳首演时，由贝多芬亲自指挥，在首演节目单上，他写道："乡村生活的回忆，写情多于写景。"整部作品细腻动人，朴实无华，宁静而安逸，与贝多芬的第五号交响曲同为世界上最受欢迎的交响曲之一。

这时候正是第一乐章的开始，来到乡村田园的快乐心情：不太快的快板，恬静的节奏、平稳的曲调，表达着作者初到乡村时的愉快感受，F 大调，2/4 拍子，奏鸣曲式，由双簧管呈现出明亮的第一主题。全章乐曲来来回回、反反复复、如诗如画。这充满着浓郁而清新的乡间气息，温和、愉快地笼罩着大卫和叶桑，冲淡了刚才枪战的惊恐和不安。此时，他们两个人谁都不说话，不知道该说什么，也不想说什么话，似乎音乐从一个人的心里流向另一个人，又从那个人心里再流回来。叶桑的心情豁然开朗，她深深吸气，然后缓缓吐气，脸上浮起淡淡的笑意，难怪人们把《田园》当作可以安抚心灵、排忧解愁的名曲。

快接近目的地时，叶桑掏出手机和安德森医生联络，她简略地告诉他事情的来龙去脉，以及大卫因为救她脱险受伤失血，伤口需要马上缝合的状况，他们都希望在安德森医生的诊所里进行，而不是到医院去。

当大卫和叶桑一路风尘抵达安德森医生的整形外科诊所停车场时，诊所内外的灯都亮着，叶桑心里明白，安德森医生已经在那里等候，一切就绪。有安德森医生在，叶桑心里一块石头落地。刚经过一场逃亡，再面对大卫5、6英寸长的伤口，她不能保证自己在给大卫缝合的时候准确无误，手脚不发软。

在整个缝合过程中，安德森医生都异常沉默。他专心致志，仿佛只是他一个人的工作，叶桑在一旁当助手也不需他开口吩咐，毕竟师徒合作这么久，早已经心领神会，配合默契。大卫也很安静，看上去有些虚弱。也难怪他，刚从查普曼牧场赶回来就马不停蹄找到酒吧，然后是一场惊险和失血。

把叶桑和大卫送到诊所门口时，安德森医生才开口说话。他把手里的两包东西交给叶桑。

"桑妮，好好照顾大卫，这几天凡事不能让他动手，洗澡的时候要用塑料布包好手臂，不要弄湿了引起感染。这包是预防感染的抗生素，今晚回去就开始服用，一日三次，每次两片。另外这包东西你们俩回去后再看，和官司有关。你们看过以后就明白了。晚安。祝福你们！"

临别，安德森医生拍拍大卫的肩膀说："好好休息！小伙子，你可以放心休假了。"

不知是否夜里光线暗的缘故，安德森医生看上去比以往苍老多了，但精神还不错，眼里有自信和快乐的亮光在闪。

60

回到大卫的住处，叶桑和大卫迫不及待地打开与官司有关的那个小包裹。原来是一张化验单、一封信和一个光碟。

化验单是纳尔逊太太的血液毒性反应阳性的证明，说明手术当天她用了毒品。检验时间在她去世后第2天。

信是安德森医生的手迹：……听到纳尔逊太太手术意外发生后我就有预感……赶到诊所后发现桌子上的血样品，我立刻将它送去化验了，过几天护士佩吉问起，我只说样品溶血扔掉了。化验单和纳尔逊太太的录音光碟我也复制了一份给市长纳尔逊先生，我相信他有能力及时取消听证会。桑妮，盼望你早日回来工作。祝你好运！安德森医生即日……

纳尔逊太太的录音光碟在 CD 机上缓缓地走着，像临终别言，听着心酸："……安德森医生是我信赖的大夫，我把自己的故事都告诉他了。这个录音也会交给他保管……以防万一。这几年我一直在看心理医生，一直在服药，我也希望好过一点，但还是常常情绪低落，了无生趣，想尽早结束这种无意义的生活。安德森医生和我谈过很多次，一开始我是想找他隆胸，把胸部调整得比较丰满一些，后来他却成了我的免费心理医生，他是个善良的人，懂女人、懂失去信心的女人、懂不想爱惜生命的女人……我在自己的情绪里沉浮，有时候嗑药，最后，我竟然成了瘾君子……无力自拔。"

叶桑完全可以断定，这个化验单和录音到了市长纳尔逊先生手里，这个听证会自然就会取消了。市长是不会允许市长夫人吸毒的丑闻传开的，尤其在媒体上曝光。明年竞选州长在即，纳尔逊市长完全清楚他该怎么做。

夜已经很深了，大卫和叶桑没有丝毫睡意。他们反复阅读这封信、化验单；细心听着已故市长夫人的留言；想象着纳尔逊市长收到这些"礼物"时的反应。他们两个人谁都没有料到，这样一个晚上，他们的命运突然改变了，反败为胜。这段令人压抑、苦闷、受委屈的日子就这样结束了，十分意外地结束了。宛若纠缠一整夜的噩梦在暗夜尽头醒来，睁开眼睛，满目是清晨的明朗和初阳的明媚。由于好运气来得太突然了，大卫和叶桑都没有充分的心理准备，倒像不是真的。最真实的是，饿着肚子的两个人打开冰箱，把所有能吃的东西都翻出来，狼吞虎咽。

肚子有了饱足感以后，叶桑开始完全相信化验单和录音是真实的了。这是真实的铁证如山，他们是真实地要赢了这场官司了。这段时间苦闷和压抑的心情，忽然像揭了盖子似地轻松、快乐起来了，叶桑忍不住哼着歌在屋里走来走去。

"大卫，你瞧我猜得没错吧？安德森医生手里的确有证据……安德森医生真好！这回我们真的赢了。"

叶桑说着走着，仿佛回到多年以前的大学时代，步子越来越有弹性，好像自己又是 T 台上的模特儿，踮起猫步……对了，她又想，明天该给陆健明打个电话，让他放心，真的什么事都没有。然后，她开始不时对着大卫傻笑，像醉了酒一样控制不住地嘻笑着。她支楞着脖子，沉着双肩，昂着头，用十分夸张的幅度在屋里摆胯、转身，最后，她想起自己的衬衫需要换一件，前襟被撕下一大块给大卫包扎手臂了。她低下头，用纤细的手指按在衬衫的纽扣上……

叶桑没有去换衬衫，而是拐到厨房去煮咖啡。她发现大卫很沉默，非同寻常的冷峻，虽然他的目光一刻都没有离开过她，但她实实在在感觉到他奇怪的情绪。他不像她这样开心，这样喜形于色。或者好消息来得太突然，以前的努力都一笔勾销，突然转不弯来？也难怪，就像一名侦探，无论对什么样的案子：绑架勒索、巨款盗窃、间谍活动、重罪谋杀……所有的侦缉工作都有条不紊地展开，他的眼睛没有漏过任何细小的线索：弹孔的角度、案发的具体时间、疑犯衣物上的破损处特点、死者的最后一餐、目击证人……可现在，所有的佐证都不再需要一一公布于众。或者他仍然没有完全摆脱今夜酒吧里的危险经历，他还在怪她鲁莽，差点两个人都一起送命？或者他只是累了？毕竟受了伤，流了不少血。这么想着，她忍不住用目光去询问。大卫明白了，便走过来。

靠着厨房的门边，右手轻轻托着吊在胸前受伤的左手，大卫安静地等待着咖啡和煮咖啡的叶桑。他目不转睛地看着她举手投足，叶桑的长发随着低头的动作，从肩膀上滑下来，盖住半个脸颊。她忙完洗洗手，擦干，转身和他对个正着。他伸出右手温柔地握住叶桑的肩膀，然后慢慢探向后背，把她拢到胸前。叶桑自然地垂下手，扶着大卫的腰。大卫低下头，试探着用嘴唇轻抵一下那两瓣温润的唇。叶桑稍稍后仰，但没有拒绝。大卫深深吸一口气，狠狠地吸住了她的双唇，顷刻间，一阵愉快的颤栗滚过他的胸腹。叶桑没料到大卫吻得又快又急，有点呼吸不顺，她试图挣扎。大卫已经控制不住了，她越挣扎，他越是不肯松手，最后竟然连抱带挟着把叶桑抵到卧室的床沿。

他借势揽住她的腰，一只大手握住了她的乳房，他发现她在微微发抖，接着她开始不断扭动。她的扭动和呻吟激励着他的渴望。男人逼近的体温和体味使她燥热、狂野、迷惑。叶桑的双腿猝然失去了支撑自己的力量，跌坐在床上。他乘势压住了她。不知是身上的重量增加，还是因为害羞，叶桑感到心跳得要蹦出嗓子，血液直冲脑门。这时，令她心慌的是大卫一声不吭快速地解开她衬衫的扣子……

　　"大卫……"

　　大卫还是一句话不说，粗重地喘息着，手和嘴都在热切地探索着她。

　　叶桑攀住他左肩的手感觉一阵潮湿，抬头一看，他肩膀上的纱布正渗出大片鲜红的血来。她想唤他马上停止，可是已经收不住了。她听见他压抑着的一声低吼，惊涛骇浪拍击着自己，整个人就被他淹没了。

　　在他进入她身体的瞬间，她猛然咬着唇，泪水顿时模糊了双眼，在意识开始模糊和狂乱的同时与对方完全融为一体，好比两朵巨大的浪花在咆哮的漩涡中重叠、交缠，分不清彼此……

2010 年圣诞节定稿于美国达拉斯

图书在版编目（CIP）数据

刀锋下的盲点/施雨著. —北京：中国华侨出版社，2011.7

ISBN 978 - 7 - 5113 - 1559 - 5

Ⅰ.①刀… Ⅱ.①施… Ⅲ.①长篇小说—中国—当代

Ⅳ.①I247.5

中国版本图书馆 CIP 数据核字（2011）第 124975 号

●刀锋下的盲点

著　者/施　雨

出 版 人/方　鸣

责任编辑/崔卓力

形象包装/郭小军

版式制作/华　静·晓　月

责任校对/钱志刚

经　　销/全国新华书店

开　　本/787×960 毫米　1/16 开　印张/17　字数/204 千

印　　刷/ 北京溢漾印刷有限公司

版　　次/2011 年 10 月第 1 版　2011 年 10 月第 1 次印刷

书　　号/ISBN 978 - 7 - 5113 - 1559 - 5

定　　价/29.80 元

中国华侨出版社　　北京市朝阳区静安里 26 号　　邮编:100028

法律顾问:陈鹰律师事务所　　编辑部:(010)64443056　　64443979

发 行 部:(010)64443051　　传　真:(010)64439708

网　　址:www.oveaschin.com　E - mail:oveaschin@ sina.com